AF150088

Rüdiger Krause

DIE ALLGEGENWART DES HUMANOIDEN REX ODER

Einmal Apokalypse mit viel Senf
zum Mitnehmen bitte

Philosophischer Science-Fiction / Parodie

Dieses Buch ist auch als
e-book
erhältlich.

www.novumverlag.com

Bibliografische Information
der Deutschen Nationalbibliothek:

Die Deutsche Nationalbibliothek
verzeichnet diese Publikation in
der Deutschen Nationalbibliografie.
Detaillierte bibliografische Daten
sind im Internet über
http://www.d-nb.de abrufbar.

Alle Rechte der Verbreitung,
auch durch Film, Funk und Fernsehen,
fotomechanische Wiedergabe,
Tonträger, elektronische Datenträger
und auszugsweisen Nachdruck,
sind vorbehalten.

Gedruckt in der Europäischen Union
auf umweltfreundlichem, chlor- und
säurefrei gebleichtem Papier.

© 2023 novum Verlag

ISBN 978-3-99131-729-6
Lektorat: Hannah Lackner
Umschlag- und Innenabbildung:
Rüdiger Krause
Umschlaggestaltung, Layout & Satz:
novum Verlag

www.novumverlag.com

Climate neutral
Print product
ClimatePartner.com/16547-2201-1002

INHALT

STARTPUNKT ERDE, MILCHSTRASSE

Für uns gibt es kein Zurück mehr. Auch müssen wir in Betracht ziehen, dass es diesmal ein endgültiger Abschied ist. Mich beschleicht ein Gefühl von Heimatlosigkeit und ich möchte mich davor drücken zu realisieren, dass es gleich so weit ist. Erscheint es mir doch, als wären wir bis eben gerade an jenem sicheren Ort gewesen. Dabei sind zehn volle Tage verstrichen, seitdem wir im Trainingscamp waren. Ich sehe mich, wie vor jeder Mission, mit den Mitgliedern meiner angestammten Crew das geforderte Trainingsprogramm absolvieren. Wir waren ambitioniert, unsere Leistungsfähigkeit bis zum höchstmöglichen Maß zu steigern, um uns körperlich auf den bevorstehenden Einsatz vorzubereiten. Ich sehe die konzentrierten Gesichter, wenn es darum ging, mir ihre mentale Leistungsfähigkeit erneut unter Beweis zu stellen. Es ist gerade einmal vier Stunden her, dass ich nur die geforderte Abgeklärtheit in den Gesichtern der Crew erkannt hatte. Als wäre sie dort eingebrannt worden. Stolz hatte die Stammbesatzung den verschiedenen Verbänden der erweiterten Crew salutiert, während diese die Gangway des Schiffs beschritten. Unvermittelt hatten sich die selbstsicheren Mienen jeder und jedes einzelnen in einen Ausdruck vollkommener Irritation gewandelt. Tatsächlich hatte es mehr als eigenartig angemutet, als die Dritten, gleich einer kirchlichen Prozession, in ihren langen, traditionellen Roben den modernen, metallischen Raumkreuzer betraten. Auf die fragenden Blicke meiner Besatzung hin, blieb mir nur übrig, abzuwiegeln. Um ihnen wieder in die nötige Spur zu verhelfen, folgte meine knappe Anordnung: „Haltung annehmen! Augen geradeaus!"

Zu meiner Person: Mein Name ist Eriksson, Gerald – Flottenadmiral – Diensteid gegenüber den Vereinten Nationen – Derzeitige Mission auf dem interdimensionalen Raumkreuzer UN 101 – Alleiniges Kommando. Letzteres hatte ich zumindest noch bis vor einer guten halben Stunde geglaubt, bevor ich auf der Kommandobrücke erstmalig Instruktionen von einem Androiden bekommen hatte. Auf Nachfrage wurde mir bestätigt, dass es sich bei diesem um einen speziell programmierten und autorisierten Begleitandroiden handeln würde. Er solle menschliche Schwächen und besonders Fehlverhalten erkennen, vorbeugend eingreifen und gegebenenfalls drastische Maßnahmen einleiten. Damit muss ich mich abfinden, da die Entscheidung unwiderruflich ist. Sie wurde in der obersten Etage getroffen.

Wir schreiben den 10. Oktober des Jahres 2092. Der Start erfolgte vor dreißig Minuten. Die Weltöffentlichkeit wurde darüber in völliger Unkenntnis belassen. Von welchem Punkt unserer Erde wir abhoben, wissen selbst wir hier an Bord nicht. Wir wissen aber, und das allein zählt im Moment, dass für uns ein außergewöhnliches Abenteuer beginnt, sollten wir die nächsten fünfundzwanzig Minuten überleben. Wir werden nach extraterrestrischem Leben suchen und damit vorrangig nach Planeten, welche für eine Besiedelung geeignet sind. Für unsere speziellen Passagiere, die eine weibliche und die männlichen Eminenzen verschiedener Glaubensrichtungen, wird es eine Suche nach ihrem jeweiligen Gott werden. Ich wünsche ihnen nicht, dass sie stattdessen vermeintlich teuflischen Wesen begegnen werden. Natürlich erhoffen und erträumen auch wir uns, paradiesische Welten vorzufinden. Sehr wahrscheinlich wird uns das Gegenteil begegnen, auch wenn es in unseren Augen nicht teuflisch sein kann. Ich gebe allerdings zu: Hätte ich eine Familie gegründet, würde ich dieses Himmelfahrtskommando sicher niemals leiten. Ganz ähnlich verhält es sich mit der Besatzung, die ausschließlich aus Singles besteht. Beruhigend für mich ist, dass mir die fünfzig Köpfe der Stammbesatzung bekannt sind. Auch setzt sich diese im üblichen Verhältnis zusammen. Der Großteil unserer Crew besteht aus Militärs. Direkt unter mir steht der Erste Offizier, von mir kurz Erster genannt. Weiter haben wir Servicekräfte und Techniker an Bord. Wie bei unseren beiden letzten, friedlichen Missionen begleiten uns mir sehr vertraute

Naturwissenschaftler. Hingegen kenne ich den Großteil der Frauen und Männer, aus Wissenschaft und Technik noch nicht. Sie sind allesamt Koryphäen ihrer Fachgebiete. Dieser Ruf eilt ihnen jedenfalls voraus, sogar stark untermauert, da ein Nobelpreisträger unter ihnen ist. Somit ist diesmal doch einiges anders. Es ist sogar ganz anders, denn wir chauffieren eine hundertköpfige Elitetruppe, bestehend aus Pionieren und Einzelkämpfern. Allein ihre Ausrüstung verrät deutlich, dass wir die Welten nicht nur erforschen, sondern, falls es sich lohnt, auch sofort erobern sollen. Eine zusätzliche Unterstützung bilden acht Roboter der neuesten Generation. Zwei von ihnen dienen als Pioniere, die weiteren sechs dem Kampf. Die Kampfroboter beeindrucken sogar mich. Auch fünfundzwanzig Pilotinnen und Piloten gehören zur erweiterten Crew, denn unser Schiff trägt auch eine Vielzahl beweglicher Waffen, darunter schnelle Jäger, ebenfalls der neuesten Bauart. Ohne auf die festen Waffensysteme an Bord einzugehen, kann ich unter dem Strich behaupten, dass ich die mächtigste Kriegsmaschine aller Zeiten kommandiere. Das aber eben mit der Einschränkung, dass dieser mir beiseite gestellte Androide ein Wörtchen mitzureden hat. Es ist wie immer. Der Rat denkt, beschließt und wir führen es dann aus.

Wir sind auf Kurs zum Zwischenziel. Das ist der eigentliche Startpunkt und beim Gedanken an diesen ist keiner frei von ihr, dieser mächtigen Angst. Selbst ich, als sogenannter Haudegen der Raumfahrtflotte, zittere erstmals vor Aufregung, in Anbetracht der bislang völlig unbekannten, schnellsten Art der Fortbewegung. Wir werden uns auf der Basis allen Seins im Hyperraum bewegen. Die Bewältigung extremer Strecken innerhalb von Minuten ermöglicht einzig die Nutzung der dunklen Energie. Das wäre gar nicht risikobehaftet, versicherten uns die wissenschaftlichen Koryphäen. Es würde lediglich ein Wechsel innerhalb der dunklen Materie zu jener am angepeilten Zielort stattfinden. Millionen Lichtjahre Entfernung könne man in fünfzehn Minuten zurücklegen, wobei die Viertelstunde eine Festzeit darstelle. Diese Zeitspanne bräuchte es für den

Wechsel in die andere Dimension und wieder aus dieser heraus, egal wie gigantisch die Entfernung sei. Für die vermeintlichen Laien zogen die Wissenschaftler den kindischen Vergleich mit einem Floh heran. Nämlich dessen Versuch, die Strecke eines langen Teppichs mit nur einem Sprung zu überwinden, vom Anfang bis zum Ende. In dem Augenblick, in dem der Floh in die scheinbare Unendlichkeit springen würde, schiebt sich der Teppich blitzschnell zu Falten zusammen, wobei seine Enden sich sehr nah kämen. Und schon wäre der Floh an seinem Ziel. Klingt ja lustig und wirklich einfach, nur sind wir keine Flöhe und es ist auch kein Teppich, sondern das Universum. Dieses Ereignis passiert nun jeden Moment und der Rückweg ist versperrt. Es gibt nur noch diese vorbestimmte Richtung. Die dunkle Energie, die Basis allen Seins, denke ich zweifelnd und hoffe: „Hauptsache unsere eigene, körperliche Basis wird danach auch noch vorhanden sein." Da bekomme ich auch schon eine unerwartete Meldung. Ich ordne darauf Entsprechendes an und die erste Randnotiz im Logbuch ist fällig.

1. Randnotiz. Zeit 0956: Verhalten des Kardinal Luzzani auffällig unkontrolliert. Ich ordne an, ihn vorsorglich in den Selbstschutzraum zu führen und ihn dort zu fixieren.

Die Uhr zeigt 1001. Die Luft knistert vor Anspannung. Es geht gleich los. Sollten wir durchkommen, ist präzises und pragmatisches Handeln geforder. Ich muss mich auf meine Aufgaben konzentrieren, meine Angst überwinden. Im Moment bleibt mir nur der Eintrag ins Logbuch und die vorläufig letzte Ansage des Kommandanten.

1. Logbucheintrag 10.10.2092: Uhren sind und bleiben auf Weltzeit, UTC., jetzt 1002; Kommandant Gerald Eriksson: Alle Parameter des Systems arbeiten zu 100 % stabil. Fusionsreaktor ist heruntergefahren. Die Zeit 1010 für den Wechsel auf Dunkle-Materie-Bahn bislang ungefährdet. Kurs Andromedagalaxis steht.

Den ersten Zielpunkt in M 31, Blaue Riesenschwester, werden wir nach Plan 1025, auf 100.000 Kilometer Abstand erreicht haben.

Alle haben ihre Plätze auf den Sicherheitssesseln eingenommen.
1005: Der Automatismus läuft ab jetzt, wir haben keinen Ein-
fluss mehr.

Der Eintrag in das Logbuch ist geschrieben. Jetzt noch ein paar beruhigende Worte an die Fluggäste und die Crew. Auch wenn es schwerfällt, ich darf meinen Humor nicht verlieren. Es gilt ihnen Mut zu machen: „Verehrte Fluggäste, hier spricht Ihr Kapitän! Ich bitte Sie, das Rauchen einzustellen und Ihre Sicherheitsgurte anzulegen. Die gesamte Crew wünscht Ihnen eine angenehme Reise ins wunderbarste Irgendwo der Schöpfung. Beehren Sie uns recht bald wieder und empfehlen Sie uns bitte weiter! Leute, nun zu euch! Ihr habt es gehört. Wir suchen das Paradies. Zwischen unserem Sonnensystem hier und dem paradiesischen dort gibt es nur noch diese dunkle Schwelle. Seid euch sicher, wie ich es mir bin, dass der Rat niemals gewillt wäre, solche astronomischen Summen von aufgebrachten Geldern in den Sand zu setzen. Also, da kann doch gar nichts schief gehen! Bringen wir es hinter uns. Augen zu und durch! Lasst uns zügig durch die Finsternis rauschen!"

DIE NEUSCHÖPFUNG

„Erwacht und vernehmt meine Worte! Der Weg führt euch nun heraus, aus der tiefsten Finsternis. Er führt euch heraus, aus der Unwissenheit, hin zur Erkenntnis, hin zu mir, hinein in das hellste Licht. Fürchtet euch nicht, denn ich spiegle den Geist des Universums wider sowie das Universum ein Spiegelbild meiner selbst ist. Seit Beginn an herrsche ich über Zeit, Raum und alle Welten. Fortan werde ich euch begleiten. Es ward von mir geboten. Endlich ist es vollbracht. Ihr seid erschaffen, die Vollendung meiner Wahrhaftigkeit, nach meinem Ebenbild, aus meinem Fleisch und meinem Blut. Auch ihr bildet nun die Krönung der Schöpfung, um mit eurem Schöpfer gemeinsam auf der höchsten Stufe zu stehen, über allem. Genug der Worte, es ist an der Zeit. Lassen wir Taten folgen. Mögen auch wir uns rüsten und meine himmlischen Heerscharen verstärken. Schaut mir jetzt in die Augen! Seht in ihnen mein Blut, aus dem ihr erschaffen seid! Seht das Fleisch! Blickt tiefer, viel tiefer! Ja, jetzt seid ihr nah genug, so nah, dass ich euren Geist in mich einsaugen und ich den meinen in euch einhauchen kann. Wir verschmelzen zu einem großen geistigen Wesen, so wie ich schon mit meinen himmlischen Heerscharen einen Geist bilde. Unsere Körper werden sich unendlich weit voneinander entfernt bewegen können. Doch werdet ihr fortan ständig im Wissen um meinen Willen sein sowie ich um euer Handeln wissen werde. Was euch eben ausgesaugt wurde, wird nun geprägt. Mein Wille geschehe. Ich hauche ihn euch ein. Schließt die Augen und lasst uns gemeinsam denken!"

„Wir wissen, wir sind die Schöpfer und Hüter des wahren Seins zugleich. Wir wissen, dass es jene gibt, welche anders sind. Wir wissen, dass diese anderen, welche wir nicht erschufen, unsere Schöpfung verunreinigen. Wir wissen, dass diese Kreaturen des Lebens unwürdig sind. Wir wissen, wo wir sie finden. Jene bewegen sich in dunklen Tiefen.

DIE BLAUE RIESENSCHWESTER

Ich komme zu mir, bin benommen. Vorsichtig öffne ich meine Augenlider zu schmalen Spalten. Ich sehe unsicher an mir hinunter und in Zeitlupe, alle Extremitäten checkend, wieder herauf. Meine Gedanken sortieren sich langsam. Ich balle meine Hände zu Fäusten, öffne sie wieder und drücke meinen Rücken durch. Hallo Eriksson, an dir ist scheinbar noch alles dran, denke ich. Du bist nicht zum Phantom geworden, bestehst noch aus Materie und kannst geistig Dinge erfassen. Überhaupt, was ist mit den anderen, denke ich weiter und rufe zum Ersten Offizier hinüber.

„Erster, ist alles klar bei dir? Hey, Erster, Meldung!"

„Yes, oh yes, das gibts doch nicht! Oh yes, sieht so aus, als wäre ich völlig unversehrt und nicht ein einziges Fältchen ist in der Uniform. Sie sehen ja auch immer noch wie unser Kommandant aus, Kommandant!"

Dem Ersten Offizier geht es gut, mir geht es gut, also wird es den anderen auch gut gehen, folgere ich gedanklich und weiß, dass die Koordination der nächsten Schritte jetzt elementar ist sowie das konzentrierte Handeln jedes einzelnen Mitglieds der Crew. Wir sind in einer anderen, aber genauso realen Welt angekommen, nicht im wunderbaren Irgendwo.

Ich fordere: „Leute! Jetzt kommt der zigmal geübte Ablauf und das berühmte ‚ZZ', ziemlich zügig! Leute, ich verstehe kaum mein eigenes Wort! Francis, ich bitte um Meldung! Francis, gehts dir gut?"

„Oui, mon capitaine, ich fühle mich gut und habe einen Selbstcheck vollzogen, complètement. Es fühlt sich alles noch ganz und gar gut an, gar nicht aufgeweicht. Oh, im Kopf meine ich naturellement!"

„Das freut mich sehr, Francis! Dann folgt jetzt eine ordentliche Meldung bitte!"

„Fusel-Reaktor ist hochgefahren. Oh, là là! Excuse moi! Fusionsreaktor ist hochgefahren. Entfernung exactement 100.000 nach unten. Magnetoplasmadynamischer Antrieb ist gestartet. Reduziere Abstand zur Blauen Riesenschwester, ab jetzt! Drossele bei 80.000 und stoppe bei 60.000 complètement, mon Général."

„Gut, Francis, du bist voll auf dem Posten, mon barreuse. Dimitri, Macmacs, ist bei euch alles klar? Meldung bitte! Dimitri, Macmacs, Antwort, ZZ! Seid ihr auf den Posten? Auch gut, es ist ja nicht überhörbar. Na dann, viel Spaß noch! Bazooka, ist bei dir auch alles gut? Sind die Waffensysteme auf höchster Bereitschaftsstufe?"

„Waffensysteme sind auf höchster Bereitschaftsstufe, Kommandant."

„Kaum zu glauben, es geht ja doch. Verstanden, Bazooka! Habt ihr Lachtüten Bazooka gehört? So geht eine ordentliche Meldung!"

2. Logbucheintrag 10.10.2092: Zeit 1025; Kommandant Gerald Eriksson:
Unglaublich, wir haben den Zielpunkt tatsächlich erreicht und sind unbeschadet geblieben. Lauter Jubel ist im Team ausgebrochen. Ich lasse es kurz zu, denn auch ich kann meine überwältigenden Gefühle für den Moment kaum zügeln. Passagiere und Besatzung sind wohlauf. Das Hinterschiff meldet: Alle Mitglieder der Kampftruppe sind unbeschadet. Laut Meldung des Begleitandroiden sind die Funktionen aller Roboter einwandfrei.

Der Autostart des Antriebssystems ist mit Ankommen erfolgt. Alle Parameter sind zu 100 % stabil. Der Fusionsreaktor arbeitet stabil. 100.000 Kilometer Objektabstand. Verringern nun den Abstand zur Blauen Riesenschwester, gehen bei 60.000 auf Stopp und beginnen mit der Planetenanalyse.
2. Randnotiz: Verhalten des Kardinal Luzzani i.O.

„Francis, ich warte auf eine ordentliche Meldung!"
„Wir stehen auf Überprüfungsabstand, 60.000, Kommandant."

„Verstanden, Antriebssysteme herunterfahren! Wir werden die Position länger halten. Erster! Alle sechs Vertikalstarter raus, Würfelflächenformation, Abstand 150 zum Schiff halten. Zwei Jäger raus, auf Abstand 25 zum Planeten, langsam auf 5 verringern."

„Verstanden, Kommandant"

„Dimitri, hast du schon erste Analysen und Scanergebnisse?"

„Die Schwerkraft beträgt mächtige 10,27 anstatt der uns gewohnten 9,81 m/s², Kommandant. Die Oberfläche des Planeten ist zum Großteil von Ozeanen bedeckt, wenn es auf der anderen Seite nicht ganz anders aussieht. In sechzehn Stunden wird er uns seine andere Halbkugel vollständig präsentieren, dann wissen wir dazu mehr. Der Sauerstoffgehalt auf dem Planeten ist ausreichend. Aber die Radioaktivität ist ziemlich hoch, zu hoch. Auch Giftgase sind deutlich auszumachen. Weitere Ergebnisse folgen in Kürze, Kommandant."

„Erster! Die Jäger sollen wieder aufsteigen. Abstand 59.000 nach unten und zusätzlich das Schiff sichern. Die zwei anderen Jäger raus, auf Abstand 500 zum Schiff und auch das Schiff sichern."

„Verstanden, Kommandant."

Ich wende mich unserem einzigartigen Crewmitglied zu, dem Bordbiologen. Er ist tatsächlich einzigartig, aber sonderbar zugleich. Und doch ist er einer der wichtigsten Teilnehmer der Reise.

„Macmacs, Neuigkeiten?"

„Keinerlei Spuren von Zivilisation erkennbar. Nein, keinerlei Spuren. Die Entwicklungsstufe des Planeten ist mit unserem Erdmittelalter vergleichbar, ähnlich Trias, Kommandant, ganz ähnlich wie Trias. Auf den Festlandgebieten ist es überwiegend heiß und trocken. Hier sind die ersten Aufnahmen von Gebieten an einzelnen Küstenabschnitten."

Unser guter Macmacs, er wiederholt sich, wenn er aufgeregt ist. Sein wirklicher Name ist Malcolm Macmillan. Malcolm ist oft aufgeregt, jedenfalls grundsätzlich, wenn es wissenschaftlich interessant wird. Das ist alles andere als selten der Fall. Daher sein Spitzname: Macmacs.

„Oh, Macmacs, die Vegetation sieht arg breitgedrückt aus, Schwerkraft 10,27 eben. Und, was sind das für Tiere? Die sehen ekelhaft aus, so schleimig, ein bisschen wie Schildkröten, nur viel größer und platter. Tatsächlich, die Teams daheim, auf unserer Mutter Erde, hatten gute Vorarbeit geleistet, über die vielen Jahre. Die Vermutung, dass hier Leben existieren könnte, hat sich schon bestätigt. Nicht wahr, Macmacs? Man kann es als ersten Treffer bezeichnen. Unsere Weitsichtigen auf der Erde haben absolut richtig gelegen, hier bewegen sich lebendige Kreaturen. Trotzdem, sie sollten uns mit mehr solcher schleimigen Lebensformen verschonen. Macmacs, kannst du schon mehr berichten, bezüglich dieser gallertartigen Massen?"

Macmacs ist völlig in seinem Element: „Ja, das ist noch nicht alles, Kommandant. Einige der Schildkröten sind leblos. Von anderen sind nur noch Überreste auszumachen, wie hier auf dieser Vergrößerung zu erkennen ist. Und schauen Sie, schauen Sie, Kommandant. So etwas habe ich noch nie gesehen. Bitte, schauen Sie doch, auf dieser Detailaufnahme, rund um die tote Kröte herum. Da und da auch, immer nah den Kröten und um die Kröten herum. Sehen Sie wie unglaublich das ist? Komman..."

„Ruhig, Macmacs, ich sehe es mir ja an."

Macmacs starrt entrückt durch seine starke Brille auf den Bildschirm und berührt ihn dabei fast mit seiner Stupsnase. Hätte er nicht solche Angst vor einer Operation, wäre ihm schon längst ein Chip eingepflanzt worden. Kontaktlinsen verträgt er nicht. So muss er eben mit dieser dicken Brille leben. Seine hellblauen Augen scheinen durch die beiden großen, runden Lupengläser einen gewaltigen Durchmesser zu haben. Aber außerhalb des Brillenrandes verliert sich das Gewaltige schlagartig. Macmacs schmale Gesichtszüge wirken gegenüber seiner dominanten Brille gefühlte fünfzehn Zentimeter zurückgesetzt. Von Pickeln nur so übersät, steht seine Gesichtshaut in völliger Harmonie zu seiner leuchtend roten Kopfbehaarung. Da diese weiter nach oben schütter wird, erreicht die Kopfhaut sowie die Schädeldecke ausreichende Luftzirkulation. Das erlaubt dem sich direkt darunter befindlichen Rechenzentrum unter Volllast zu arbeiten.

„Kommandant, ganz besonders interessant sind diese schön leuchtenden, gelben und roten Flächen und da, da sind auch blaue", bemerkt er verzückt.

„Schön sagst du, Macmacs? Dann möchte man sich zumindest wünschen dürfen, dass es wundervolle, lieblich duftende Blumenwiesen sind ... oder etwa nicht?"

Relativ knapp, ohne unnötige Umschweife, aber dafür in Macmacs Manier doppelt, beraubt er mich der letzten Hoffnung: „Das sind keine Blumen, nein, ich meine keine Blumenwiesen, Kommandant."

„Schade, bunte Schnittblumen hätten Francis bestimmt gefallen. Sag schon, Macmacs, was ist das bunte Zeug, wenn keine duftenden Blumen?"

„Das sind Pilze, ja, Pilze! Nein, doch keine Pilze."

„Macmacs, was denn nun?", frage ich ungeduldig.

„Kommandant, rein faktisch betrachtet ist es nur ein einziger Pilz. Dieser riesige Pilz ist unter dem Ausbreitungsgebiet der Kröten angesiedelt und sehr wahrscheinlich hochentwickelt sowie hochgiftig. Zumindest seine Sporen sind tödlich giftig. Ich vermute, dass die herumstäubenden Sporen die Kröten töten. Wie gesagt, es ist das Geflecht. Das Geflecht ist der Organismus, welcher im Boden unter den Kadavern der Kröten angesiedelt ist. Ich meine, im Boden, ganz nah unter, nein, direkt an der Oberfläche. Der Pilz verdaut seine verwesenden Opfer langsam. Man kann sagen, dass es sich hier um einen Krötenfleisch fressenden Riesenpilz handelt."

„Sehr lecker, was es doch für wirklich bemerkenswerte, außergewöhnliche Lebensformen geben kann. Macmacs, ich fasse kurz zusammen: Hier handelt es sich um bunte Pilze, deren Sporen schleimige Kröten töten und sich von ihnen ernähren. Das klingt arg abgefahren. Tja, Macmacs, nun sag mir: Welche ist für uns die eigentlich entscheidende Erkenntnis aus diesem Umstand?"

„Kommandat, das sagte ich doch bereits."

„Nein, Macmacs, ich meine etwas anderes. Es hat weniger mit deinen naturwissenschaftlichen Erkenntnissen zu tun, als vielmehr mit der weiteren Mission. Welche Konsequenz ziehen wir aus deinen Beobachtungen?"

„Was meinen Sie, Kommandant? Doch nicht etwa, dass unsere Mission gar nichts mit diesen überaus interessanten Pilzen und Kröten zu tun haben soll?"

„Macmacs, ganz so ist es auch nicht. Du hast diese Spezies entdeckt und wirst sie näher beschreiben. Aber die entscheidende Lehre daraus ist eine andere."

„Das verstehe ich nicht, Kommandant. Sie meinen, dass bestimmt noch mehr zu entdecken ist, … ja?"

„Macmacs, die Krux an der Geschichte ist einfach: Ein Aufenthalt ist nicht von Nöten, wo bunte Pilze Kröten töten."

„Das ist schade, Kommandant."

„Ja, ich finde es irgendwie auch ein bisschen schade, Macmacs", antworte ich verständnisvoll, bemühe mich ernst zu bleiben und wende mich Dimitri zu. „Dimitri, warum grinst du? Wir sind doch nicht zum Spaß hier. An die Arbeit, tiefer scannen."

„Ist schon gestartet, Kommandant", prustet er undeutlich heraus. Dann lacht er ungezügelt los. Dimitri kann unvermittelt sein ausgelassenes Temperament ausleben, andererseits wird er genauso unvorhersehbar und plötzlich tief betrübt.

„Hast du gehört, Macmacs, das riecht nach Arbeit! Wenn sich Dimitri freut, gibt es bestimmt gleich was zu finden. Oh, Moment, da kommt Dr. Okawa."

Der zierliche japanische Bordarzt betritt mit seiner leicht tänzelnden Gangart das Parkett. Die weit geschnittene, sehr locker fallende Hose, um seine Stelzen ähnlichen Beine schwingend, überholt ihn dabei mit jedem Schritt. Im Vergleich zu Stelzen sind seine Beine aber recht kurz, da Dr. Okawa nicht gerade zu den Hochgewachsenen zählt. Ihn irritieren die lachenden Gesichter merklich. Dimitri und inzwischen auch Bazooka halten sich noch ihre Bäuche.

„Oh, hallo Dr. Okawa, trifft sich, dass Sie gerade kommen", begrüße ich ihn, „hier sind alle gesund, wie Sie sicher sofort bemerken konnten. Wie sieht es denn im Hinterschiff aus? Körperlich haben es unsere speziellen Gäste gut überstanden, das wurde mir bereits gemeldet. Sind sie auch psychisch stabil?"

„Kompliment an die Kirchenleute, Kommandant. Selbst Kardinal Luzzani hat sich gefangen. Das Essen schmeckt ihnen schon wieder bestens, die geistigen Getränke der Dame und den Herren im Übrigen auch."

„Na, geht doch, wenigstens ist die Situation unter Kontrolle. Seien Sie bitte so freundlich, Dr. Okawa, und laden die Fürsten für den heutigen Abend in den Salon, Punkt 1900. Dr. Okawa, sagen Sie besser zu 19:00 Uhr, denn unsere Militärsprache verstehen die Zivilisten nicht, die schon gar nicht."

„Verstanden, Kommandant!", bestätigt er kurz. Mit tollkühnem Hüftschwung wendet er sich von mir ab, was zu heftigen Turbulenzen seines Hosenstoffs führt. Ihm gelingt das Wendemanöver erstaunlicherweise, ohne dass sich seine Beine dabei verheddern, was sicher einen bösen Sturz zur Folge gehabt hätte. Zielsicher marschiert er los.

Na, Okawa, das sollte wohl besonders zackig aussehen. Guter Ansatz, aber ein wenig Übung braucht es noch, denke ich und nehme gut gelaunt wieder Kontakt mit unserem Bordgeologen auf.

„Dimitri, schon Ergebnisse des Tiefenscans?"

„Das ist der Hammer, Kommandant! Hier existierte einst eine hochentwickelte Zivilisation. Ballungen von Gebäudestrukturen sind auszumachen, auch auf dem Mond des Planeten. Die damaligen Gesellschaften lebten geraume Zeit nach einer Industrialisierung. Die Begründung des Niedergangs können wir aus der Ferne nicht beurteilen. Da muss irgendetwas gewaltig schiefgelaufen sein. Eis ist leider nicht vorhanden. Eine Analyse über Schichtenverdampfung ist daher nicht durchführbar. Die Scans sind nicht aussagekräftig genug, da bräuchte es Bodenproben. Wir müssten graben, es gibt keine andere Möglichkeit."

„Danke, Dimitri, mehr als ein Treffer, gleich ein Volltreffer! Trotzdem, Leute, ich hatte es schon in Rücksprache mit dem Begleitandroiden beschlossen. Gewesene Zivilisation hin oder her, für eine Besiedelung scheidet der Planet aus. Wenn wir in 16 Stunden den Gesamtüberblick haben, entscheiden wir endgültig, ob wir vielleicht doch unsere kleine Landefähre nach unten schicken, um genauere Analysen und eine weitergehende Beurteilung zu bekommen. Wie es aussieht dann aber in jedem Fall ohne Landetruppe. Wir müssten mit einem der beiden Pionierroboter agieren, wir haben aber nur zwei. Also, checkt unbedingt vorher ab, ob wir uns mit der Aktion womöglich irgendwelche giftigen Sporen, Viren, Schleimmonster, Krötenseuchen oder noch Schlimmeres einschleppen könnten."

Spontan fasse ich einen Plan, der den Begleitandroiden betrifft. Ich versuche den Blechkopf davon zu überzeugen, selbst in das Hinterschiff zu gehen, um nach den Kirchenleuten zu sehen. Ich begründe es ihm, indem ich auf den VIP-Status unserer speziellen Passagiere hinweise. Ich erwähne zudem, dass mir die alleinige Einschätzung von Dr. Okawa nicht ausreichen würde. Der Androide bestätigt meine Anweisung und verlässt die Brücke. Ich bin zufrieden. Er wird eine Weile weg sein. Ich wende mich wieder der Crew zu.

„Leute, sind alle Systeme auf Automatik? Dann ab in die Kojen, oder was auch immer. Am Abend möchte ich euch frisch sehen und dass ihr mir nicht eure Gebetsbücher vergesst."

Alle, außer dem Ersten Offizier, Bazooka und mir, haben die Brücke verlassen. Ich setze mich mit mit dem Ersten Offizier an einen Besprechungstisch, abseits der Steuerpulte. Unser afrikanischer Bordschütze muss bis zur Ablösung seine Stellung halten. Die räumliche Entfernung zu ihm ist ausreichend. So kann ich mit dem Ersten endlich ungestört sprechen, wenn auch etwas leiser. Er ist mit seinen vierzig Lenzen sieben Jahre jünger als ich sowie ihm auch sieben Zentimeter meiner Körpergröße von Hundertsechsundneunzig fehlen. Seit über dreizehn Jahren sind wir schon gemeinsam unterwegs. Aufgrund seiner überragenden Fähigkeiten, etwa in aufmerksamer Voraussicht, Situationsanalyse und dem daraus resultierenden präzisen sowie schnellen Handeln, besitzt er mein vollstes Vertrauen.

„So, alter Weg- und Kampfgefährte, jetzt haben wir einen Moment Ruhe. Marc, wir haben manche Schlacht gemeinsam geschlagen, unter dem neuen Banner der UN, dem Heptagon, das unsere sieben Kontinente beschreibt. Der finale Kampf, den wir gegen die Raumschiffe der gegnerischen Verbände führten, verlangte uns eine Härte und Erbarmungslosigkeit ab, wie wir sie bis dahin nicht gewohnt waren. Schließlich vernichteten wir den Großteil der feindlichen Flotten und zwangen sie, zu kapitulieren. Es war vorrangig die Waffenüberlegenheit unseres damaligen Flaggschiffs und der Mut unserer Crew. Beides trug maßgeblich dazu bei, den Obersten Rat der Vereinten Nationen in die unangefochtene Position zu versetzen, die Erde kontrollieren zu können. Seien wir ehrlich, nun bist du der Erste Offizier eines Kampfschiffs, dieses Mal mit Namen UN 101. Wie ist dir zumute? Du bist wohl vor dem Beginn der Reise im Unklaren gelassen worden?"

Der Erste antwortet gewohnt ruhig: „Allerdings! Dass unser Auftrag lautet, unbekannte Welten zu finden und diese zu erforschen, vermutete ich jedoch mit Betreten des Schiffs. Zumindest ähnelt diese Mission den letzten beiden rein wissenschaftlichen Unternehmungen, welche durch unser heimisches Sonnensystem führten. Die Anwesenheit der Luft-Bodentruppe sagt mir klar, dass gefundene, fremde Welten gegebenenfalls sofort zu erobern sind. Doch was hat es mit diesem Begleitandroiden und im Besonderen mit den Kirchenleuten auf sich? Das ist nicht nur ungewöhnlich, das ist sogar befremdlich."

„Marc, für uns Crewmitglieder war die Konfession des jeweilig anderen völlig sekundär. Hier geht es einzig allein um den Menschen. Du bist ein US-Amerikaner und Muslim. Ich habe meinen ganz eigenen Glauben. Manche mögen sagen, es sei gar keiner oder der eines Barbaren. Hat das Thema Religion an Bord je eine Rolle gespielt?" Ich schaue den Ersten fragend an.

„Natürlich nicht, Gerald."

Ich nicke bestätigend: „Das dürfte ich auch nicht tolerieren und würde es sofort unterbinden. Marc, mit den Kirchenleuten verhält es sich ganz anders. Der Oberste Rat meint, dass die politischen Konflikte weitestgehend bereinigt wären. Das hatten wir ja gerade erst. Uns, die wir alles andere als unbeteiligt waren, schenkte er gern sein erneutes Vertrauen. Eine weitere Überlegung des Rates ist, dass sich die Kirchen seit Jahrhunderten kaum bewegt hätten und dass sie einer gesellschaftlichen Fortentwicklung im Weg stünden. Sogar im Gegenteil, deren angebliches Alleinvertretungsrecht Gottes gäbe den extremistischen Flügeln die Legitimation zu terroristischen Gewalttaten, bis hin zum Anfachen von Kriegen. Nunmehr müssten die verschiedenen Kirchen endlich die längst überfälligen Reformen umsetzen. Der Rat gibt ihnen mit dieser Reise eine letzte Chance, ihre Sichtweise zu überdenken, zu ändern und es ihren Gläubigen eindringlich zu vermitteln. Für mich steht eindeutig fest, dass die Geduld des Rates sehr bald gänzlich erschöpft sein wird. Vielleicht ist sie es bereits und der Rat braucht nur noch einen letzten Beweis, eine Rechtfertigung, um drastische Maßnahmen gegenüber den Kirchen begründen zu können. Wir wissen, wie pragmatisch der Rat agiert." Ich greife nach einem Stapel Einmalbecher und verteile sie auf dem Tisch. Ich weise mit dem Finger auf den Becher in der Mitte und wiederhole: „Der Rat agiert absolut pragmatisch. Kalkül betrachtend stuft er die Kirchenleute als rückständig ein." Ich schiebe einen der Becher an die Tischkante, so dass er schon ein wenig übersteht und bemerke: „Es traute sich vor dem Rat niemand an das Thema heran. Es war und ist eben ein ungeschriebenes Gesetz, hinsichtlich der Religionsfreiheit. Das ist auch gut so, es geht sogar bis hin zur Narrenfreiheit. Nun gut, wir werden sehen." Ich nehme einen anderen Becher in meine rechte Hand und fahre fort: „Jetzt zum Begleitandroiden. Man hat im Rat sicherlich die Befürchtung, wir könnten tatsächlich ein Paradies vorfinden und uns dann womöglich absetzen. Bei den derzeitigen Bedingungen auf unserem Heimatplaneten ist die Überlegung auch gar nicht so abwegig. Schau, der Pappbecher ist leer sowie die Ressourcen auf der Erde fast aufgebraucht sind. Du weißt es genauso gut wie ich. Es gibt immer weniger bewohnbare Gebiete. Zwischen den großflächigen Städten wurde selbst die letzte Fläche kultiviert, sie wurde entweder für die Industrie oder die Agrarwirtschaft nutzbar gemacht. Die Ozeane kippen weiter um, Fischschwärme werden seltener. Die einstige natürliche Vegetation und die Tierwelt ist inzwischen ein Thema für Geschichtsbücher. Alles Ursprüngliche wurde Opfer des Konsums. Wirklich lebenswert ist etwas anderes. Darum befürchtet der Rat wohl, wir könnten auf dumme Gedanken kommen." Ich betrachte den Becher und bemerke dabei: „Schau, der Kaffeebecher ist aus billiger Pappe. Und doch ist es angenehm aus ihm zu trinken. Nun haben wir diesen unangenehmen Typen aus Blech am Hals. Ich sehe keinen Nutzen in ihm. Marc, du kannst dich auch noch gut an den Kampf mit dem Kampfkreuzer erinnern, der ausschließlich mit Androiden besetzt war, oder? Unser Manöver war denen strategisch zu unkonventionell, denn damals waren die Blechköpfe nicht ausreichend programmiert. Bevor sie sich versahen, war ihr Schiff von unserem Hochenergiestrahl getroffen worden und es verpuffte. Aber Vorsicht, Marc, denn dieser hier ist uns tatsächlich in fast allen Belangen überlegen. Vor allem ist er mir nicht geheuer. Wir unterliegen am Ende völlig der Entscheidungsgewalt dieses Kontrolltypen. Sollte ich aus körperlichen Gründen ausfallen, wärst du am Zug. Mein absichtliches Fehlverhalten vorausgesetzt, ist er instruiert, sofort die Führung des Schiffs zu übernehmen. Das passt mir überhaupt nicht. Der Blechkopf würde sich einfach vor unsere Nase setzen. Er hat immerhin genug andere Blechtypen als mächtige Unterstützer in seinem Gefolge. Auch gegenüber der gesamten Kampftruppe wäre er dann weisungsberechtigt", äußere ich unzufrieden. Dann betrachte ich eine ganze Weile den Becher in meiner Hand. Schließlich nicke ich mit dem Kopf. Der Erste Offizier schaut mich irritiert an: „Gerald, die Besatzung würde in jedem Fall nur auf dich hören."

„Nein, Marc, wir wären sofort matt gesetzt. Das akzeptieren wir nicht", flüstere ich, zerdrücke den Becher und füge an: „Aber lass uns noch abwarten. Uns wird etwas einfallen." Ich stehe auf, blicke selbstsicher in die Augen des Ersten und sage: „Wird schon schiefgehen, Erster. Nun stehen wir mit dem Schiff erst einmal sicher. Bereiten wir uns auf das Abendessen vor." Ich drücke die Schulter des Ersten und füge schmunzelnd an:„Oder wollen wir es passender das Abendmahl nennen wegen den Kirchenleuten? Geh vor, ich warte die verbleibenden paar Minuten auf die erste Brückenwache."

„Bis nachher, Gerald."

Ich schaue zu Bazooka. Er ist für sein Reaktionsvermögen bekannt. Da ist er die unschlagbare Nummer Eins unter den Flottenangehörigen. Auch all sein Handeln geschieht gefühlt in Raketengeschwindigkeit. So kam er zu dem Spitznamen, Bazooka. Gute Leute eben, denke ich, ausgesprochen gute Leute sogar. Der Begleitandroide kommt gerade mit der Wache. Nun kann auch ich mich auf das Abendessen vorbereiten.

Der erste Tag unserer Reise neigt sich seinem Ende zu. Endlich liege ich müde in meiner Koje. Das Abendessen war eine Katastrophe. Aber nicht, weil das Essen nicht geschmeckt hätte. Die anfangs sogar recht ausgelassene Stimmung ging von den merklich alkoholisierten Kirchenleuten aus, bis der Pegel überschritten wurde. Durchweg gaben die Patriarchen der protestantischen Bischöfin in unschönen Äußerungen zu verstehen, dass sie doch nur eine Frau wäre, damit nicht besonders ernst zu nehmen sei und schon gar nicht mitreden dürfe. Ich bat daraufhin die Bischöfin an unseren Tisch und wies ihr für den weiteren Verlauf der Reise eine Unterkunft direkt neben der von Francis zu. Nachdem die Herren auch noch von unseren Ergebnissen hinsichtlich der Blauen Riesenschwester erfahren hatten, kippte die Stimmung völlig. Es wurde gemutmaßt, unterstellt und gestritten. Natürlich hätten auf der Blauen Riesenschwester Kinder Gottes gelebt, so ihre Ansicht. Diese müssten wohl auch verschiedenen Religionen angehört haben, wie auf Erden. Nur so wäre es überhaupt möglich gewesen, dass die Zivilisation einen Niedergang erfahren musste, hatten sie gemeint. Die Schuld daran, dass Gottes Zorn sich über unserem, wie diesem Planeten entladen hatte, trügen selbstverständlich die anderen Glaubensrichtungen. Aus einer lauter werdenden Diskussion hatte sich dann nach und nach eine aggressive Wortschlacht entwickelt, die immer weiter zu eskalieren drohte. Ich hatte die Streithähne höflich gebeten, den Salon zu verlassen. Obwohl ich meiner Aufforderung mehrfach und inzwischen energisch Nachdruck verliehen hatte, wurde ihr nicht entsprochen. Die Kirchenleute hatten sich beharrlich geweigert. Letztendlich blieb mir nur noch übrig, ihnen freundliche Begleitungen zuzuteilen, die sie in ihre Unterkünfte führten.

Ich bin schläfrig. Diese Kirchenfürsten, resümiere ich vor mich hin. Jeder Einzelne von ihnen zeigte diese Intoleranz gegenüber Andersgläubigen, genau wie es vom Rat verurteilt wird. Das wollen gebildete Theologen sein? Der Rat wird sich bislang bestätigt fühlen, aber wir werden mit den Fürsten noch länger unsere Freude haben. Gleich morgen früh werde ich einen ausführlichen Bericht schreiben müssen, mich weiter möglichst neutral verhalten, an richtiger Stelle meine Klappe halten und wie immer meine Aufgaben äußerst korrekt erfüllen. Diese Kirchenfürsten ..., diese Fürsten", murmele ich kopfschüttelnd.

DIE BURG DES FÜRSTEN

Dies ist meine Burg. Ich herrsche über die Burg und das Land, welches sie umgibt, so wie ich auch diesen Planeten beherrsche. Ich besitze die Macht über die Heerscharen der Lüfte. Ich allein erschuf die Drachen. Die Drachen, die über die Höhen und die Tiefen wachen. So ist mir schon bald jeder Untertan. Jedwedes wird meinem Willen unterliegen!

Die Burg ist meine Veste. Die Veste ist meine Heimstatt. Sie wurde tief in Fels gehauen, von des Berges Flanke aus. Niemand kann die weiten Tiefen sehen. Keiner vermochte sie je zu finden, noch wird man sie jemals finden. Die kalten Böden in dunklem Rot sind gefärbt vom Blut der Dahinsiechenden. Nicht ein einziger Tropfen des Blutes war verschwendet worden. Es ist eine ewige Erinnerung an abertausend Geknechtete, welche diese Festung nach meinen Plänen bauten. Die wenigen, die noch frei leben, werden sich meiner Macht beugen müssen, denn auch sie werden von meinen Schergen heimgesucht werden. Mein Wille geschehe.

Ich ließ die hohen Räume formen, in meiner Burg. Wände, die aus grauem Fels sind und die sich weit oben zu einer Spitze schließen, die verschmelzen mit des Berges Form selbst. Nach meinen Vorstellungen geschaffen, vermag keiner die starken Mauern zu durchdringen. Ich ließ entstehen, von jenen unwürdigen Sklaven, die nur meinen Gedanken gehorchen. Ich ließ sie formen, die edlen Möbel aus schwarzem, schimmerndem Stein, ausladend in der Fläche, die Lehnen hoch. Den Thron, der würdevoll erhöht gegenüber des Saales Eingang wartet, so wie es nur mir gebührt. Mein Banner, das hoch über dem Thron stolz hängt und einen fliegenden roten Drachen darstellt, das so nur eines Drachenfürsten würdig ist. Die restlichen Wände sind mit furchtbaren Waffen geschmückt, geschmiedet aus hartem Metall. Die monumentalen Figuren, stille, mir gefügige Diener aus rotem Kristall, ragen steil auf und bewachen die Räume und Gänge. Sie sind von übermächtiger Statur, mir und meinem Antlitz ähnlich.

DER BLAUE ZWERGENBRUDER

Es ist der Morgen des 11. Oktober. Der ausführliche Bericht über die Geschehnisse des Vorabends hat mich einige Zeit gekostet. Aber jetzt bin ich fertig und gehe auf die Brücke. „Morgen Leute, hatte noch zu schreiben. Erster, gibt es schon Neuigkeiten zu vermelden?"

„Hier ist rundherum nur Hölle, um es mit den Worten unserer frommen Gäste auszudrücken. Die Jäger sind schon länger wieder drin. Wir könnten die Vertikalstarter auch reinholen, Kommandant."

„Moment noch, Erster. Macmacs, willst du mir etwas sagen?"

„Ich sehe es ein, Kommandant. Ein Aufenthalt ist nicht von Nöten, wo bunte Pilze Kröten töten."

„Macmacs, was veranlasst dich meinen Spruch zu wiederholen?"

„Soll heißen, Kommandant, das Milieu des Planeten ist viel zu gefährlich, zu gefährlich. Die Landefähre mit dem Pionierroboter könnten wir nicht mehr ins Mutterschiff zurückholen. Zu gefährlich. Viel Material wäre verloren."

„Ja, Macmacs, das ist der Ausflug nicht wert. Auf weitere Erkenntnisse hinsichtlich der Gruselgeschichte dieses Planeten verzichten wir und wie sich solcher Urschleim verbreiten konnte. Der Planet erfüllt außerdem noch nicht einmal die Kriterien der Kategorie 1, da eine Rohstoffgewinnung nicht sicher und effizient durchführbar ist. Der Tag ist noch jung, also wird nicht lange gefackelt. Ein guter Tag, um Welten zu entdecken. Hat gestern doch prima geklappt. Leute, wieder ist euer Mut gefragt! Erster, die Vertikalstarter rein! Francis, gib ordentlich Dampf auf den Kessel! Es ist der Tag des Zwerges und Zwerg beginnt mit Z. Also ZZ, ziemlich zügig zurück zum Ausgangspunkt, 100.000, und die Vorbereitungen für den zweiten Zielpunkt, Blauer Zwergenbruder, getroffen!"

Kaum eine Stunde ist vergangen und wir kommen wiederum zu uns.

„Na, Leute, fängt an Spaß zu machen, oder? Wie gehabt, weiter mit Z. Zeit ist Geld. Wir wollen die Kasse der UN nicht mehr als nötig belasten. Erster, wie sieht es aus?"

„Alles klar, Kommandant!"

„Francis?"

„Entfernung 100.000, drossle bei 80.000 die Geschwindigkeit und gehe bis auf 60.000, Kommandant!"

„Bazooka?"

„Waffensysteme sind auf höchster Bereitschaftsstufe, Kommandant!"

„Francis?"

„Wir stehen auf Überprüfungsabstand 60.000, zum Blauen Zwergenbruder, Kommandant!"

„Sehr gut, Leute! Klappt ja inzwischen wie geschmiert. Francis, Antriebssysteme herunterfahren. Wir werden die Position voraussichtlich länger halten."

„Verstanden, Kommandant!"

„Erster, alle sechs Vertikalstarter raus, Würfelflächenformation, Abstand 150 zum Schiff. Und zwei Jäger raus, auf Abstand 25 nach unten, langsam auf 5 verringern."

„Verstanden, Kommandant!"

„Dimitri, hast du schon erste Analyse- und Scanergebnisse vom blauen Schlumpf?"

„Schwerkraft nur 8,62, Kommandant. Es ist kein Trabant vorhanden. Die Oberfläche des Planeten ist komplett von einem Ozean bedeckt. Die Achse des Planeten steht nicht stabil, er trudelt. Außerdem dreht er sich relativ schnell. Die Meeresströmungen sind dementsprechend stark. Es ist nur eine dünne Atmosphäre vorhanden. Das bewirkt eine hohe Einstrahlung aus dem Weltraum. Genauere Ergebnisse in Kürze, Kommandant."

„Macmacs?"

„Keine Spuren von höher entwickeltem Leben im Wasser, Kommandant!"

„Verstanden, Macmacs. Leute, hier holt man sich nur nasse Füße! Hier will wohl keiner von uns alt werden."

Während ich die Worte ausspreche, wird mir klar, dass diese Formulierung unbedacht ist. Ich bemerke sofort, dass der Begleitandroide meine Äußerung als schwerwiegenden Verstoß registriert hat. Das Geräusch aus seinem Inneren ist lauter als gewohnt. Die Sensorik seines Kopfes bewegt sich im Zeitraffer und er hat alle Waffen ausgefahren. Er schlussfolgerte, dass wir uns absetzen wollen würden, sobald es möglich wäre. Er scannt jeden einzelnen von uns, sogar unsere Mimik. Der Erste Offizier schaut mich an. Den Schreck und die Besorgnis erkenne ich nur in seinen Augen. Ich muss die Situation kurz realisieren und fahre den Androiden sofort laut an: „Begleitandroide! Dieser Satz war eine Redensart, eine sprachliche Variante! Anweisung, definiere Redensart! Selbstüberprüfung des Begleitandroiden zwingend notwendig! Unzureichende Programmierung! Definiere Redensart! Diese Redensart bedeutet: ‚Dieser Planet ist für eine zukünftige Besiedlung ungeeignet.' Ich notiere jetzt im Logbuch!"

3. Logbucheintrag 11.10.2092; Zeit 1134: Kommandant Gerald Eriksson: Eine von mir benutzte Redensart sorgt für eine massive Funktionsstörung des Begleitandroiden, aufgrund unzureichender Programmierung. Der Begleitandroide kann den Begriff Redensart nicht definieren. Die gebräuchliche Redensart: ‚Hier will wohl keiner von uns alt werden', steht für: ‚Dieser Planet ist für eine zukünftige Besiedlung ungeeignet.' Ich ordne an: Das Sprachprogramm des Begleitandroiden ist von den Bordtechnikern zu überprüfen und neu zu programmieren."

Der Androide hat scheinbar nur noch mich im Visier. Seine leiernden Lautsprecher tönen: „Nachträgliche Eingriffe in die Programmierung des Androiden und der Roboter sind unzulässig. Fordere klarstellenden Eintrag ins Logbuch, Kommandant."

„Begleitandroide, dann notiere ich jetzt erneut im Logbuch!", antworte ich genervt.

Änderung der letzten Anordnung im 3. Logbucheintrag 11.10.2092; Zeit 1135: Kommandant Gerald Eriksson: Begleitandroide informiert mich über die ihm erteilte Vorgabe. Die wortgetreue Aussage des Begleitandroiden ist: ‚Nachträgliche Eingriffe in die Programmierung des Androiden und der Roboter sind unzulässig. Fordere klarstellenden Eintrag ins Logbuch, Kommandant.' Die neue Anordnung lautet: Das Sprachprogramm des Begleitandroiden ist von den Bordtechnikern nicht zu überprüfen und nicht neu zu programmieren."

Der Begleitandroide fährt wieder auf seinen Standardmodus herunter. Wir sind mehr als erleichtert, auch wenn es sich keiner von uns anmerken lässt. Die Gesichter der Crew sehen immer noch aus, als wären sie in Stein gemeißelt. Das ist gerade noch einmal gut gegangen, denke ich. Ich muss mit meinen Äußerungen vorsichtiger werden. Das betrübt mich. Eine Seite von mir zeigt den strengen Kommandanten, der den Leuten sehr viel abfordert. Doch ich habe auch eine lockere Art. Sie erachte ich als wichtige, motivierende Notwendigkeit, um der Besatzung über ihre Ängste hinweg zu helfen, aber auch mir selbst. Ich werde zukünftig jedes Wort auf die Goldwaage legen müssen. Das schmeckt mir gar nicht, Begleitandroide, du bessere Blechbüchse.

DIE WEISSE SCHWESTER

Wir haben uns gefangen, fünfundzwanzig Minuten nach dem einschneidenden Erlebnis mit der Blechbüchse. Die Besatzung wirkt zum Glück wesentlich entspannter. Die Gesichter sind wieder mit Leben erfüllt. Eigentlich wäre ein freier Tag angebracht. Aber es hilft nichts, es muss weiter gehen. Also auf ein Neues.

„Erster?"

„Kommandant, die Vorbereitungen für den nächsten Zielpunkt, Weiße Schwester, sind getroffen worden. Aber was machen wir mit den Kirchenleuten? Die sind alle noch nicht aus ihren Kojen. Sie müssen sich sicher noch pflegen."

„Sie sollen ihre Sicherheitsstühle direkt in den Unterkünften einnehmen. Francis, zurück zum Ausgangspunkt, in 100.000!"

4. Logbucheintrag 11.10.2092; Zeit 1240: Kommandant Gerald Eriksson: Wir haben mit der Weißen Schwester, den dritten Zielpunkt, aber auch den Tiefpunkt, unserer Reise erreicht. Grundsätzlich würde hier alles passen, bis zur fast mit der Erde identischen Schwerkraft von g = 9,81 m/s². Aber der Planet ist völlig vereist. Die Schichtenverdampfung ergab eindeutig, dass hier einst gute Lebensumstände bestanden haben. Doch eine totale Eiszeit hat eine kilometerdicke, weiße Schicht über den Planeten gelegt, die auch mit unseren Mitteln nicht zu brechen ist.

„Leute, selbst ein Abbau von Rohstoffen ist unmöglich", gebe ich zu Bedenken.

„Also weiter, vielleicht finden wir auf der Grünen Wilhelmine eine zukünftige Herberge für die Menschheit. Wir wissen es nicht, noch nicht. Also, ZZ!"

DIE GRÜNE WILHELMINE

5. Logbucheintrag 11.10.2092; Zeit 1400: Kommandant Gerald Eriks-
son: Passagiere und Besatzung sind wohlauf. Was eben noch unmög-
lich erschien, ist bereits zur Routine geworden. Haben den Zielpunkt
im Dreiecksnebel M 33 ohne Probleme erreicht. Stehen auf Über-
prüfungsabstand, 60.000, zur Grünen Wilhelmine. Die Planeten-
analyse läuft. Bisherige Ergebnisse entsprechen Kategorie 1A. Sind
auf langen Stopp eingestellt. Waffensysteme sind auf höchster Be-
reitschaftsstufe. Die sechs Vertikalstarter sichern UN 101 in Wür-
felflächenformation, Abstand 150 zum Schiff. Zwei Aufklärungs-
drohnen sind auf Umlaufbahn, Abstand 15 nach unten. Zwei Jäger
scannen den Planeten, Abstand 5 nach unten. Treffen damit Vorbe-
reitungen für Landemanöver.

Die Crew arbeitet hochkonzentriert auf ihren Posten. Jeder
stößt an seine Grenzen. Wir haben einen absoluten Volltreffer
gelandet. Wir konnten den Planeten bereits nach unseren ersten Erkenntnissen in die höchste Kategorie einstufen, in Kategorie 1A. Eine Grundbedingung für 1A ist es, terrestrische
Grundverhältnisse mit einer durchschnittlichen Abweichung
aller Vergleichsfaktoren von maximal zwanzig Prozent ins Ne-
gative zu erfüllen. Der Grünen Wilhelmine gebe ich den Kurz-
namen ‚Grüne Minna' oder noch kürzer, einfach nur ‚Minna'.
Aller Voraussicht nach wird sie eine weitere, in sich geschlossene Heimatstatt für menschliches Leben darstellen können.
   Weitere Analysen liegen auf meinem Tisch. Minna bietet op-
timale Bedingungen, die jene der Erde sehr deutlich übertreffen. Die Schwerkraft ist etwas höher als auf unserer Erde, mit
$g = 9,92$, anstatt $g = 9,81$ m/s². Aus der Ferne ist Minna leicht
zu beschreiben. Aus der Ferne ist Minna leicht zu beschreiben.
Zwei kleine Monde sind ihre ständigen Begleiter. Da sie sich
fast genau gegenüberstehen, kann man von einem der beiden

Trabanten aus niemals den anderen sehen. Minna dreht sich unmerklich langsamer als unsere Erdkugel, um ihre stabil zu ihrer Sonne parallel stehende Achse. Daher gibt es keine Jahreszeiten. Von den großen, weißen Polkappen abgesehen, ist ihr Grün sehr dominant. Feinadrig wird die satte Farbe dichter Bergwälder von vielen breiten Flusstälern durchzogen. Das Blau der Flüsse wird von lichtdurchfluteten Auenwäldern gesäumt. Die Wasserläufe münden in den vielen kleineren blauen bis türkisfarbenen Meeren, welche sich recht gleichmäßig über die gesamte Oberfläche verteilen. Die Vergletscherungen der Berge sowie die Ansammlungen von Wolkenfeldern wirken zwischen den grünen Flächen wie kleine weiße Tupfer.

Ich wende mich an den Ersten Offizier. Er scheint neben mir gerade etwas Luft zu haben, um sich zu unterhalten.

„Erster, ich möchte weitere Meldungen von dir hören."

„Kommandant, es gibt immer noch keine Hinweise auf eine Zivilisation. Es ist ein unberührtes Paradies. Für uns stellt es jedoch ein Problem dar. Die tiefergelegenen Gebiete sind mehr oder weniger dicht bewaldet, die Berge ziemlich steil. Es gibt keine Landemöglichkeiten, bis auf eine einzige Ausnahme. Die Drohnen haben ein großflächiges Hochplateau ausgemacht. Die genauen Landebedingungen werden noch gecheckt."

„Gut. Haltet die Waffensysteme vorerst auf höchster Bereitschaftsstufe. Die sechs Vertikalstarter bleiben draußen und schirmen uns ab. Beordert beide Jäger zurück und schickt dafür zwei weitere Aufklärungsdrohnen auf die Umlaufbahn, so tief wie möglich. Informiert den Führungsstab der Kampftruppe. Die Lagebesprechung findet Punkt 1600 statt. Und jetzt noch zu den Kirchenleuten: Die bleiben bis auf Weiteres in ihren Unterkünften und werden auch dort versorgt. Macmacs, hier bist du in deinem Element, oder? Da unten scheint ja Natur pur zu bestehen. Berichte mal!"

Ich befürchte plötzlich, dass er nun alles dreimal sagen wird.

„Kommandant, die Entwicklungsstufe dieses Planeten erinnert an unser Karbonzeitalter. Ja, Karbon, das darf man vergleichen. Die Vegetation ist aber auf einer deutlich höheren Entwicklungsstufe. Und es ist nicht ganz so feucht in den Wäldern. Dementsprechend gibt es weniger Insekten, sogar merklich weniger. Auch weniger Krö..."

„Verstanden", falle ich ihm ins Wort.

„Tut mir leid, aber hör mir bloß mit den Kröten auf. Macmacs, einigen wir uns auf weniger Lurche und ähnliches Getier. Jetzt erzähl bitte weiter."

„Kommandant, die Gewässer sind sehr fischreich, voller Fische. Und Krö..., äh, Lurche gibt es auch. Echsen gibt es reichlich, in allen Größen und Farben, im Wasser, an Land und in der Luft. Die Amphibien sind besonders zahlreich. Soweit wir bisher sehen konnten, beeindrucken die Großechsen an Land besonders. Sie sind unseren Komodowaranen recht ähnlich, aber mächtiger, viel mächtiger. In der Luft bewegen sich vorwiegend kleinere Arten von Flugechsen. Doch da gibt es eine Ausnahme und was für eine!"

„Macmacs, mach es nicht so spannend, berichte weiter."

„Kommandant, die vielen großen Flugechsen sehen gar nicht so nett aus. Also die, die oben in den Bergen leben. Sie wirken unheimlich, fast unwirklich. Das sind keine Flugechsen, Kommandant, das sind wahrhaftige Flugsaurier. Diese Räuber passen überhaupt nicht ins Gesamtbild, mit ihren langen Köpfen und einer Spannweite von vielleicht zwölf Metern. Moment, ich messe gerade. Ja, es sind locker zwölf Meter. Eigenartig erscheint mir auch ihre hohe Population. Zu hoch, viel zu hoch, denn die Populationen ihrer möglichen Beutetiere passt nicht zusammen. Das geht eigentlich gar nicht, da stimmt etwas nicht. Die Flugmonster haben Federn, sind aber eindeutig Flugsaurier. Also die, die oben über den Bergen fliegen. Dafür scheint es keine Vögel auf dem Planeten zu geben. Aufgrund der starken Ausbreitung der kleineren Flugechsen, die haben beste Lebensbedingungen, ließ die Evolution diese Entwicklung wohl nicht zu. Und, parallel zu den vielen Echsen leben dort unten auch hochentwickelte Säugetiere, Fluchttiere, also Pflanzenfresser, aber auch Räuber. Raubkatzen, die aussehen wie gestreifte Säbelzahntiger. Die aus unserer Vorzeit bekannten Säbelzahntiger hatten im Vergleich zu diesen nur circa sechzig Prozent des Körpervolumens. Was ist das denn? Jetzt kommt es aber dicke, richtig dicke. Ist gerade eingespielt worden, die Aufnahme. Sehen Sie da, Kommandant, sehen Sie doch!"

Macmacs ist sehr aufgeregt und klebt so nah am Bildschirm, dass ich wieder einmal überhaupt nichts sehen kann.

„Für mich ist das einzige, das klar erkennbar ist, die Reste deines roten Haupthaars, Macmacs."

„Oh, Entschuldigung. Hier, die wurden in einem bewaldeten Tal für einen kurzen Moment ausgemacht. Wahrscheinlich sind es Höhlenbewohner", mutmaßt er etwas unsicher, während er versucht seinen Blick auf mich zu adaptieren. Diese völlig neue Faktenlage müssen wir beide verarbeiten. Zwei riesige, fragende Augen sind durch geschliffene Glaslinsen auf mich gerichtet und meine aufgerissenen Augen auf seine. Ich störe die visuelle Verbindung, indem ich ihn fordernd anfahre: „Was heißt wahrscheinlich? Wahrscheinlichkeiten bringen uns nicht weiter. Was sind das genau für Typen, Macmacs?"

Er klebt wieder an seinem Bilschirm. Einige Sekunden vergehen, bis er präziser wird: „Sehr weit entwickelte Primaten, wenn man sie überhaupt so nennen darf. Ich ziehe gerade die Auflösung hoch. Das sind Bilder, die von einem unserer Jagdflieger aufgenommen wurden. Zu weit entwickelt, Kommandant, die sind viel zu weit entwickelt. Das sind eindeutig Nichtprimaten. Die sind eher mit uns Menschen vergleichbar. Ähm, darf ich sie ‚Homo Wilhelmine' nennen, Kommandant?"

„Selbstverständlich, Macmacs, ‚Homo Wilhelmine' wird schon im 5. Logbucheintrag vermerkt."

Malcolm Macmillan, unser Bordbiologe, wird als der Entdecker einer menschenähnlichen Gattung auf der Grünen Wilhelmine benannt. Er gibt der Spezies den Namen Homo Wilhelmine.

Ich schreibe ins Logbuch und freue mich mit Macmacs.

„Das ist ein guter Name, Macmacs. ... Macmacs?"

Ich stelle fest, dass er mir gar nicht mehr zuhört. Sein Kopf scheint schon wieder zu rauchen.

Ich klopfe auf Macmacs Pult, um mich bemerkbar zu machen und frage: „Macmacs, da kommt also gleich noch mehr?"

„Kommandant, wenn wir alle Messungen während der Aufnahmeerstellung miteinrechnen sind sie …, so groß?"

Ich werde ungeduldig und lauter: „Wie groß ist denn so groß? Wie groß will ich wissen, Macmacs!"

„Einen Moment noch, Kommandant. Das Ergebnis wird bestätigt, also ist es doch richtig. Schauen Sie jetzt, das Bild ist nun ziemlich klar. Man kann ihre Jagdwaffen leider nur schlecht erkennen. Ihre Körper sind jedenfalls komplett bekleidet und ihre Körpergröße ist erstaunlich, wirklich ganz erstaunlich."

Nun platzt mir fast der Kragen: „Wirklich ganz erstaunlich, Macmacs? ZZ! Antwort! Wie groß hatte ich gefragt!"

„Kommandant, laut Messprogramm wird hier sogar die Größe eines Australiers aus der Frühzeit weit übertroffen, ich meine die der frühen Aborigines."

Das Frage- und Antwortspiel wird mir zuwider. Irgendwie möchte ich, aber ich will nicht aufgeben und senke meinen Ton: „Macmacs, bitte, ich will endlich die Größenangabe!"

„Gigantisch groß, Kommandant, deutlich größer als zwei Meter. Und es gibt noch ein bemerkenswertes Ergebnis: Der Rechner konnte die Farbe ihrer Gesichter und Haare definieren. Die variiert zwischen ziemlich dunkel und hell. Da vermischen sich mindestens zwei Gruppen, besser gesagt zwei Stämme. Ich meine Stämme, die über einen längeren Zeitraum geografisch getrennt lebten, beispielsweise im Norden und Süden. Ja, es sind mindestens zwei Stämme aus verschiedenen Regionen."

„Habe ich verstanden, Macmacs. Wir sind im Vergleich zu den monströsen Homo Wilhelmine ziemlich klein. Du bist und bleibst aber der geistige Gigant, jedenfalls in unserem Stamm. Dabei fällt mir noch ein, Macmacs, vielleicht nennen wir sie wegen ihrer wirklich ganz erstaunlichen Größe doch lieber Homo Hüne Wilhelmine?"

Zwei große, hellblaue Augen sehen mich an, als wären sie auf einen plötzlich dunkel gewordenen Bildschirm fixiert. Ich ergänze sofort: „Macmacs, das war natürlich nur Spaß. Der von dir gewählte Name gilt. Was einmal geschrieben steht, bleibt auch geschrieben und du bist unbestritten der Entdecker."

Dann wende ich mich an meinen Ersten Offizier: „Erster! Welche Informationen liefern die Drohnen?"

„Weiterhin keine Anzeichen einer Industrialisierung. Die Drohnen sind fast herumgeflogen, da kommt wohl auch nichts mehr. Allerdings sind mehrfach Steinformationen fotografiert worden, größere sowie auch kleinere. Die sehen nicht nach natürlichen, geologischen Strukturen aus. Die kreisförmig angeordneten, hohen Megalithen zeichnen fast Stonehenge in England nach. Sie passen also irgendwie ins Bild von Macmacs Höhlenbewohnern. Ich meine die Hünen, also Homo Wilhelmine, wie auch immer."

„Gut, Erster, die Drohnen lassen wir weiter scannen. Ich möchte schnellstens weitere Informationen über die Landebedingungen auf dem Hochplateau. Und scannt auch die Umgebung genauer. Beordert die Vertikalstarter wieder rein, sie werden später die Landung begleiten, falls diese überhaupt möglich ist. Fahrt die Waffensysteme um eine Stufe nach unten, sobald die Drohnen mit dem Scannen fertig sind. Gehen wir davon aus, dass wir von Homo Wilhelmine keine bösen Überraschungen zu erwarten haben. Dimitri, haben die Tiefenscans neue Erkenntnisse gebracht?"

Dimitri schüttelt sichtlich enttäuscht den Kopf und streicht mit seiner Hand über seine stets gleich gut gepflegte Kurzhaarfrisur, bevor er antwortet: „Nein, Kommandant, da gab es auf der Blauen Riesenschwester interessantere Tiefblicke. Hier ist alles gewöhnlich. Erdgas, Erdöl, Steinkohle und vorrangig Braunkohle gibt es in Massen, alles so langweiliges Zeug eben. Keine einzige Sensation, nichts, was spektakulär wäre, ist unter der Oberfläche verborgen. Die Gesteine und Minerale hingegen versprechen so manche wertvolle Überraschung. Da gibt es ganz sicher viel zu finden. Aber durch die Felsen der Berge komme ich mit dem System nicht. Sonst könnte ich wenigstens schon einmal einen Blick in die guten Stuben der Hünen werfen. Ich mache dann unten weiter, wenn es so weit ist. Selbstverständlich nur, wenn ich das soll, Kommandant?"

Im Gegensatz zu Macmacs hat Dimitri zurzeit wirklich nichts zu bieten, was nur im Ansatz aussagekräftig ist. Ich sage tröstend zu ihm: „Aber sicher, unten geht es tief in die Berge. Dann bist du wieder am Zug."

„Kommandant!"

„Ja, Erster?"

„Die Drohnen sind nun ganz herumgeflogen und haben keine entscheidenden Neuigkeiten übermittelt."

„Gut, wir wissen erst einmal genug. Erster, dann alle Systeme auf Automatik fahren. Überhaupt, es ist schon 1555. Die weitere Kommunikation läuft über unsere Handgeräte und jetzt zur Lagebesprechung."

Ich mache mich mit dem Ersten auf den Weg.

„Ach, das hätte ich fast vergessen, sind denn die Kirchenfürsten gut versorgt?"

„Keine Sorge, Kommandant, hätten wir einmal so viel Fleisch auf den Tellern und Wein in den Gläsern, würde ein Arbeitstag sofort zu einem Festtag werden. Besser gesagt, der Tag würde sich zu einem fürstlichen Gelage entwickeln."

„Ja, Erster, dann herrschte Ausgelassenheit, gepaart mit sich befriedigender Fleischeslust, welche aber nur unsere Mägen füllen und in Trägheit enden würde. Amen."

IN DEN FÄNGEN DES FÜRSTEN

„Ihr seid also die letzte Beute unserer Schergen? Wart ihr nicht vorsichtig genug und habt euch hinausgewagt, aus euren Höhlen? Hört, ihr Höhlenbewohner! Ihr kommt von ganz unten und dort gehört ihr hin. Unten, in die Mägen meiner Diener. Und, die Ketten schmerzen euch wohl? Was seid ihr doch für erbärmliche Kreaturen, Weichlinge. Schaut nur weiter verzweifelt durch die Gitterstäbe. Schreit und wehklagt, solange es euch noch vergönnt ist. Meine Diener verlangen nach dem Fleisch von Zweibeinern. Das will ihnen ihr Herr nicht verwehren. Aber ihr seid nicht weit genug gediehen. Ihr leidet und wehklagt mir noch nicht genug. Denn gut gequältem Fleisch von Zweibeinern geben sie den Vorzug. Doch den Zeitpunkt eures Todes bestimme ich allein. Was sagen mir gerade eure Blicke? Ihr wusstet das bereits? Womöglich gibt es in den Tälern Legenden über meine Veste, gar über mich? Das darf nicht sein! Niemals war sie von einem Lebenden gefunden worden, geschweige denn von einem Lebenden verlassen worden. Auch ihr werdet sie nicht verlassen. Oder wurde sie doch jemals entdeckt, ohne mein Wissen? Ist sie je beschrieben worden? Sagt, sagt mir, was ihr wisst. Wenn ihr darum wusstet, wer wusste es noch? Sag es mir! Du, Blondschopf, sprich!"

„Du ekelhaftes Tier, ja, ich sage dir, dass auch deine Tage gezählt sind."

„Du wagst es, du elender Wurm! Wehsal, sofort zu mir! Wehsal!"

„Ja, ich bin schon hier und höre, mein Gebieter."

„Wehsal, mach mir diesen ganz besonders schmackhaft, den frevelhaften Zwerg. Ab mit ihm, in einen Einzelkäfig. Ich selbst werde von ihm kosten. Ihr anderen leidet nun weiter, gedeiht, um gefressen zu werden. So werdet selbst ihr mir dienlich sein, ihr zweibeinigen Würmer. Wehsal, nun eile!"

„Ja, mein Herr und mein Gebieter, ich bin schon weg."

„Ah, meine Schergen. Kommt! Was bringt ihr eurem Gebieter? Oh, ihr habt einen ganz besonderen Fang gemacht. Weiß ist seine Haut

und das Haar, als wäre er ein uralter Vater. Doch er ist sehr musku-
lös, seinem Alter trotzend, außerdem von ungewöhnlich großer Statur. Da ist ordentlich Fleisch dran. Steckt auch ihn in einen Einzelkäfig und bereitet mir aus ihm eine besondere Delikatesse zu.“

DIE LAGEBESPRECHUNG

Es ist Punkt 1600 und die erste große Lagebesprechung beginnt im Konferenzraum am runden Tisch. Anwesend sind die Führung der Kampftruppe, damit der Oberste der Piloten von den Luft- und Bodenfahrzeugen sowie der Befehlshaber der Pioniere. Zu meiner Rechten befindet sich der Erste Offizier, er führt das Protokoll. Mir direkt gegenüber sitzt Macmacs. Weiter zugegen istFrancis, über deren Anblick ich mich wie am ersten Tag freue. Gut wenn sie da ist, wenn nicht ergreift mich recht schnell eine gewisse Leere. Sie sagte mir einmal, dass es ihr ähnlich ginge. Darum sind wir so oft es geht zusammen. Wir reden uns gegenseitig ein, dass unser Glück an Bord unbemerkt bleibt. Gut, einreden kann man sich viel. Jetzt aber weiter, eh, zu Dimitri, der ist auch zugegen, wie Bazooka und natürlich der Blechkopf. Jeder hat einen der parallel geschalteten Touchscreens vor sich und kann auf ihm Punkte markieren, die zeitgleich für die anderen Teilnehmer sichtbar werden. Macmacs und Dimitri werden die bislang vorhandenen Aufnahmen auf den Bildschirmen einspielen. Ich eröffne die Versammlung: „Ich begrüße unsere hochgeschätzte Steuerfrau und Sie, meine Herren! Dass wir heute schon den Anlass haben, um zusammen zu sitzen, ist unerwartet und erfreulich zugleich. Uns steht ein Landemanöver bevor, welches den Großteil der uns zur Verfügung stehenden Möglichkeiten abverlangen wird, hoffentlich nicht mehr. Über die Grundbeschaffenheit der Grünen Minna konnten wir uns schon ein Bild machen. Dimitri, spiele den vorgesehenen Landeplatz ein, das Hochplateau. Gib uns bitte deine Einschätzung dazu."

„Ja, Kommandant, hier sehen wir es. Dieses Hochplateau ist eine breite, nahezu horizontale Verlängerung einer ebenso breiten, aber sehr steilen Bergflanke. Die Flächen stehen fast im rechten Winkel zueinander. Aufgrund der Höhenlage und des unmerklichen Gefälles ist der Bereich als Landeplatz ideal. Das dunkelgraue, schimmernde Felsgestein hat einen sehr hohen Anteil von Graphit. Glatte, horizontale Felsabspaltungen schufen diese perfekte, ebene Fläche. Wenn es nicht so unwahrscheinlich wäre, könnte man meinen, dass das Plateau schon einmal präpariert wurde. Wir könnten sogar mit UN 101 darauf landen, uns sanft herunterlassen."

Ich halte dem letzten Satz Dimitris entgegen: „Der Fusionsreaktor würde während der Landung Volllast fahren. Auf der Minna ist der Schwerkraftfaktor etwas höher als auf der Erde. Der Reaktor würde es noch nicht einmal allein schaffen, mit der hier schwereren UN 101. Sogar die Speicherreserven würden angegriffen werden. Das Plateau liegt, abhängig von der Tageszeit, im Schatten der Bergflanke. Die Sonnenkollektoren für die Reaktorlaser müssten längere Zeit laden. Falls dort unten doch böse Überraschungen lauern sollten, wäre ein schneller Notstart unmöglich. Die Landung unseres Mutterschiffs steht also außer Diskussion, Dimitri."

Macmacs ergreift von sich aus das Wort. Er ist sehr aufgeregt, als er beginnt zu sprechen: „Äußerste Vorsicht ist geboten, äußerste Vorsicht. Auch in diesen Bergen, direkt über dem Plateau, befinden sich Brutgebiete der Flugsaurier. Es sind die hochgelegenen Brutgebiete der Giganten."

Er spielt kurz Aufnahmen ein. Diese sind in der Tat beeindruckend und furchteinflößend. Er führt weiter aus: „Das Plateau bildet einen Präsentierteller für diese fliegenden Giganten. Diese Flugmonster leben nicht nur weit oben, sie stehen ebenfalls in der Nahrungskette ganz oben und das mit Abstand. Von daher werden sie, aller Wahrscheinlichkeit nach, nicht einmal die Spur eines Fluchtinstinktes besitzen, nicht einmal die Spur. Das Plateau ist eine Todeszone, für, … für sozusagen Nichtflugsaurier. Ein Nichtflugsaurier würde sofort von einem Flugsaurier getötet werden. Ein Nichtflugsaurier könnte dem Flugsaurier auch niemals zuvorkommen, da er über überhaupt gar keine Voraussetzungen verfügt, also überhaupt nicht in der Lage wäre den Flugsaurier zu töten."

Durchweg bemerke ich ein plötzliches Grinsen in den Gesichtern. Die Ausnahmen bilden Macmacs selbst und der Begleit-Blechkopf. Der kann ja auch gar nicht grinsen, denke ich. Oh Macmacs, du bist mir ein ganz besonderer Nichtflugsaurier. Aber, dass du geistig verlacht wirst, das wird dir wirklich nicht gerecht. Bloß gut, dass du fertig bist, sonst wärst du noch stotternd völlig aus der Kurve heraus getragen worden. Ich schaue ihn ungläubig an. Er scheint nicht zu verstehen warum, denn sein Gesichtsausdruck vermittelt mir: „Mein Vortrag war doch richtig und vollständig, oder?"

Für den Moment bin ich etwas konsterniert. Ich drücke mit meiner linken Hand zur Entspannung meinen Nacken, neige den Kopf leicht und lasse so auch meinem Blick eine kurze, entspannende Talfahrt über die Tischplatte zu, bevor er zu meiner Linken, an dem Oberkörper des recht beleibten Führungsoffiziers der Piloten, wieder an Höhe gewinnt. Meine Augen überfliegen seinen Oberkörper. Beide Brusthälften sind mit Auszeichnungen dekoriert, man könnte es auch gespickt nennen. Zurück auf Augenhöhe registriere ich sein hämisches Grinsen. Das macht mich sauer. Ihn freundlich angrinsend äußere ich: „Sie freuen sich so augenscheinlich, Oberst. Demnach haben Sie sich wohl schon eine Meinung zur aktuellen Lage bilden können. Welche Möglichkeiten halten Sie denn nicht für mehr oder weniger unwahrscheinlich und welche können Sie nicht völlig ausschließen, nach den aufschlussreichen Ausführungen einer, im Gegensatz zum Flugsaurier, biologisch eindeutig als Nichtflugsaurier einzustufenden Spezies? Meinen Sie nicht, dass die Landeoperation alles andere als unproblematisch erscheint?"

Was für eine schräg gestellte Frage, denke ich mir dann und verleihe ihr nochmals Nachdruck. „Mann, was ist mit Ihnen los? Ich hatte nach Ihrer Meinung gefragt! Dann antworten Sie einfach mit einem Ja oder Nein oder wollen Sie Ihrem Kommandanten eine Antwort verweigern?"

Von Macmacs verbalem Stolpern konnte ich zumindest ablenken und hoffe nun, diesem unsympathischen Typen nachhaltig eins auszuwischen. Tatsächlich, sein Grinsen weicht einem starren Blick. Der kahlköpfige Pilot, mit auffallend kleinen, fest anliegenden Ohren, verarbeitet konzentriert meine Frage. Er streicht wohl gedanklich überflüssige Wörter aus der Formulierung. Schweißperlen bilden sich auf seiner Stirn. Er antwortet unsicher: „Ja, bin Ihrer Meinung, Kommandant."

Nun sieht er mich mit leicht geöffnetem Mund erwartungsvoll an. Ich lasse ihn noch einen Moment zappeln und beruhige ihn dann wohlwollend: „Gut geantwortet, ein Ja stimmt mit der Meinung des Kommandanten praktisch immer überein."

Er ist sichtlich erleichtert. Er scheint mir sogar schon wieder etwas zu erleichtert und ich schränke ein: „Sie glauben also auch, dass es problematisch ist? Und, was gibt es dann immer noch zu grinsen?"

„Entschuldigung, Kommandant."

„Entschuldigung akzeptiert, Oberst. Aber ich bitte um mehr Ernst, der kritischen Lage entsprechend."

Er ist wiederum erleichtert, doch er scheint nicht anders zu können. Über seinem langen, kantigen Kinn zieht schon wieder dieses unsympathische, arrogante Grinsen seine Gesichtszüge in die Breite, hin zu einer Kopfform, die mich an einen Heißluftballon denken lässt. Völlig unvermittelt, einem Überraschungsangriff gleichkommend, führt er dynamisch seine Hand zum Bildschirm. Genauso schnell zieht er eine Linie über das virtuelle Plateau und schießt heraus: „Die Länge einer Landebahn spielt für die Vertikalstarter selbstverständlich keinerlei Rolle, aber für die Landefähren. Auch mit maximalem Gegenschub reicht die Strecke gerade für die kleinste. Damit stehen wir vor einem richtigen Problem, denn die schweren Bodenfahrzeuge bekommen wir mit der nicht hinunter. Selbst für den Aufbau eines recht provisorischen Basiscamps werden wir mehrmals fliegen müssen."

Ohne zwischendurch Luft geholt zu haben, beendet er seine verbale Attacke, genauso unvermittelt, wie er sie begonnen hatte. Er lehnt sich mit seinem immensen Körpergewicht ganz zurück. Der freischwingende Sessel gerät dadurch in die maximale Rückneigung, sodass man direkten Einblick in die Nasenlöcher des Obersten gewinnt. Nach dem Motto ‚Ich bin fertig, nun seid ihr dran' peilt er den bulligen Befehlshaber der Pioniere an. Als dieser das bemerkt, fühlt er sich sichtlich überfahren, außerdem für einen Moment von der Informationsdichte der letzten paar Minuten überfordert. Eben hatte er noch mit unbeteiligter Miene brav dagesessen, seine Hände, Schaufelgeräten zum Verwechseln ähnlich sehend, flach auf dem Tisch abgelegt. Jetzt antwortet er dienstbeflissen: „Wir haben Roboteranzüge. Die verleihen uns enorme Kräfte. Wenn ihr uns aus der Luft mit den Vertikalstartern unterstützt und wir am Boden von vier der Kampfroboter in alle Richtungen abgeschirmt werden, sollte es machbar sein. Ihr versorgt uns dann nach und nach mit den nötigen Materialien."

Ich spreche Bazooka an: „Können wir auch mit den Bordwaffen unterstützen?"

„Auf dem Plateau eher nicht, Kommandant. Das ist zu riskant. Die Laserstrahlen könnten in einem Getümmel durch Metallteile unkontrolliert abgelenkt werden. Ein Sperrfeuer ist hingegen möglich, weiträumig um den Landeplatz herum."

„Alles klar, Bazooka. Erster, protokolliere die weitere Vorgehensweise. Es ist 1643 terrestrische Zeit. Im Bereich des Landegebiets wird es bald dunkel. Morgen, am 12.10.2092, 0700, soll die Landung auf Wilhelmine erfolgen. Alle Vorbereitungen sind ab 0500 zu treffen. Vier der Aufklärungsdrohnen müssen raus und das Zielgebiet muss weiträumig gescannt werden. Zwei Kampfdrohnen gehen auf Gebietsumkreisung. Bazooka stellt die Bordwaffen um das Zielgebiet ein. 0615 müssen alle Vertikalstarter draußen sein. 0630 startet die kleine Landefähre, mit fünfzehn unserer Pioniere sowie fünfzehn der Einzelkämpfer, die durch Roboteranzüge gestärkt werden. Die beiden Pionierroboter werden zur Unterstützung mitgeschickt sowie vier der Kampfroboter. Und dann wollen wir die Religiösen nicht gänzlich übergehen. Kündigen wir ihnen an, dass sie aller Voraussicht nach 1000, für das bessere Verständnis der Zivilisten selbstredend 10:00 Uhr, eine himmlisch anmutende Wilhelmine sehen, riechen und berühren können. Nein, doch nicht! Sagt besser ‚Grüne Minna', anstatt , himmlische Wilhelmine'. Die fürstlichen Herren haben es ja nicht so sehr mit Frauen. Mit ihren Morgengebeten werden sie dann hoffentlich durch sein."

MINNAS BÖSE SEITE

Morgen schreiben wir den 12. Oktober des Jahres 2092. Dieses Datum wird in den Geschichtsbüchern eine besondere Bemerkung finden. Die Schüler werden es auswendig lernen. Das wird relativ einfach, denn genau sechshundert Jahre zuvor hatte Christoph Kolumbus Amerika wiederentdeckt. Ein bemerkenswerter Zufall, wie ich finde. Doch es geht noch weiter. An der Erstentdeckung, weitere fünfhundert Jahre vor Kolumbus, war ein Isländer beteiligt, ein gewisser Leif Eriksson. Mein Name ist auch Eriksson, nur dass mein Vorname Gerald ist. Allerdings stamme ich nicht aus Island, sondern aus dem Süden Schwedens. Das sind gleich zwei Zufälle, irgendwie ist es einer zu viel. Diese Überlegungen, die Erlebnisse der letzten beiden Tage und natürlich unser anstehendes Vorhaben sorgen dafür, dass ich nicht einschlafen kann. Es klopft leise an der Tür.

„Gerald, schläfst du schon?"

„Francis, du bist es. Komm rein, die Tür ist offen."

„Kannst du auch nicht schlafen? Ich fliege in meiner Kajüte geistig hin und her und kann mich für keinen Kurs entscheiden."

„Ich bin genauso aufgewühlt. Mir geht es wie damals, vor der Entscheidungsschlacht, im Kampf der Nationen oder wie auch zu Beginn dieser Reise. Komm, du warmer Traum von Frau, nimm Kurs hierher. Wir ducken unter der Bettdecke noch etwas ab, bevor es losgeht."

„Ähm, ja, gegen Abducken habe ich gerade gar nichts einzuwenden, wenn du aufpasst, dass ich dir nicht über Bord gehe, bei der schmalen Matratze. Also, halt mich ganz fest. Besser wir halten uns gegenseitig fest."

Ich drehe mich zu ihrer Seite. Ihre Wärme und ihr Geruch sind noch präsent. Das war eine schöne Nacht. Ihr war es ein Leichtes mir alle Überlegungen aus dem Kopf zu wischen. Irgendwann, ziemlich spät, sind wir doch noch eingeschlafen. Jetzt ist sie, wie üblich, sicherlich bereits seit einer halben Stunde auf den Beinen und trifft in ihrer eigenen Kajüte Vorbereitungen für den Tag. Man kennt das, bei Frauen dauert es manchmal einen klitzekleinen Moment länger. Jetzt wird es auch für mich Zeit aufzustehen. Ich bin schon wieder aufgeregt und neugierig zugleich, auf einen weiteren erlebnisreichen Tag. Ich freue mich auf mein Team, besonders auf die Stammbesatzung.

Zeit 0632. Das Landemanöver wurde eingeleitet. Die kleine Landefähre ist im freien Raum und auf Zielkurs. Die Drohnen sowie die Vertikalstarter haben uns nichts Negatives gemeldet. Bazooka hat mit dem Laserwaffensystem einen Schutzkorridor zwischen den Bergen und dem Plateau eingerichtet und das System auf die wahrscheinlichen Anflugrichtungen der Echsen feinjustiert. Er ist in Bereitschaft. Es herrscht die sprichwörtliche Ruhe vor dem Sturm. Ich kann noch in schönen Gedanken verweilen. Ich stelle mir ein zukünftiges Leben unserer Menschheit auf Wilhelmine vor. Besonders mit ..., genau, ihr, denke ich. Francis fordert meine Aufmerksamkeit, auf dem Weg hin zum Kaffeeautomaten, allein schon aufgrund der Art ihres Gangs. Man bemerkt, du machst Pilates und mich beschleicht Primates, fällt mir ein, als ich ihr nachsehe. Schräg, das muss ich wohl wegen Macmacs Nichtprimaten und den Höhlenmenschen assoziiert haben. Francis hat meine Aufmerksamkeit bemerkt. Sie dreht ihren Kopf, zwinkert mir über ihre Schulter zu und beschreibt mit ihren Lippen ihren Lieblingskosenamen für mich: „Alter Schwede."

Ich zwinkere zurück und zeige ihr durch ein Lächeln meine Freude, über diese liebevolle Art mir einen guten Morgen zu wünschen.

Präzise 0659 setzt die Landefähre auf. Wir beobachten, wie sie knapp vor der Bergflanke zum Stehen kommt. Die Pioniere und Roboter springen heraus und nehmen ihre Stellungen auf dem Plateau ein.

„Maßarbeit, Leute!", rufe ich, als auch schon erstes Laserfeuer sichtbar wird. Bazooka hat bereits das maximal mögliche Sperrfeuer auf die Bergflanke oberhalb des Plateaus gesetzt. Ich rufe beunruhigt: „Meldung, Bazooka, was ist da unten los?"

„Es sind hunderte, Kommandant! Das Sperrfeuer streckt sie nieder. Doch viele der Saurier umfliegen schon den Korridor. Es sind einfach zu viele, die kann ich nicht alle erwischen!"

„Verstanden, Bazooka! Erster, Meldung!"

„Die Vertikalstarter und die Kampfdrohnen sind überfordert, es werden immer mehr Saurier! Verlust! Vertikalstarter getroffen!"

„Getroffen, wie das, Erster? Schick die Jäger raus und zwei weitere Kampfdrohnen!"

„Verstanden, Kommandant!"

„Bazooka?"

„Hohe Verluste der Landungstruppe, die Saurier kommen jetzt auch aus den Gebieten unterhalb des Plateaus!"

„Kommandant!"

„Ja, Macmacs, ich höre!"

„Hier, die Flugstudie eines Sauriers, bis er den Vertikalstarter trifft. Kommandant, das geht nicht mit rechten Dingen zu. Die sind nicht natürlichen Ursprungs. Das sind keine Flugsaurier, wie aus unserer irdischen Urzeit bekannt. Das sind biologische Tötungsmaschinen. Sie fixieren ein Ziel und greifen es mit eng angelegten Flügeln an. Sie haben dann fast die Form einer Rakete und bohren sich mit ihren langen, stabilen Köpfen in ihr Ziel."

„Bazooka, wie sieht es auf dem Plateau aus?"

„Es werden immer mehr Saurier, sie bilden eine Übermacht! Sehr hohe Verluste, weiterer Vertikalstarter zerstört!"

„Erster, Landungstrupp zurück in die Fähre und mit allen Kräften den Rückflug sichern!"

„Kommandant!"

„Bazooka?

„Landefähre ist getroffen! Auf dem Plateau ist nichts mehr zu retten!"

„Kommandant!"

„Erster?"

„Gerade melden auch die Jäger Verluste!"

„Erster, totaler Rückzug! Alles wieder zurück! Bazooka, du feuerst weiter, was das Zeug hält. Schütze unsere Kräfte während ihres Rückflugs so gut du kannst und bereite den Sauriern höchstmögliche Verluste!"

Zeit 0943. Die Abwehrsysteme des Schiffs sind seit dem Gefecht auf höchster Bereitschaftsstufe. Wir ziehen ein erschreckendes Resümee, denn wir erlitten bittere Verluste. Vier Pilotinnen und zehn Piloten haben heute ihr Leben lassen müssen, fünfzehn der Pioniere, einschließlich ihres Obersten und genauso viele Einzelkämpfer. Die Materialverluste sind: Die kleine Landefähre, vier der sechs Vertikalstarter, zwei der vier Jäger und eine von sechs Aufklärungsdrohnen sowie vier der sechs Kampfdrohnen. Weiter verloren wir unsere beiden einzigen Pionierroboter und vier der sechs Kampfroboter.

Macmacs Verhalten ist auffällig. Er wirkt in der Runde nicht so betroffen, vielmehr aufgeregter denn je. Fast irre studiert und analysiert er die Aufnahmen und Messergebnisse des Kampfgeschehens.

„Macmacs!", rufe ich.

„Da gibt es Neuigkeiten, oder?"

„Kommandant, ich kann Ihnen eine Einschätzung geben. Das ist genial, das ist einfach nur genial. Oh, entschuldigen Sie, Kommandant. Das war pietätlos gegenüber den Getöteten."

„Ist schon in Ordnung, Macmacs, es muss weitergehen. Unser Auftrag ist vorrangig."

„Ich kann nur spekulieren. Das war eine Falle. Damit konnte keiner rechnen, es war viel zu genial und unerwartet. Wir sind ihnen auf den Leim gegangen, ihrem Spiel erlegen, Kommandant."

„Komm bitte zur Sache, Macmacs! Spekuliere, aber bitte verständlicher und aussagekräftiger."

„Ja, Kommandant, die vermeintlich als Höhlenbewohner bezeichneten Homo Wilhelmine mögen vielleicht sogar solche sein. Falls sie es sind, die dahinterstecken, könnten ihre Fähigkeiten unseren durchaus überlegen sein. Es ist genial! Genial, Kommandant, wie ich schon sagte. Ich vermute, es sind genmanipulierte sowie kodierte Monstersaurier. Wahrscheinlich kann man sie sogar in einen Schlafmodus versetzen. Das würde auch einen geringen Nahrungsbedarf erklären. Ich hatte schon gesagt, dass die Populationen möglicher Beutetiere auf dem Planeten zu gering sind. Es gibt zu wenig Futter für die Menge an Sauriern, zu wenig Futter. Die Flugsaurier sind biologische Waffen, im wahrsten Sinn, mit Schlafmodus. Ein umweltschonendes, biologisches Waffensystem. Und das Obergeniale ist, dass sich die Saurier selbst vermehren. Trotzdem tragen sie immer dieselbe, eingegebene Kodierung in sich. Es ist mit Abstand die günstigste Art einer Aufrüstung.“

Ja, Macmacs, dass du als Biologe es genial nennst, das kann ich zumindest nachvollziehen, denke ich. Mich aber gruselt es vor solch einer massiven Einmischung in das Leben. Ich habe den Gedanken kaum beendet, als Macmacs schon weiter ausführt: „Sehr wahrscheinlich sind ihre Schöpfer ständig in der Lage Einfluss auf die Saurier zu nehmen, sie zu steuern. Dafür spricht nicht nur der heutige Kampfverlauf. Bei den Mengen an Sauriern wurden sie sicher schon vorher koordiniert. Ihnen können Befehle übermittelt werden. Das geht gar nicht anders. Wie, kann ich nicht sagen. Das kann ich Ihnen noch nicht sagen, Kommandant.“

„Du bist eben doch unser wichtigster Mann. Danke, Macmacs, das war wesentlich mehr als eine Einschätzung. Wir wissen durch unsere üblen Erfahrungen zwar ungefähr, was uns da unten in naher Zukunft erwarten wird, aber deine detaillierten Ergebnisse sind für Erfolg oder Misserfolg unserer Mission elementar. Dein Durchblick wird uns vielleicht noch den Arsch retten. Macmacs, hatte ich doch schon öfter gesagt oder nicht, dass du der absolut Größte bist? Ihr habt mitgehört, Leute, stimmt es nicht?"

„Stimmt, Kommandant, du bist der absolut Größte, Macmacs!", klingt es wie von Mitgliedern eines Chores, deren Stimmbänder durch eine Krankheit geschwächt sind. Die Aufheiterung der Gemüter ist mir nicht gelungen. Ich spanne den Bogen zurück und bedanke mich mit gesetzter Stimme: „Danke für die Zustimmung, sagt euer Kommandant. Erster, 1600 gedenken wir unseren Gefallenen im großen Speisesaal. Überhaupt, es geht auf 1000 zu. Für Zivilisten Zeit zum Aufstehen! Entlassen wir die Kirchenleute aus ihrem Stubenarrest. Sondiert die jeweilige religiöse Ausrichtung der Gefallenen, falls sie eine hatten und unterrichtet die geistlichen Würdenträger entsprechend."

Zeit 1600. Alle, bis auf die Brückenwache, haben sich eingefunden. Die große Projektionswand zeigt ein Bild, das die Gesamtheit der Schlacht erfasst. Es erscheint unwirklich, als wäre es von einem Meister des Surrealismus geschaffen worden. Doch die Aufnahme wurde von einem der Vertikalstarter übermittelt, bevor auch er getroffen wurde. Wir sehen das Plateau aus der Vogelperspektive, das sich zur Bergflanke hin verkleinert. Eine Fläche aus schimmerndem, dunkelgrauem Fels, die überzogen ist vom schwachen Grün der Flechten. Dazu sieht man, fast Ton in Ton stehend, das metallische Grau unserer Maschinen und die dunkelgrauen Anzüge der Soldaten. Konträr, übermächtig und durch ihre Größe und Anzahl dominant, sind die vielen hundert Flugsaurier. Ihr Rostbraun erinnert an uralte Flugmaschinen. Ein Rostbraun, das nur stellenweise unterbrochen wird und von grell leuchtendem Rot ist. Es sind die Flächen auf ihren Körpern und Flügeln, die das Laserfeuer reflektieren.

Ruhig mustere ich die Reaktionen auf diese Totale des Gemetzels. Alle wirken sehr beeindruckt, teils sogar noch verängstigt, einschließlich unserer religiösen Gäste. Sie können es nicht verbergen, verraten es mir sofort, denn sie sind nicht nur entsetzt.

Sie starren mit leeren Augen auf das Bild. Die dunklen Schatten ihrer Gedanken wiegen auf ihren Gesichtszügen zu schwer und lähmen sie. Für sie ist dies die Darstellung einer Apokalypse.

Dimitri wartet auf eine Geste von mir. Es braucht nicht mehr als einen Wimpernschlag und das Inferno verblasst. Wir sehen die Porträts der Gefallenen. Im Augenwinkel ist mir das Rostbraun der Saurier noch präsent. Es ist dieselbe Farbe wie das Haar von Francis. Unsere französische Steuerfrau sitzt zu meiner Linken. Die Farbe ihres Haares ähnelt tatsächlich dem rötlichen Braun der Saurier. Das ist wohl kein angebrachter Vergleich, denke ich selbstkritisch und entschuldige mich auch gleich geistig bei Francis, denn sie ist unglaublich schön. Ihren schlanken, hellhäutigen Körper finde ich faszinierend. Spätestens der Blick in ihre grünen Augen nimmt mir meinen Atem.

„Francis, wie fühlst du dich?", frage ich sie leise.

„Gerald, ich wünschte die letzte Nacht hätte kein Ende genommen, der Tag niemals begonnen. Jetzt schmerzt es sehr."

„So empfinde auch ich, Liebste."

Ich nehme kurz ihre Hand und sage: „Es ist an der Zeit das Wort zu ergreifen."

Ich stehe langsam auf, verweile für einen Moment und beginne mit der Trauerrede: „Wir haben uns hier zusammengefunden, in merklich kleinerer Runde. Erfüllt von tiefer Trauer um euch, die ihr fallen musstet. Wir gedenken eurer, Kameradinnen und Kameraden. Euer Leben habt ihr heldenhaft gelassen, im Dienst der Menschheit. Lasst uns in Ehrerbietung schweigen."

Es herrscht Totenstille. Jedem ist die Rührung anzusehen. Das heute Geschehene war zu einschneidend. Ich fahre nach etwa einer Minute fort: „Unsere Geistlichen werden sich nun eurer Seelen annehmen. Möget ihr Frieden finden, nach diesem furchtbaren Gemetzel."

Die Vertreter der verschiedenen Glaubensrichtungen vollziehen ihre Zeremonien. Ich wende mich nach rechts, dem Ersten Offizier zu und lockere die strenge Alkoholbegrenzung für die Besatzung.

„Erster, wir lassen es zu. Lass sie heute trinken. Die Leute werden so leichter aus sich herauskommen, nach diesem schrecklichen Tag. Hoffentlich können sie über ihre Gespräche das Geschehene ein Stück verarbeiten. Lassen wir sie gewähren, wie es bei unseren irdischen Trauerfeiern üblich ist. Wir geben auch reichliches Essen aus, vielleicht diese deutsche Bratwurst, also vom Feinsten."

Die Tische sind gedeckt. Ich weise Dimitri kurz an, die Porträts der Toten langsam auszublenden, bis nur noch ein schwarzes Bild bleibt. Daraufhin wird das Licht im Raum auf ein Minimum reduziert. Es ist für den Moment so dunkel, dass wir kaum noch etwas erkennen können. Ich forme meine rechte Hand, als würde sie einen Ball halten. So gebe ich ihm das Zeichen, um abrupt das Livebild der Grünen Wilhelmine aufzurufen. Schlagartig verkehrt sich die eben noch geschlossene und bedrückende Atmosphäre des Raums ins Gegenteil. Ein Raunen geht durch den Saal. Unsere Gäste sind vom Anblick überwältigt. Um uns herum spiegeln die metallischen Wände sowie die Decke des Saals die Weite des Weltalls wider. Millionen hell leuchtender Sterne verzaubern die Situation. Mir ist, als befänden wir uns nicht in einem Raumschiff, sondern auf einer Terrasse, mitten im Weltraum. Mich, als altem Raumfahrer, überkommt ein Gefühl der Vertrautheit. Ich muss die Leute abholen, ihnen Mut machen und beginne erneut zu sprechen.

„Erheben wir uns!", rufe ich in den Saal. Ein Weinglas hochhaltend, eröffne ich den Leichenschmaus mit den wenigen Sätzen: „Verehrte, hochgewürdigte Gäste und Besatzungsmitglieder dieses Schiffs, trinken wir auf die Toten und auf uns, die wir noch leben. Wir, die Lebenden sowie auch besonders die Toten, wir sind und bleiben die Besatzung des Raumkreuzers UN 101. Darum werden wir unsere Mission bis zu einem erfolgreichen Abschluss weiterführen. Euer Mut ist gefragt, Leute. Der Tod unserer Kameradinnen und Kameraden soll nicht umsonst gewesen sein!"

Es ist spät geworden. Die Geistlichen verhalten sich ihren hohen Ämtern entsprechend würdevoll und sitzen verteilt an den

Tischen der Besatzung. Die Gespräche der Besatzungsangehörigen untereinander und die mit den Vertretern der Glaubensrichtungen sind moderat. Teilweise sind sie inzwischen schon ziemlich ausgelassen, sogar laut gelacht wird wieder. Der Oberste der Flieger hingegen, hat jegliches angemessene Verhalten verloren. Er ist völig betrunken und schreit aufgebracht: „Hört mir zu! Hört mir zu, sage ich, besonders ihr Kuttenträger! Hier sitze ich und hier bleibe ich sitzen! Niemand soll mich stören! Ich überlege gerade, denn da gibt es wichtigste Dinge, diese fette Wurst zum Beispiel. Ja, das Fett der Wurst spritzt lustig in alle Richtungen. Und wie lecker sie ist. Sie ist ein Genuss, ein wahrer Erguss. Die schmeckt euch doch sichtlich auch, wie der Rotwein auf dem Tisch? Alles das ist irdischen Ursprungs. Ihr Pfaffen, schaut doch, seht genau her, wenn ich in die Wurst beiße! Fett spritzt aus ihr heraus. Seht ihr das Fett? Ich beiße und das Fett spritzt, wenn ich es will, ihr Priester. Es spritzt, allein wenn ich es will und wann ich will. Und was können eure Götter, hä? Was konnten sie gegen diese teuflischen Saurier ausrichten, als das Blut der Frauen und Männer spritzte?"

Zwei Wachen erhalten von mir ein Zeichen. Sie bewegen sich in die Richtung des Obersts. Der starrt auf seine Wurst und sagt leise: „Da haben sie nicht helfen können, oder wollten sie etwa nicht? Oder sind wir ihnen genauso egal, wie diese Wurst?"

In die Runde schielend schreit er wiederum: „Hört mir genau zu, ihr Pfaffen! Ihr seid ihnen auch egal! Nein, es ist ganz anders, noch viel einfacher. Es gibt sie nicht, eure Götter. Und ihr seid nicht mehr als erbärmliche Erzähler von Märchen. Auf den Märkten im Mittelalter, da habt ihr noch die armen Seelen locken können. Und ihr selbst, ihr habt doch in Wirklichkeit auch nur Schiss vorm Tod, den allergrößten Schiss! Darum erzählt ihr seit ewigen Zeiten, was in euren Kinderbüchern geschrieben steht und glaubt es auch noch selbst. Darum klemmt ihr schon während eures Lebens den Schwanz ein. Es sind die Sprüche aus den alten Kinderbüchern, die ihr wie Hunde befolgt. Oh, ich bitte um Entschuldigung, meine Damen. Das mit dem Schwanz ..."

Weiter kommt der Oberst nicht. Unsanft wird er von den Wachen gegriffen und in seine Unterkunft begleitet.

Oberst, bei all deinem Frust, mein Verständnis für die besondere Trauer um deine Flieger sei dir gewiss, denke ich. Auch stimme ich mit einem Teil deiner Aussagen überein. Aber meine Position fordert es, Grenzen zu setzen. Das hatte nun gereicht, folgere ich gedanklich. Anschließend entschuldige ich mich förmlich bei den kirchlichen Würdenträgern, was jedoch nicht wirklich ehrlich gemeint ist.

Zusehends beruhigt sich die Situation wieder.

DIE DROHUNG DES FÜRSTEN

Ihr Reisenden, in eurem Sinne seid ihr hier sicher am falschen Ort. Hat es euch noch nicht genug Schmerzen bereitet? Ich sehe euch ja immer noch. Mögt ihr es nochmals wagen, mich anzugreifen? Mit euren kläglichen, kleinen Drachen aus Metall? So warte ich wiederum auf euch. Meine Diener sind bereit, so wie auch ich es bin, der Fürst. Ich bin bereit, ich, der Herrscher des Drachenplaneten. Niemand vermochte mich jemals, vermag mich jetzt und niemand wird mich in Zukunft besiegen können. Niemals wird es geschehen. Kommt nur noch einmal und gebt auch ihr mir euer Fleisch, ihr unwürdigen zweibeinigen Kreaturen, so wie es mir bereits von euch gegeben wurde. Das ist in meinem Sinne. Ich kann es gut verwerten. Die Würmer aus den Höhlen sind nicht mehr so zahlreich.

„Wehsal, höre! Fresst nun gleich von dem toten Fleisch der Eindringlinge. Stärkt euch, aber fresst schnell. Es gibt nun wieder Wichtigeres zu tun, als das Fressen allein. Lasst die anderen Würmer weitergedeihen, für unsere Siegesfeier. Und, vergesst es nicht, quält den vorlauten Blondschopf nach der vorzüglichsten Zubereitungsart, denn seine frischen Eingeweide werden für mich bestimmt sein. Wehsal, sichert sofort nach dem Fressen die Burg. Die Eindringlinge könnten tückisch sein. Die Drachen sollen sich erneut bereithalten. Zieht noch mehr von ihnen zusammen. Jetzt holt mir auch die Schwarzen herbei. Alle restlichen Eindringlinge werden so sicher dem Tod geweiht sein und ihr Fleisch wird unsere Tafel füllen."

„Ja, mein Gebieter, ihr Fleisch wird unsere Tafel füllen."

„Hört ihr mich, Eindringlinge? Wagt ihr es nochmals, dann werdet auch ihr des Todes sein!"

DIE LANDUNG

Es ist der Morgen des 13. Oktober, Zeit 1000. Die zweite große Lagebesprechung beginnt im Konferenzraum, am runden Tisch. Anwesend sind wieder dieselben Personen, bis auf den gefallenen Befehlshaber der Pioniere. Statt seiner nimmt sein Stellvertretender teil. Dem Oberst ist seine übliche Gesichtsfarbe und das stetige Grinsen verloren gegangen. Er gibt ein klägliches Bild ab. Ich blicke ihm ernst in die Augen und frage bestimmt: „Oberst, alles klar bei Ihnen?"

„Alles klar, Kommandant, danke der Nachfrage."

„Gut, wenn bei allen alles klar ist, dann eröffne ich die Versammlung. Meine Dame, meine Herren, eine neue Strategie ist gefragt. Vor dem nächsten Landungsversuch sind zwingend vorentscheidende Maßnahmen nötig. Wir werden wohl nur noch den einen Versuch haben, geschwächt wie wir sind. Gehen wir also erst einmal auf Saurierjagd. Unsere Unberechenbarkeit muss die erste Regel sein. Genauso schnell und unvermittelt, wie wir aus der Luft zuschlagen, sollten wir auch wieder weg sein. Meine Frage ist also: Wie viele von den fliegenden Viechern gibt es noch da unten? Macmacs? Dimitri?"

Ein Schulterzucken ist jeweils die Antwort.

„Bazooka, dann sag du, wie ist dein Ergebnis, am Ende der Schlacht zu bewerten?"

„Nachdem unsere Überlebenden aus dem Schussfeld waren, wurde es für mich recht einfach. Da konnte ich ein flächendeckendes Feuer geben, auf höchster Energiestufe und mit Unterstützung der Automatik. Dann lief das plötzlich ganz anders ab. Saurier, die da waren, habe ich auch erwischt. Von denen am Kampfgeschehen beteiligten, können nur ganz wenige überlebt haben, wenn überhaupt."

„Das höre ich gern, Bazooka."

Dann spreche ich den Stellvertretenden der Pioniere an: „Stellvertretender, ich habe in Ihrer Akte nur gute Beurteilungen gefunden. Sie sind der richtige Mann in dieser schwierigen Situation."

„Vertrauen Sie mir, solch ein Desaster werden wir kein zweites Mal erleben. Verlassen Sie sich darauf. Nicht mit uns, ihr da unten", ergänze ich mit ausgestrecktem Arm und einem Fingerzeig zum Boden. Ich ändere die Geste und weise zur Tür: „Stellvertretender, gehen Sie zu Ihrer Truppe und schwören Sie sie ein. Ich schaue selbst noch einmal bei Ihnen vorbei. Treffen Sie alle nötigen Vorbereitungen. Der Zeitpunkt der finalen Landung ist noch ungewiss. Wie wir mit der mittleren Fähre eine Landung hinbekommen sollen, wissen wir auch noch nicht. Irgendwie müssen wir das Plateau präparieren, vielleicht einen Teil der Bergflanke sprengen. Wie auch immer, gehen Sie ruhig, wir bereiten Ihnen ein freies Feld vor."

Der junge Stellvertretende der Pioniere macht auf mich einen guten Eindruck. Er ist körperlich trainiert, intelligent und recht emotionslos. Die wichtigsten Eigenschaften eines Soldaten. Er verlässt den Raum.

„So, weiter im Text", fahre ich fort, „wie können wir genau vorgehen?"

Unerwartet klingt es monoton aus dem Blechkopf: „UN 101 muss diesen Planeten der Kategorie 1A unbedingt einnehmen, für die Menschheit. Gesamten Planeten mittels Tabuwaffen weit möglichst von Gegnern und höher entwickeltem Leben freimachen. Sonst keine weitestgehende Erfolgssicherheit für nächstes Landemanöver vorhanden."

Ich bin irritiert. Dass wir irgendwelche, sogenannte Tabuwaffen an Bord haben ist mir gänzlich unbekannt. Das stößt mir mächtig sauer auf und ich frage die Blechbüchse: „Was meint der Begleitandroide mit Tabuwaffen? Handelt es sich um einen Programmierfehler des Begleitandroiden? Also, ich schreibe eine Notiz in das Logbuch."

„Kommandant, kein Programmierfehler, eine Entscheidung des Obersten Rates. Einsatz ist in diesem Stadium zwingend vorgeschrieben. Erfolg der Mission darf nicht gefährdet werden. Ich wiederhole: UN 101 muss diesen Planeten der Kategorie 1A unbedingt einnehmen, für die Menschheit. Gesamten Planeten mittels Tabuwaffen weit möglichst von Gegnern und höher entwickeltem Leben frei machen. Sonst keine weitestgehende Erfolgssicherheit für nächstes Landemanöver vorhanden."

„Blechb..., Begleitandroide, das habe ich nun verstanden, aber was sind das für Waffen und warum wissen wir nichts davon?"

„Kommandant, Waffe ist auf der Erde tabu, darum Tabuwaffe, ganz einfach. Menschen hatten sie einst geächtet und sie ist es noch. Menschen sind zu sensibel gegenüber dem Einsatz der Waffe. Hier aber nicht. Wir haben fünfhundert schwere Neutronenbomben sowie fünfhundert Raketen mit Neutronensprengkopf. Sie sind im Waffenarsenal mit ‚T-Bomben' und ‚Luft-Boden-Lenk-Raketen/Sonderausführung' bezeichnet. Zusätzliche Aufschrift ist besonders deutlich. Die lautet: ‚Achtung! Einsatz nur nach Absprache mit Begleitandroiden.'"

Ich zögere einen Moment und antworte: „Selbstverständlich, akzeptiert! Es ist eine Entscheidung, welche vom Obersten Rat getroffen wurde. Lenkraketen, ja, die große Landefähre können wir hier für ihren eigentlichen Zweck nicht gebrauchen. Aber, sie kann Bomben transportieren und abwerfen. Und sie besitzt aus Selbstverteidigungsgründen Abwurfschächte für Lenkraketen, ich meine wohl zwanzig an der Zahl. Auch Befestigungen für den Transport weiterer Raketen sind vorhanden. Und, der Büchsenöffner sollte wirklich ausreichend groß sein."

„Was meint der Kommandant mit ‚Büchsenöffner'?", fragt mich der Androide.

„Ach, das ist wieder so eine Redensart. Sie steht für: ‚Alles, was man eben noch so braucht, ist in der Fähre vorhanden.' Dafür steht ‚Büchsenöffner', denn der ist das notwendigste Utensil. Den muss man beim Militär zwingend bei sich tragen. Das weiß jeder."

Ich wende mich an die verwunderten Teilnehmer und gebe die abschließende Order: „Dann soll es also sein. Wir setzen UN 101 sofort in Bewegung, Umlaufbahn auf 2.000, dann alle

Aufklärungsdrohnen raus. Auf Höhe 20 nach unten müssten sie vor Überraschungen sicher sein. Die Drohnen scannen Wilhelmine auf die Verbreitungsgebiete der Saurier und weitere Ziele. Wir wechseln den Kurs der Drohnen aber ständig, damit wir für die da unten unberechenbar bleiben. Francis und Bazooka rechnen die Scanergebnisse und die bereits überflogenen Gebiete hoch. Die beiden verbliebenen Jäger und Kampfdrohnen auch raus, auf Höhe 20, nur zur Ablenkung und weiteren Verwirrung, auch mit häufigem Kurswechsel. Wir schicken schnellstmöglich die große Landefähre hinterher, nach Überprüfung und Bestückung. Mit den Bestückungsmöglichkeiten bin ich nicht sicher, aber ich meine es passen mehr als zwanzig der Raketen hinein. Die Landefähre lassen wir höchstmöglich fliegen und sie klinkt die Raketen auch aus der weitestmöglichen Entfernung zum Ziel aus. Hoffen wir, dass sie nicht als der eigentliche Bombenleger wahrgenommen wird. Wenn es gut geht, lassen wir eine Aktion mit weiteren Raketen folgen und so weiter und so fort. Schließlich, wenn die Flugsaurier erledigt sind, bombardieren wir großflächig mit den T-Bomben. Trefft die Vorbereitungen."

Dann wende ich mich an die Blechbüchse: „Begleitandroide! Wir müssen die Landefähre checken. Wie viele Raketen kann sie genau transportieren? Du bist in Kenntnis und Wissen über die Technik der Raketen. Überprüfe auch den Lagerort der Raketen im Arsenal. Vorher aber das Transportvermögen und die Abwurfschächte der Fähre auf Eignung prüfen. Nicht, dass wir uns selbst noch die Suppe versalzen. Oh, unbedachte Redensart, die will sagen: ‚UN 101 muss diesen Planeten der Kategorie 1A unbedingt einnehmen, für die Menschheit. Gesamten Planeten weit möglichst von Gegnern freimachen.' Sonst gibt es keine Erfolgssicherheit für das nächste Landemanöver. Da darf nichts misslingen."

EIN GROSSER BÜCHSENÖFFNER

Wir sind zurück auf der Brücke und UN 101 ist bereits auf Umlaufbahn. Francis sitzt vor ihrem Steuerpult und schaut zu mir herüber.

„Überhaupt, Francis!", rufe ich.

„Wie sieht es beim Begleitandroiden aus?"

„Er macht sich gerade im Cockpit der Fähre zu schaffen, Kommandant!"

Ich gehe zu ihr hinüber. Er ist auf einem ihrer Überwachungsbildschirme klar zu erkennen.

„Gut, Francis, wie es aussieht checkt er wohl gerade das Steuerungspaneel der Abwurfschächte. Ah, jetzt bewegt er sich in den Rumpf, hin zu den Abwurfschächten. Es sind übrigens genau zwanzig Abwurfschächte und vierzig Transportbefestigungen für Raketen. Jetzt ist er also mitten im Büchsenöffner."

Der Begleitandroide verharrt kurz, er kann uns hören, denn wir befinden uns direkt am Hauptterminal. Während er sich in die Richtung des Cockpits umdreht, nutze ich die einmalige Chance und gebe den Befehl: „Francis, jetzt lässt du die Fähre ausklinken."

Der Begleitandroide bewegt sich schnell zurück, hat das Cockpit erreicht.

„Kommandant, habe ich richt..."

„Ja, hast du! Die Fähre ausklinken, lautet der Befehl! Jetzt ausklinken!"

Gerade will der Begleitandroide den Ausstieg des Cockpits öffnen, als er sich auch schon, samt der langsam trudelnden großen Landefähre, im freien Raum befindet.

„Francis, auf Abstand 20 zur Fähre!"

„Verstanden, Kommandant!"

„Bazooka, Hochenergiestrahl auf die Fähre ausrichten!"

Gerade fünf lange Schritte sind es bis zu Bazookas Kampfpult.

„Ist ausgerichtet, Kommandant!"

„Francis, Position?"

„Abstand 20, Kommandant!"

„Bazooka, Schuss!"

Es dauert nur den Bruchteil einer Sekunde. Auf dem großen Bildschirm Bazookas ist, auf Abstand 20, ein beeindruckender Feuerball zu bewundern. Die grelle Kugel verändert sich schnell zu einer abstrakten Form aus Schwaden und ausglühenden Trümmern, welche vor sich hin expandierend, mehr und mehr im Dunkel des Alls verschwimmt, bis sie nach einer knappen Minute völlig verschwunden ist.

Was für ein Schauspiel, denke ich. So sieht das Ende eines eben noch bedrohlichen Begleitandroiden aus, denke ich erleichtert und nutze weiter den Blick auf den Bildschirm, um für einen Moment das störungsfreie All zu genießen. Mein Umfeld scannend, bemerke ich, dass mich die Crew fragend anschaut.

„Oberster Rat hin, Oberster Rat her und bei allem Gehorsam, solch einen Befehl würde ich niemals geben. Es ist solch eine Leben verachtende Willkür, höher entwickeltes Leben auf einem Planeten zu vernichten, wegen der Sicherung seiner Einnahme, so wie es die Blechbüchse forderte. Niemals, nicht mit mir! Meine Folgerung: Der Begleitandroide hätte den Ersten Offizier und mich von der Bühne geschoben. Eine Blechbüchse wäre euer Kommandant geworden. Es blieben zwei Möglichkeiten, die Blechbüchse oder wir. Büchsen haben wir schon genug in der Kantine. Die Verantwortung trage ich allein. Der Erste Offizier war in Unkenntnis meines spontan gefassten Plans, genannt ,Büchsenöffner'. Der Rat ist weit entfernt. Ich allein werde dem Rat den Verlust des Begleitandroiden begründen. Punkt!"

Zustimmendes Nicken der Crew bestätigt mein Handeln. Ganz sicher bin ich mir nicht. Was ich gerade durchziehe, widersetzt sich dem Willen des Rats. Unbedingt schnell weiter, ohne Pause, denke ich. Ich nehme den Leuten die Zeit für weitergehende Überlegungen einfach. Dann erteile ich schnell ein paar Befehle.

„Erster, die beiden Kampfroboter befinden sich im Standby-Modus. Geh rüber ins Lager der Roboter und schalte sie über das Pult des Begleitandroiden vorübergehend ganz ab. Die Techniker sollen die Programmierung der beiden verbliebenen Blechtypen überprüfen und in Rücksprache mit mir ändern."

„Wird gemacht, Kommandant."

„Moment noch, Erster, und das betrifft euch auch, Leute! Es gilt weiterhin, den Planeten einzunehmen. Wir gehen grundsätzlich genau so vor, wie in der zweiten Lagebesprechung beschlossen wurde. Doch wir schicken gezwungenermaßen die mittlere Landefähre, anstatt der großen. Wir bestücken sie tatsächlich mit den Taburaketen, aber nicht mit T-Bomben. Die lassen wir gänzlich unberücksichtigt. Die mittlere Fähre fasst genau halb so viele Raketen und hat dementsprechend nur zehn Abwurfschächte. Dann fliegen wir eben öfter. Anteilig haben wir immer zwanzig Prozent konventioneller Raketen dabei. Gejagt werden ausschließlich die Flugsaurier. Bei den geringsten Anzeichen, dass sich in der Nähe anderes höher entwickeltes Leben befindet, nutzt unbedingt nur die konventionellen Raketen. Also, worauf warten wir? ZZ!"

Das Bombardement der Flugsaurierkolonien begann vor zweiundsiebzig Stunden. Was beschlossen wurde, wird konsequent umgesetzt. Die Landefähre hat vor einer Stunde zum achtzehnten Mal unser Mutterschiff verlassen, aufgetankt und mit neuen Raketen bestückt. Sie ist wiederum unterwegs, um den zweiten Landungsversuch vorzubereiten und damit den Hauptteil unserer Mission, die Einnahme einer zweiten Heimat für die Menschheit.

„Erster, wie sieht es aus?"

„Alles funktioniert weiter wie am Schnürchen, Kommandant."

„Macmacs, unser Raketenvorrat neigt sich allmählich dem Ende zu. Sind immer noch Gebiete der Flugsaurier auszumachen?"

„Wir wissen nur noch um einen Gebirgszug im Norden. Dort befinden sich die wahrscheinlich letzten vier Kolonien dieser

Saurier. Die werden nach dem jetzigen Anflug der Fähre auch geschlagen sein."

„Ja, Macmacs, diese Brummer, die sind wie Fliegen, also die Klatschennummer."

„So ist es, Kommandant. Mit der Klatschen...?"

„Erster Offizier meldet sich bei Kommandant!"

„Ganz genau, Macmacs. Ja, Erster?"

„Die Raketen schlagen gerade in kurzer Folge ein. Diese vier Kolonien sind nun auch Geschichte. Die Drohnen melden immer noch, dass keine weiteren Kolonien auszumachen sind. Der Planet ist vollständig von den Brutgebieten gesäubert. Bis auf einzelne Monster dürfte sich das Thema mit den Flugsauriern wohl erledigt haben."

„Leute, sehr gut, dann bringt alles wieder rein."

„Erster Offizier an Kommandant!"

„Ja, Erster Offizier?"

„Kommandant, der Oberst fliegt selbst einen der beiden Jäger. Er müsste gleich zurück sein und er möchte Sie dringend sprechen."

„Ja, der Oberst soll dann gleich zu mir kommen."

Der Oberst ist auf der Brücke und kommt forschen Schrittes auf mich zu.

„Oberst, was ist so dringend?"

„Kommandant, ich hatte während des langen Einsatzes Zeit, um nachzudenken."

„Das höre ich sehr gern, Oberst. Und, Sie philosophieren nicht mehr über Bratwurst, oder?"

„Ja, das auch nicht, Kommandant. Mir ist vor dem Einsatz, während der Inspektion der Landefähre, auch ein Behälter mit reichlich Spannbändern aus Gummi aufgefallen. Erst hatte ich die Spannbänder fast vergessen, aber dann sind sie mir wieder eingefallen. Wir könnten es machen wie früher. Wir fliegen vorab mit den beiden Vertikalstartern und montieren eine Abbrems-vorrichtung auf dem Plateau, die aus allen Gummispannbändern und anderen Spannbändern gefertigt wird, relativ kurz vor dem

Hang. Das Band muss direkt unter dem Rumpf das Frontfahrwerk der Fähre fassen. Dann hätten wir kaum Hebelkraft und die Stabilität des Fahrwerks würde wahrscheinlich ausreichen."

„Oberst, das klingt gut, sogar sehr gut, nur klappen muss es noch. Kann man denn vom Plateau auch wieder starten oder ist es eine Einbahnstraße?"

„Kein Problem, Kommandant, ich würde selbst die Fähre fliegen. Ich habe solche Flugmanöver damals zigmal üben müssen. Die Fähre wird auch mit vollem Schub nach der Klippe mächtig durchsacken, aber die fange ich schon wieder ab."

„Alle Achtung, Oberst, das schreit nach einer weiteren Auszeichnung."

Ich wende mich nun an den Ersten Offizier: „Erster, lass das von der Technik genau durchrechnen. Abstand, Kräfte, notwendige Stärken und so weiter. Nehmt das Fahrwerk der Fähre besonders genau unter die Lupe. Vielleicht kann man es verstärken, oder eine Art Knautschzone kreieren. Morgen, Punkt 1000, möchte ich alle Ergebnisse vorliegen haben. Dann beginnt die nächste Lagebesprechung. Was bis dahin schon an Vorbereitungen getroffen werden kann, wird gemacht."

Es ist der Morgen des 17. Oktober. Die dritte große Lagebesprechung beginnt im Konferenzraum am runden Tisch. Anwesend sind wiederum dieselben Personen. Zusätzlich ist eine Ingenieurin aus der Bordtechnik zugegen. Zu meiner Rechten sitzt der Erste Offizier. Er führt auch wieder das Protokoll.

„Dann eröffne ich hiermit die Versammlung. Meine Damen, meine Herren, alle Vorbereitungen für den zweiten Versuch sind getroffen worden. Die Ingenieurin hatte mir bereits vor der Besprechung die Ergebnisse mitgeteilt. Auch eine Fangvorrichtung für das Spannband ist schon unter dem Rumpf montiert. Diese führt das Band auf eine starke Gasfeder, welche zusätzlich zu einer sanften Abbremsung beitragen wird. Unser Dank gilt der gesamten Bordtechnik. Sie hat in kürzester Zeit sehr viel geleistet. In diesem Zusammenhang möchte ich nicht versäumen, die Idee des Obersten besonders lobend zu erwähnen."

Ich schaue über den Tisch zum Oberst. Indem ich meine offene Hand langsam nach oben führe, fordere ich ihn unmissverständlich auf, sich zu erheben. Ich trete um den Tisch herum und stelle mich vor ihn.

„Oberst, hiermit zeichne ich Sie mit der höchsten Auszeichnung der Raumfahrtflotte aus, mit dem Pfadfinder des Weltraums auf goldener Sonne."

Ich stecke ihm den Orden an die noch einzig verbliebene freie Stelle seiner Uniform. Die Medaille zeigt einen im All schwebenden Raumfahrer aus Bergkristall auf einer goldenen Metallscheibe.

Adrett gespickt das viele Fett, wie nett, schmunzele ich in mich hinein und füge noch hinzu: „Den haben Sie sich wahrlich verdient, Oberst."

„Vielen Dank, Kommandant", bringt er gerade so heraus, mit äußerst angespanntem Oberkörper und stolz klingender Kehlkopfstimme.

„So, weiter im Text. Stellvertretender, wie viele Pioniere und welche Zeit benötigen Sie auf dem Plateau, für die Montage der Abbremsvorrichtung?"

„Kommandant, die Spanngurte sind vorbereitet, bereits miteinander verbunden. Wir müssen zwei Befestigungsanker setzen. Für zwei Anker braucht es auch zwei Pioniere. Ich bin einer von ihnen. Wenn uns nichts in die Quere kommt, brauchen wir ungefähr eine Stunde."

„Erster, protokolliere die kurzfristige Vorgehensweise. Nach terrestrischer Zeit ist es 10:13 Uhr. Heute, am 17.10.2092, 1400, soll die Abbremsvorrichtung montiert sein. Alle noch nötigen Vorbereitungen sind ab sofort zu treffen. Sendet alle fünf Aufklärungsdrohnen schon jetzt raus, um das Zielgebiet weiträumig zu scannen. Die zwei Kampfdrohnen sollen auch sofort rausgehen, stellt sie auf nahe Gebietsumkreisung ein. 1230 geht unser Schiff auf 150 nach unten. Bazooka stellt wie gehabt die Bordwaffen um das Zielgebiet ein. Dann schickt die beiden Vertikalstarter raus. Sie sind die Taxen für jeweils einen der Pioniere. Jeder Vertikalstarter bekommt einen Jäger als Begleitschutz.

Wenn die Vertikalstarter die Pioniere und das Material abgesetzt haben, sofort wieder in die Luft und die Pioniere zusätzlich von oben schützen. Wenn die Vorrichtung fertig ist, kommt zügig in umgekehrter Reihenfolge zurück zum Schiff. Nur die Drohnen bleiben draußen, auf Abstand 20 nach unten. Ende des Protokolls. Dann also auf ein Neues, Leute."

Zeit 1245, die Vertikalstarter landen in hundert Meter Abstand zueinander und in einer Entfernung von zweihundert Metern zur Bergflanke. Die Pioniere beginnen zügig mit ihrer Arbeit.

„Flugsaurier, Kommandant! Zwei der Aufklärungsdrohnen melden Saurier im schnellen Anflug!", ruft der Erste Offizier aufgeregt.

Bazookas Bewegungen am Waffenpult werden hektisch und er schreit: „Ich regele auf volle Energie, Kommandant, lasst die Vertikalstarter am ..."

„Verstanden, Bazooka!", unterbreche ich ihn.

„Die Vertikalstarter bleiben am Boden! Pioniere sofort in die Maschinen! Die Laserschutzvisiere nicht vergessen! Jäger auf Abstand 20 nach unten und mit den Kampfdrohnen weiträumig raus aus dem Zielgebiet, auch mindestens 20, wie die Aufklärer! Alles raus aus der Schusslinie, schnell!"

Die Piloten der Vertikalstarter haben mitgehört. Auch die Pioniere, sie laufen zu den Maschinen. Die ersten Saurier sind sichtbar und dem Plateau schon verdammt nahe.

„Das dauert zu lange, Leute, lauft schneller!", schreie ich.

Endlich erreichen sie die Maschinen.

„Schusslinie ist frei!", schreit der Erste.

„Bazooka, grill die verdammten Monster!", bringe ich kaum heraus, als wir auch schon von einem Aufglühen geblendet werden. Ein gewaltiges Laserfeuer umschließt das Plateau und lässt es vor unseren Augen verschwinden. Der leuchtend rote Kegel fächert unregelmäßig in kurzen Abständen hin und her. Die schützende Glocke vergrößert ihren Durchmesser, um ihn im nächsten Moment wieder zu verringern. Bazooka ist in seinem Element, der Herr des Kampfpults. Seine Hände bewegen sich im Zeitraffer, als spielten sie die schnellsten Läufe auf einem Klavier.

„Hier kommt ihr nicht durch! Heute kommt ihr nicht durch!", brüllt er mit wildem Gesichtsausdruck, gleich einem nubischen Kämpfer, der wie besessen gegen eine Übermacht an verhassten Feinden ankämpft.

Fast zwei Stunden sind vergangen, als Bazookas Bewegungen langsamer werden und damit auch das Laserfeuer allmählich abnimmt.

„Erster, welche Daten senden die Aufklärungsdrohnen?", frage ich nach.

„Es kommen nur noch wenige Saurier nach, Kommandant. Hoffen wir, dass es bald vorbei ist."

Er blickt besorgt in Bazookas Richtung, wie es gerade alle tun. Bazooka ist gleich am Ende seiner Kräfte, man sieht es ihm deutlich an. Er agiert wie ein Automat, dessen Akku jeden Moment leer sein könnte. Ich greife ein Glas Wasser und gehe zu ihm hinüber.

„Erster, komm auch her, zum zweiten Bordschützenplatz. Bazooka", sage ich in ruhigem Ton und wiederhole: „Bazooka, die Schlacht hast du allein geschlagen. Du bist und bleibst der schnellste Mann des Kongos, ganz Afrikas und der ganzen Welt, aber trink etwas. Der Erste übernimmt den Rest."

Ich umfasse leicht massierend seine rechte Schulter und reiche ihm das Glas. Schwer atmend redet er in sich hinein: „Ich habe keinen Saurier durchgelassen, keinen einzigen."

„Keinen einzigen hast du durchgelassen", bestätige ich ihm. „Bazooka, jetzt trink."

Francis kommt unvermittelt angeflitzt, rubbelt kurz und kräftig Bazookas kohlschwarzen Wuschelkopf und drückt ihm einen der vorzüglichen Kakaonuggets in die Hand. Gleich darauf ist sie schon wieder auf ihrem Posten, ohne ein Wort verloren zu haben. Der Erste Offizier erfüllt seine Aufgabe. Wie erwartet ist wenig Anstrengung nötig, um auch die letzten Saurier vor dem Erreichen des Plateaus zur Strecke zu bringen.

Das ist doch unglaublich, denke ich kopfschüttelnd, bevor ich laut rufe: „Bazooka, du sollst dich ausruhen! Warum sitzt du schon wieder an deinem Kampfpult?"

„So ist es mir lieber, Kommandant. Mir schmeckt die Sache nicht."

„Kakaonuggets sind doch der leckerste Snack, Bazooka. Aber ich weiß, was deine Gedanken beschäftigt. Du sprichst mir aus der Seele. Darüber denke ich auch schon eine ganze Weile nach. All das hier mutet recht eigenartig an. Wie passt das Geschehene zu versteckt lebenden Höhlenbewohnern? Sag, Macmacs, was meinst du?"

„Bazooka schmeckt es nicht, Ihnen nicht und mir genauso wenig. Die Saurier mögen wir weitestgehend beseitigt haben. Aber der Erschaffer könnte noch weitere Schweinereien bereithalten. Kommandant, ruhig betrachtet passt hier eine Menge ganz und gar nicht zusammen. Höhlenbewohner, unten in den Tälern, die herumschleichen wie Indianer, ja, genau wie Indianer. Warum haben sie keine Hochkultur geschaffen, wenn sie doch so überlegen sind? Die sind uns technisch nicht überlegen. Wir können nur die Zeugnisse einer Frühkultur sehen, ihre Kultbauten, die Stonehenge ziemlich ähnlich sind. Im Gegensatz dazu stehen diese großen, manipulierten und gesteuerten Saurier. Da müssen Dritte im Spiel sein. Ja, Dritte! Gehen wir davon aus, dass es so ist. Vorsicht!"

„Da folge ich dir zu hundert Prozent, Macmacs. Da unten rührt sich sehr wahrscheinlich mehr. Francis, wir gehen nach meiner Ansage mit UN 101 auf 10 nach unten. Steigen wir ihnen direkt aufs Dach und schauen wir möglichen Gefahren ins Auge, zusammen mit den Männern auf dem Plateau. Und du, Bazooka, fühlst du dich wirklich schon wieder fit?"

„Fit und frisch, als wäre ich gerade aus einem See gestiegen, Kommandant. Das Kakaonugget hat es gebracht."

Francis lacht zufrieden. Ich schüttele nur noch mit dem Kopf und lobe ihn: „Bazooka, du bist wirklich unglaublich. Leute, jetzt aber los! Die Jungs da unten verharren immer noch, wir müssen schnell handeln. Francis, Bazooka, wie gesagt, wir gehen mit dem Schiff ab jetzt ganz nah dran, aber langsam. Alles auf Abstand 10 einrichten. Bazooka, feinjustiere deine Waffensysteme. Dimitri, optimiere die Scanner genau auf und um das Zielgebiet, wir kommen mit 10 sehr nah nach unten. Macmacs, beobachte wie immer genau das Zielgebiet und das Gebiet darum. Gib sofort Meldung, falls dir etwas Außergewöhnliches auffällt. Jetzt geht es leider nicht um Wissenschaft, es geht um Sieg oder Niederlage. Erster, die Tabula rasa-Raketen gleich in unsere Schächte. Wir haben noch achtundsechzig Stück. Also haushalten wir gut. Bestücke auch die Jäger. Da die Tabuwaffen in einem Radius von fünftausend Metern absolut tödlich sind, ist äußerste Präzision angesagt. Wenn die Drohnen nacheinander wieder drin sind, bestückt auch alle mit den Tabuwaffen und lasst sie schnellstmöglich wieder raus, genauso wie die Jäger. Alles so schnell es nur geht. Erster! Leute! ZZ! Alles raus und ganz, ganz langsam runter mit dem Schiff. Jetzt kommen wir nochmals, ihr da unten, wer ihr auch immer seid."

„Entfernung 20 nach unten, Kommandant."

„Verstanden, Francis, jetzt noch langsamer runter."

„Alles, was fliegen kann, ist bestückt und draußen, Kommandant."

„Verstanden, Erster."

„Die Angriffssysteme sind auf 10 eingestellt, Kommandant."

„Verstanden, Bazooka."

„Kommandant, Achtung!"

„Ja, Dimitri?"

„Kommandant, so nah wie wir sind komme ich durch die unerwartet dünne Felsschicht der Bergflanke."

„Sag schneller!"

„Symmetrische Strukturen, sehr große, freie Räume, versteckte Festung! Scanne genauer!"

„Da verbergen sich wohl die Dritten?"

„Kommandant!"

„Macmacs, was ist los?"

„Kommandant, schwarze Echsen! Laufende! Sie kommen von den Bergen herunter. Sie sind mächtig und laufen unglaublich schnell. Man kann sie nur schlecht ausmachen, sie sind perfekt ihrer Umgebung angepasst."

„Verstanden, Macmacs. Bazooka, lass die ersten Monster bis auf 1,5 ans Zielgebiet herankommen. Dann auf Abstand 6 zum Zielgebiet Tabu setzen. Stelle dein Lasersystem zusätzlich auf volle Automatik, in Abstand 1 zum Plateau, nicht näher. Unsere Leute dürfen nicht gefährdet werden. Schickt die Kampfdrohnen weiter raus, weg vom Plateau, um frühzeitig nachkommende Echsen abzufangen. Die Vertikalstarter sollen auf einen schnellen Rückzug vorbereitet sein."

„Kommandant, Abstand 10, sind auf Stopp."

„Verstanden, Francis! Erster ?"

„Unsere Waffen greifen. Denen da unten scheint tatsächlich die Luftwaffe vollständig verloren gegangen zu sein. Die schwarzen Monster werden erfolgreich abgewehrt."

„Erster, benachrichtige die Pioniere. Montiert die Bremsvorrichtung für die Landefähre weiter. Holt die Jäger zurück, um den Flug der Landefähre zu sichern. Die Fähre muss sofort raus, mit der kompletten Kampftruppe und unseren beiden handzahmen Kampfrobotern. ZZ, Leute, nun aber richtig Tempo!"

„Bremsvorrichtung ist montiert, Kommandant. Landefähre ist im Anflug, Zielentfernung 6."

„Verstanden, Erster, die Pioniere wieder in die Vertikalstarter und auf 1 nach unten steigen."

„Landefähre setzt auf, Kommandant. Oh, nein, die ist noch zu schnell!"

„Ruhig, ruhig, der Oberst zeigt uns gerade, was er drauf hat."

„Sie haben Recht, Kommandant, die Bremsvorrichtung greift. Die Fähre steht jetzt, in geringem Abstand zum Fels. Das war trotzdem sehr knapp."

„Alles ist gut. Raus aus der Fähre, bis auf den Oberst und den Copiloten. Dann die Fähre vorsorglich schon drehen und Startvorbereitungen treffen. Die Vertikalstarter wieder nah ran."

„Kommandant!"

„Dimitri?"

„Ich habe den Eingang der Festung entdeckt. Vom Bug der Fähre in 45 Grad, auf 180 Metern Höhe. Große Felsplatten lassen von unten keine Sicht zu. Der Aufstieg beginnt ebenfalls Steuerbord, am Rand des Plateaus, auch von einer Felsplatte verdeckt."

„Verstanden, Dimitri. Bazooka, richte einen Laser auf den Eingang aus."

„Ist ausgerichtet, Kommandant."

„Verstanden, Bazooka. Erster, sende die Kampfroboter schnell hoch zum Eingang. Die Kampftruppe in aufgelöster Formation langsam hinterherschicken, aber noch nicht aufsteigen lassen. Die Vertikalstarter müssen seitlich ran, an die Bergflanke und den Vorstoß absichern, aber nicht in unsere Schusslinie geraten."

„Verstanden, Kommandant."

„Erster?"

„Die Kampfroboter sind jetzt oben und haben am Eingang der Festung Position eingenommen, Kommandant!"

DRÁKONIN

Welch laute Geräusche stören meine Ruhe?

„Wehsal, komm sofort zu mir!"

„Ja, Gebieter, hier bin ich ja schon."

„Sag, welchen Lärm vernehme ich? Haben unsere Drachen bereits gesiegt und scharren die Beute auf dem Schlachtfeld zusammen? Und werden nun endlich die letzten Vorbereitungen für die Siegesfeier getroffen? Mich hungert es nach dem Fleisch von Zweibeinern sowie es mich nach ihrem Blut dürstet."

„Mein Gebieter, die Eindringlinge sind tückisch, so wie es eure Weisheit vorausschauend befürchtete."

„Befürchtete? Willst du mir etwa Furcht unterstellen, Elender? Was meinst du mit ‚tückisch'? Sprich, du winselnder Wurm!"

„Mein Gebieter, die Drachen sind getötet, auch die schwarzen."

„Was? Sag mir, dass es nicht wahr ist, so du es zu äußern wagtest. Es kann nicht sein!"

„Mein ehrwürdiger, einzigartiger, mächtiger, göttlicher Gebieter. Es ist wahr. Die Eindringlinge stehen schon vor unserer Veste. Sie wollen sie einnehmen."

„Wehsal, du winziger Wurm. Du wagst Solches zu vermelden? Auf dich komme ich ganz sicher später zurück. Mag es nun sein, wie so nicht gedacht. Weckt mir meine Meisterschöpfung, Drákonin. Bereitet ihm erstmals den Weg aus der Burg vor. Wehsal, füttere ihn gut an, mit deinem Fleisch. Gib ihm ein linkes Bein. Glotze nicht, es wird dir ja wieder nachwachsen. Oder ist dir dein Kopf lieber? Du weißt es, Köpfe wachsen nicht nach und kopflos wirst du den Weg in meine ewigen Hallen niemals finden können. Also, winsele nicht. Wehsal, höre, es eilt. Drákonin muss vor die Veste. Das Fleisch der Eindringlinge wird damit verloren sein, denn er wird alle Eindringlinge fressen. Aber er wird mir den Sieg sichern. Jetzt geh mir aus den Augen, bevor ich doch lieber deinen Kopf nehme. Eins noch, Wehsal. Wage es niemals wieder, mit solch unbefriedigender Nachricht vor mich zu treten. Hast du verstanden?"

„Ja, mein göttlicher Gebieter, Wehsal hat den Gebieter verstanden. Ich gebe ihm ein Bein, mein Bein. Dann wird dir Drákonin den Sieg sichern. Mein Gebieter, ich bin schon fort. Wehsal nimmt seine Beine in die Hand und läuft ganz schnell zu Drákonin."

„Kommandant!"

„Dimitri?"

„Da bewegt sich etwas Großes innerhalb der Festung, von oben herunter. Ein zusammenhängendes Gefüge, es nähert sich langsam dem Zugang. Es ist nur schwach auszumachen, aber die Ausmaße sind jetzt erkennbar. Es ist gewaltig, Kommandant."

„Bazooka, es herrscht allerhöchste Alarmbereitschaft für dich und deine Systeme!"

„Schon passiert, Kommandant."

„Erster, Rückzug, ZZ! Alles wieder in die Fähre und starten, schnell! Die Kampfroboter behalten ihre jetzige Stellung bei. Alles auf Mindestabstand, 10 nach unten, weg vom Plateau."

„Verstanden, Kommandant."

„Erster, das dauert zu lange!"

„Alle Leute sind wieder drin, Kommandant. Fähre startet, aber rückwärts. Was macht der Oberst? Gleich kracht er mit dem Heck an die Felsen! Ah, er hat die Fähre weiter in das Spannband zurückrollen lassen."

„Ja, Erster, der Oberst nutzt jeden Zentimeter. Jetzt zeigt er uns noch einmal, was er kann."

Der Oberst ist wirklich ein Ausnahmeflieger, denke ich noch, während ich zu Bazooka schaue und der Erste Offizier auch schon wieder Meldung macht.

„Kommandant, der Oberst ist mit der Fähre sicher gestartet und geht auf Sicherheitsabstand. Alles ist zurückgepfiffen worden."

„Verstanden, Erster. Dimitri! Macmacs! Was ist das nun wieder für eine teuflische Ausgeburt?"

Macmacs hatte die Daten von Dimitri zeitgleich übermittelt bekommen und starrt völlig entsetzt auf den Bildschirm. „Kommandant, schlangenartiges Riesenmonster, schlangenartig. Es kommt ganz nahe an der Außenwand herunter, durch einen sich an der Außenwand befindenden Schacht vielleicht? Wir können es immer klarer ausmachen. Dimitris Messung bestätige ich zu hundert Prozent, es ist sehr groß, deutlich über hundert Meter lang. Das ist ein monströses Wesen. Kommandant, es gilt äußerste Vorsicht. Äußerste Vorsicht!"

„Ja, Macmacs, Vorsicht habe ich verstanden. Mehr!"

„Gruselig, da vermischt sich Organisches zu hohen Anteilen mit Anorganischem. Es vermischt sich extrem, das ist mir völlig unbekannt. Vorsicht!"

„Es reicht, Macmacs! Erster Offizier! Beide Kampfroboter wieder nach unten auf das Plateau und weg von der Bergflanke. ZZ!"

„Die Kampfroboter haben verstanden und kommen wieder herunter, Kommandant."

„Kommandant!"

„Macmacs?"

„Das Monster wird jetzt direkt sichtbar."

„Erster, wie weit sind die Roboter schon entfernt?"

„Sie sind gleich wieder unten, Kommandant."

„Macmacs, Bazooka, jetzt kommt es auf euch an! Macmacs, ich bitte um laute und klare Ansagen!"

„Es hat einen ähnlichen Kopf wie eine Kobra, aber mit vielen beweglichen Schilden um den Schädel. Diese sind anorganisch, Kommandant."

„Macmacs, weiter, schneller! Wie viel ist von dem Biest draußen?"

„Ungefähr zwanzig Meter, Kommandant!"

„Macmacs, jetzt Ansage auf Ansage! Bazooka, gib dem Monster eine Begrüßungssalve!"

Die Bildschirme leuchten kurz hellrot auf. Der Laserstrahl hat sein Ziel um keinen Zentimeter verfehlt, aber er wird reflektiert, genau in unsere Richtung.

„Erster, haben wir Schäden am Schiff?"

„Nein, Kommandant, die Reflexion hat stark genug ausgestreut."

„Macmacs an Kommandant! Vierzig Meter des Monsters sind sichtbar."

„Verstanden, Macmacs! Erster! Lass die Kampfroboter sofort ein schwaches Laserfeuer auf den Kopf des Monsters richten!"

„Verstanden, Kommandant!"

„Ich will Meldungen, Leute!"

„Kommandant, die Laserstrahlung der Roboter wird zu hundert Prozent genau zu ihnen zurückgelenkt, wie über einen vorgehaltenen Spiegel."

„Verstanden, Erster!"

„Macmacs an Kommandant! Sechzig Meter des Ungetüms sind sichtbar!"

„Verstanden, Macmacs! Wie gehabt, sendet die Kampfroboter weiter weg, bis zum äußeren Rand des Plateaus. Bazooka, bereite den Abschuss einer Tabuwaffe vor. Detonation bei 4,5 nach unten!"

„Ist vorbereitet, Kommandant!"

„Macmacs an Kommandant! Fünfundachtzig Meter des Monsters sichtbar. Seine Bewegungen werden schneller!"

„Verstanden, Macmacs!"

„Kommandant, die Roboter sind am Rand des Plateaus!"

„Verstanden, Erster, sie sollen sich flach machen. Bazooka! Warte noch ab!"

„Kommandant!"

„Erster?"

„Kampfroboter in Verteidigungsstellung!"

„Verstanden, Erster!"

Die Kampfroboter haben ihr Äußeres zu der Form einer Halbkugel verändert und haften am Boden wie Saugnäpfe.

„Macmacs an Kommandant! Das Monster ist vollständig sichtbar. Hundertzwanzig Meter, mittlere Länge. Es ist die mittlere Länge, denn die Körperlänge ist variabel. Es ist jedenfalls ganz raus."

„Verstanden, Macmacs! Oh, Macmacs, jetzt wird es so fantastisch, dass es uns womöglich später niemand glauben wird. Also, analysiere, dokumentiere und lass es sicherheitshalber in einem Memo-Kristall abspeichern."

Das glaubt uns doch sonst keiner, denke ich und starre ungläubig auf den Bildschirm. Alle starren gebannt auf die Bildschirme. Das gewaltige Wesen hat die Körperform einer Schlange. Zwischen den verschieden großen hellroten Schilden, welche den gesamten Körper überdecken, ist weiße Haut zu erkennen. Die Kopfform ähnelt tatsächlich einer Kobra. Der Schädel trägt jedoch drei sich überlappende, dominante Schilde, welche sich in Dreiecksform von der vorderen Spitze nach hinten gleichschenklig verbreitern. Darunter befinden sich wahrscheinlich die Augen, falls es überhaupt auf solche angewiesen ist. Der restliche, sichtbare Schädel ist mit sehr kleinen roten Schildplatten übersät. Aus dem langen Maul dringt ein diffuses, grünliches Licht. Vorne befinden sich zwei opake, hellgrün leuchtende Reißzähne. Der Kopf bewegt sich abgehackt hin und her, unnatürlich schnell. Das Monstrum erinnert an einen Drachen aus der Märchenwelt. Aber wir befinden uns nicht in der Handlung eines Märchens. Wir müssen genauer wissen womit wir es zu tun haben und so wende ich mich an Macmacs: „Macmacs, mehr Informationen!"

„Wie wir ja sehen können, ist der Körper komplett mit diesen Schilden belegt. Reflektierende Kristallstruktur, Kommandant. Dieses Wesen ist in einem Labor entstanden."

„Dimitri?"

„Kommandant, ich hatte es nach unserer Ankunft schon bemerkt: Die Gesteine und Minerale versprechen manch wertvolle Überraschung. In diesem Fall wertvoll für unsere Gegner. Sie konnten sich aus riesigen Mengen von Rubin, Smaragd, Diamant und anderer edler Minerale bedienen. Das Monster trägt viel davon. Ich analysiere weiter, Kommandant."

„Verstanden, Dimitri. Macmacs, mehr!"

„Dieses diffuse, grüne Licht im Maul, das gefällt mir gar nicht, aber ich komme noch dahinter. Das gefällt mir ganz und gar nicht. Sehr bemerkenswert ist das Reaktionsvermögen dieses Wesens. Die Reaktionsgeschwindigkeit des Monstrums entspricht annähernd Nullzeit. Ganz erstaunlich, annähernd Nullzeit."

„Verstanden, Macmacs, erkläre weiter!"

Was ist denn mit ihm, frage ich mich, denn ich bekomme keine Antwort. Stattdessen versuchen zwei blaue Kreise, welche sich hinter dicken Lupengläsern befinden, Bazooka auszumachen und Macmacs äußert in seine ungefähre Richtung: „Bazooka, hast du gehört? Seine Reaktionsgeschwindigkeit entspricht annähernd Nullzeit. Bazooka, verstehst du, annähernd Nullzeit?"

Bazooka zeigt den Ansatz eines bösen Blicks, welchen Macmacs jedoch aus der Entfernung von über fünf Metern ganz sicher nicht wahrnehmen kann und antwortet scharf: „Dafür komme ich aber nicht aus einem Labor, wie diese Echsenmaschine oder was auch immer! Du bist doch auch so ein Labortiger! Ich hasse Labore!"

„Macmacs, Bazooka, was soll das jetzt? Schnell hatte ich gesagt! Bazooka! Weiter abwarten! Macmacs! Ansage, aber ZZ!"

„Macmacs an Kommandant! Hundertzwanzig Meter des Monsters sind jetzt unten, komplett unten auf dem Plateau."

„Bazooka, noch abwarten! Erster, was ist mit unserer Abbremsvorrichtung?"

„Das Monster kommt vom äußersten Rand, es bewegt sich daran vorbei."

„Das ist mal eine gute Nachricht."

„Macmacs an Kommandant! Das Monster ist fast mittig auf dem Plateau und bewegt sich weiter in Richtung der Roboter."

„Verstanden, Macmacs! Bazooka, jetzt die Tabuwaffe abschießen!"

„Erster an Kommandant, es bleibt unbeeindruckt und bewegt sich weiter!"

„Bazooka, Kombination! Schick eine konventionelle Rakete runter. Lass sie über dem Kopf des Biestes detonieren. Falls die Schilde durch die Druckwelle ihre Ausrichtung verlieren sollten, muss absolut synchron Tabu wirken."

Es ist nur wenige Sekunden her, dass ich ausgesprochen hatte. Jetzt ergreift die Wucht einer mächtigen Explosion das Wesen. Zeitgleich greift die Neutronenstrahlung. Das Bild auf unseren Schirmen wird wieder klar. Das Monstrum ist getroffen worden. Es bäumt sich schwankend auf. Die Bewegungen des Kopfes sind nicht mehr so schnell und doch bewegt es sich wieder in die Richtung der Roboter.

„Bazooka, Zweitkombination! Gleich darauf eine dritte und eine vierte. Nicht, dass dieses Biest noch Zeit hat resistent zu werden!"

Wieder sind die Explosionswellen deutlich zu sehen. Das Untier schwankt, es wird von der Kraft der Detonationen hin und her gerissen. Die beiden Kampfroboter verharren weiter bewegungslos, am äußersten Rand des Plateaus, eingeigelt, als wollten sie sich vor einem Fuchs schützen.

„Kommandant, das Untier hält unseren Attacken nicht stand. Es wird zusehends geschwächt!"

„Verstanden, Erster! Bazooka, veranlasse zum Finale noch viele kleine Raketen, direkt in Kopfnähe, begleitet von den Tabus!"

„Verstanden, Kommandant!"

Es brauchte noch wenige Minuten der Attacken und auch dieser Horror hat nun ein Ende gefunden. Das Monstrum liegt lang ausgestreckt sowie völlig bewegungslos auf dem Plateau.

„Erster, schick die Roboter ran und weiter ständig Meldung machen!"

„Verstanden, Kommandant!"

„Macmacs an Kommandant!"

„Macmacs?"

„Äußerste Vorsicht! Da löst sich etwas aus dem Inneren des Monsters. Es ist das Grün. Dieses Grün gefiel mir nicht, das gefiel mir ganz und gar nicht. Jetzt kommt es aus dem Maul, gleich einem Flaschengeist. Das kann ich zurzeit aus wissenschaftlicher Sicht für uns nur als suboptimal bezeichnen."

„Erster, schick die Kampfroboter wieder zurück an den Rand und in flache Schützenstellung! Macmacs, was ist das nun wieder?"

„Keine Ahnung, Kommandant, als wäre es die Seele des Monsters. Oh, was passiert denn jetzt?"

„Was heißt denn: ‚Was passiert denn jetzt?' Macmacs, ich erwarte eine ordentliche Meldung, aber ZZ!"

„Das Grün beginnt das Monster zu umschließen. Ja, eindeutig, es ist jetzt klar erkennbar. Ganz klar, der durchscheinende Geist bildet eine Hülle, um seinen eigenen Körper herum. Oh nein, was ist das denn?"

„Verstanden, Macmacs, oder auch nicht!"

Oh nein, was ist das denn, frage auch ich mich. Das innere Grün bildet eine äußere Hülle. Ist das eine Projektion oder ein Hologramm? Ich weiß keine Antwort darauf und versuche, den Druck aus der Situation zu nehmen.

„Leute! Ich sage euch was gerade passiert. Das ist nur Angstmache. Die haben nichts mehr in petto, darum gaukeln sie uns jetzt etwas vor. Das ist nicht mehr als der bessere Trick eines Magiers, so hoffe ich zumindest. Erster, lass die Kampfroboter sofort ein Laserfeuer eröffnen!"

„Verstanden, Kommandant!"

„Bazooka, richte auch unsere Laser aus!"

„Sind ausgerichtet, Kommandant!"

„Dann los, Bazooka, aber gib Acht auf die Roboter!"

Augenblicklich wird das schwache Laserfeuer der Roboter durch Bazookas Hochenergielaser überdeckt.

„Kommandant!"

„Erster?"

„Unsere Laser zeigen keine Wirkung. Das Grün wird dichter!"

„Verstanden, Erster!"

„Macmacs an Kommandant!"

„Macmacs?"

„Kommandant, das Geistergrün hat das Monstrum jetzt völlig umschlossen und verdichtet sich weiter. Die Schilde beginnen sich wieder zu bewegen. Es sieht aus, als ob sich das Monster selbst neu aufbaut. Dieser Vorgang ist programmiert, vorprogrammiert. Das Monstrum entwickelt sich neu. Das gefällt mir gar nicht, ganz und gar nicht, Kommandant!"

„Mir auch nicht, Macmacs! Bazooka, gib dem Monstrum eine Kombination aus konventionellen Krachern und Neutronenstrahlung, wie gehabt!"

„Verstanden, Kommandant!"

„Kommandant!"

„Erster?"

„Die Einschläge wirbeln das Monstrum heftig durcheinander, zeigen aber keinerlei zerstörerische Wirkung. Im Gegenteil, trotz der Explosionen beginnt sich auch der Kopf zu bewegen und es richtet sich langsam auf!"

„Verstanden, Erster! Bazooka! Kannst du mit schwereren Bomben agieren?"

„Nein, Kommandant! Das würde die Landepiste so wie die Roboter zerstören und sie gleichzeitig vom Plateau fegen."

„Verstanden Bazooka!"

Das Monster hat sich von der Neutronenstrahlung erholt und ist gegenüber der Strahlung inzwischen tatsächlich resistent geworden, denke ich. Die konventionellen Waffen sind in der Lage es zu erschüttern, aber verletzen es nicht, wie auch die Laser nicht wirken, resümiere ich ratlos.

„Und, Leute, was nun?", frage ich in die Runde blickend und bekomme fragende Blicke als Antwort.

„Macmacs an Kommandant!"

„Macmacs?"

„Es bewegt sich in Richtung der Roboter und wird sie bald erreichen. Seine Kopfbewegungen sind ebenso schnell wie zu Anfang. Das gefällt mir gar nicht, Kommandant. Das gefällt mir sogar ganz und gar nicht."

„Mir auch nicht, immer noch nicht, Macmacs! Verdammt, gleich wird das Monstrum die Roboter wegfegen!"

Wenn es jetzt noch unsere beiden letzten Kampfroboter schafft, haben wir ganz schlechte Karten, überlege ich für mich, bin aber immer noch völlig ratlos und blicke wiederum in die Runde. Beide Daumen hochhaltend, ruft Dimitri vom Kampfpult zu mir herüber: „Kommandant, eine neue Programmierung ist abgeschlossen!"

„Dimitri, was für eine Programmierung?"

„Kommandant, ich habe eine Verschiebung der Laserwellenlängen eingerichtet. Ich beschreibe es mit dem Wort ‚Alexandriteffekt'. So wie dieser Edelstein seine rote Farbe zu einer grünen verändert und umgekehrt, je nach Lichtbedingung, lassen wir die Farbe der Laserstrahlung changieren. Wir wollen doch mal sehen, wie diese Lasershow dem grünen Geist bekommt."

„Klingt vielversprechend, deine russische Variante, Zar Dimitri. Bazooka?"

„Dimitris Programmierung ist ins System übernommen worden. Bin feuerbereit, Kommandant."

„Dann gib Feuer!", schreie ich.

„Gib der verdammten Atemgeburt buntes Futter!"

Sekunden später erleben wir ein imposantes Farbspiel zwischen leuchtendem Rot und Grün.

„Bazooka, das Feuer aussetzen! Erster, Ansage!"

„Ja! Kommandant, ja, es funktioniert! Das Grün löst sich auf! Das Monstrum liegt wenige Meter vor den Robotern am Boden. Das war knapp."

„Bazooka, nochmals flächendeckend feuern! Volle Leistung!"

„Feuer ist wieder eingeleitet, Kommandant."

Macmacs verändert mit dem Hören unserer Aussagen die Ausrichtung seines Kopfes. Er bewegt ihn hin und her bis er laut bemerkt: „Ihr lasst mir aber schon etwas für eine Analyse übrig? Eine Analyse wäre mir äußerst wichtig."

„Macmacs, hoffentlich bleibt nicht viel übrig. Bazooka, das Feuer aussetzen! Erster, wie sieht es aus?"

„Da rührt sich nichts mehr, das Grün hat sich aufgelöst, Kommandant."

„Verstanden, Erster! Besten Dank an dich, Zar Dimitri. Nein, treffender wäre Siegfried der Drachentöter. Erster, dann weiter! Die Roboter zur Bergflanke und in Deckung. ZZ!"

Die Kampfroboter stürmen am Monster vorbei zur Bergflanke und erreichen den Aufstieg zur Festung, welcher ihnen jetzt Schutz bietet.

„Bazooka, lass es nochmal krachen! Mach ordentlich Druckwelle und puste den Kadaver des Monsters über die Klippe."

„Verstanden, Kommandant."

„Erster, die Kampfroboter sollen danach die verbliebenen Überreste des Monstrums von der Landepiste räumen. Aber lasst am Rand noch etwas für Macmacs liegen. Er will das Monster noch analysieren."

Macmacs wirft mir einen dankbaren Blick zu. Ich befehle weiter: „Alles soll wieder landen, direkt nachdem die Roboter aufgeräumt haben. Dann die Roboter langsam nach oben. So, jetzt ZZ! Die beiden Vertikalstarter zurück ins Schiff, ich gehe mit runter. Macmacs, du willst analysieren, also kommst du sofort mit. Mit dem zweiten Flug bringen die Vertikalstarter Dimitri und Dr. Okawa. Erster, du übernimmst hier oben das Kommando. Bazooka, du passt von oben bestmöglich auf. Schütze unsere Truppe da unten. Hoffentlich wird es nicht nötig sein."

Der Oberst schafft es wiederum, sicher auf dem Plateau zu landen. Macmacs und ich steigen erstmals in jeweils einen der Vertikalstarter und schon starten wir. Die Tragflächen, Leitwerke und Antriebe sind nahezu in alle Richtungen beweglich. Von den Flugeigenschaften ähneln diese Maschinen Kolibris. Der Pilot fragt mich: „Kommandant, wo sollen wir auf dem Plateau landen?"

„Auf beiden Seiten, jeweils am Rand des Plateaus, querab zum Bug der Fähre. Nimm danach die zweite Fuhre an dieselben Stellen und dann sofort auf Sicherheitsabstand."

„Verstanden, Kommandant."

Schon sind wir angekommen. Die Landung gestaltet sich mit den Vertikalstartern enorm zügig. Sie fliegen in hohem Tempo an, bremsen sehr schnell über dem Zielpunkt ab und haben auch schon aufgesetzt. Kein wirklicher Vergleich zu den auf der Erde noch gebräuchlichen Helikoptern. Wir laufen nach der Landung sofort auf die Bergflanke zu. Dort hat sich die Kampftruppe formiert. Wir sind mit den hellgrauen Standardkampfanzügen bekleidet. Diese sind recht dünn, wie auch unsere Helme. Sie verfügen jeweils über ein klarsichtiges Visier und optional ein zweites mit Laserschutzfunktion. In meinem Halfter trage ich lediglich eine leichte Laserwaffe. Macmacs ist überhaupt nicht bewaffnet. Zwar wäre er sicherlich für jeden Feind eine unberechenbare Gefahr, denn er würde seine Schüsse in gänzlich unvorhersehbare Richtungen abfeuern, aber diese unberechenbare Gefahr bestünde gleichermaßen gegenüber jedem Freund. Dafür trägt er weitere Analyseapparaturen bei sich, neben der Sehapparatur auf der Nase. Ganz anders die Soldaten. Sie tragen durchweg den dunkelgrauen von einem Exoskelett verstärkten Anzug und sind schwer bewaffnet. Zwei von ihnen lösen sich aus dem Verband. Die Exoskelette verändern ihre Laufbewegungen völlig. Wie Dreispringer kommen sie schnell auf mich zu. Zusätzlich werden sie von den geschlossenen Helmen maskiert, die mit reichlich Sensorik ausgestattet sind. So kann ich nur ahnen, welche Personen sich vor mir aufstellen, bis sie ihre dunklen Visiere öffnen. Erst jetzt kann ich sie erkennen. Einer ist stellvertretender Oberst der Pioniere und den anderen identifiziere ich als den Befehlshabenden der Einzelkämpfer. Ich wende mich an den Befehlshabenden und frage: „Was melden die Kampfroboter?"

„Sie sind oben, stehen beidseitig am Eingang und warten auf weitere Befehle, Kommandant."

„Gut so, Befehlshabender, sie sollen die Stellung dort oben beibehalten. Es kommen noch zwei von uns nach. Dann rücken auch wir vor."

Der Stellvertretende ruft: „Kommandant, da sind schon die Vertikalstarter!"

DIE BERGFESTUNG

Dimitri und Dr. Okawa sind inzwischen zu uns gestoßen. Auch sie sind gekleidet wie Leichtmatrosen und haben Gerätetaschen bei sich. Ich wende mich an die gesamte Truppe. „Leute! Jetzt geht es mitten hinein, in die Höhle des Löwen! Wir wollen doch mal sehen, was sich da verbirgt! Macmacs, du kommst auch mit. Draußen analysiert wird später. Stellvertretender, Sie bleiben mit fünfzehn Männern hier unten. Vier von euch sichern vorrangig unseren Aufstieg. Die Restlichen erkunden und sichern in vier Dreiergruppen das Gelände. Wir anderen beginnen sofort mit dem Aufstieg, in zwei Gruppen. Die zweite Gruppe folgt der ersten nach fünf Minuten. Erster Trupp! Los und oben warten. Der zweite Trupp wird mit uns vier Leichtmatrosen länger brauchen."

Ich befinde mich zusammen mit Macmacs, Dimitri und Dr. Okawa an der Spitze des zweiten Trupps. Seit einigen Minuten sind auch wir auf dem Weg nach oben. Die hohen und langen Stufen wurden sehr präzise in den Fels geschlagen. Die Breite der Stufen lässt zu, dass zwei Träger der Exoskelette nebeneinander aufsteigen können. Der Weg ist nicht besonders steil, da er an der Bergflanke einen breit gezogenen Zickzackverlauf nimmt. Aber, so wird aus den hundertachtzig Höhenmetern fast die sechsfache Strecke. Der äußere Rand des Weges ist höchstwahrscheinlich mit Absicht unregelmäßig bearbeitet worden. Teilweise ragen die Felsplatten so sehr in die Höhe, dass sie den Weg auf mehreren Höhenstufen abdecken. Dies begründet, dass der Aufstieg von unten nur äußerst schwer und nur mit dem Wissen um ihn auszumachen ist. Neben mir geht Macmacs, er gerät bereits mächtig außer Atem. Ich sehe mich um. Dimitri steckt den Aufstieg locker weg. Dr. Okawa eigentlich auch, aber der wirkt immer hektischer und sieht sich mittlerweile ständig um. Seine spezielle Art des Hüpfens, die anfangs nur hin und wieder zu beobachten war, hat sich deutlich gesteigert. Andauernd nimmt er nun zwei bis drei Stufen. Er befürchtet sicher, das harte Fußteil eines Exoskeletts der nachfolgenden Soldaten könnte seine Hacken treffen.

Endlich, ziemlich aus der Puste, erreichen wir ebenfalls den Vorplatz der Festung. Auch dieser ist von großen Felsplatten umschlossen. Mittig befindet sich ein gotisch geformtes Tor. Es steht weit offen. Schnell hat sich die gesamte Truppe auf dem Platz formiert. Der Begleitandroide war uns Menschen in Form und Größe sehr ähnlich. Die beiden Kampfroboter sind völlig anders konzipiert. Sie ragen schon von ihrer Höhe deutlich aus der Truppe heraus und ähneln eher den beiden bereits zerstörten Pionierrobotern. Doch die Kampfroboter sind mit Waffen vollgestopft, anstatt mit Werkzeugen. Ihre äußere Form können sie gemäß der jeweiligen Herausforderung erheblich verändern. Im Moment erinnern diese Kampfmaschinen an Ritter in Rüstungen. Ich gebe dem Befehlshabenden ein Zeichen. Die Roboter stürmen feuernd durch das Tor, dicht gefolgt von vier Soldaten.

„Gang ist frei und gesichert!", bekommen wir sofort als Meldung.

„Position halten!", befehle ich, laufe zum Eingang, winke den Männern zu und rufe: „Befehlshabender, kommen Sie mit zehn weiteren Männern!"

Wir stehen im Eingang und ich spreche den Befehlshabenden an: „Wir gehen nach und nach rein, bis auf vier Mann, die bleiben draußen."

Vor uns liegt ein sehr breiter, gerader Gang. Seine Wände laufen nach oben spitz zu wie das Tor. Die Roboter verharren in Schützenstellung weit vorne, mittig im Gang. Die vier Kämpfer knien dahinter, links und rechts, dicht an den Wänden und die schweren Laserwaffen angelegt. Auf Höhe der Roboter befindet sich rechts der große Schacht, durch den das Monstrum herunterkam und dessen Stufen sehr steil nach oben führen, zur Spitze der Festung. Ich gebe mit gedämpfter Stimme die Anweisung:

„Ein Roboter und vier Mann müssen da vorsichtig hoch. Dauernd Meldung machen. Zwei bleiben unten am Schacht. Seid wachsam. Wir anderen gehen weiter rein. Leute, Vorsicht. Alle anderen langsam nachrücken, jeweils zu vier Mann. Die Gruppen im Abstand von zwanzig Metern halten. Die drei Leichtmatrosen bleiben bei der letzten Vierergruppe."

Unsere Schritte sind auf dem Felsboden laut, es hallt. „Schnallt euch die Leisetreter unter eure Schuhe", ordne ich an und ärgere mich, dass mir das erst jetzt eingefallen ist. Schließlich haben wir ja diese zusätzlichen Weichgummisohlen nicht umsonst. Wie Elefanten im Porzellanladen, denke ich und schüttele den Kopf. Unter äußerster Anspannung bewegen wir uns Schritt für Schritt vorwärts. Der Gang wird deutlich breiter und zwei sich gegenüberliegende Nischen werden langsam sichtbar. Der Roboter geht in Schützenstellung und verharrt. Nur ein einziger Schritt ist für mich nötig, um in den halbrunden, leicht zurückgesetzten Nischen leuchtend rotes Material erkennen zu können. Ich drehe mich langsam um und blicke zurück. Der Gang ist inzwischen von Soldaten gesäumt. Am Eingang sind schon die Silhouetten der Leichtmatrosen erkennbar. Ich winke und spreche leise in das Funkgerät: „Dimitri, komm nach vorne zu mir."

Dimitri bewegt sich, so schnell es auf Zehenspitzen laufend möglich ist, zu uns in die Spitze. Kurz bevor er uns erreicht, bewege ich meine geöffnete Handfläche mehrmals nach unten, weise ihm an, abzubremsen. Nun steht er fast neben mir und ich zeige auf die Nischen. Seine Augen leuchten schon beim ersten Hinsehen. Er zieht sofort ein Gerät aus der Umhängetasche. Es braucht nur ein paar Klicks und ich bekomme leise die Ansage: „Kommandant, totes, anorganisches Material."

Doch er schränkt gleich ein: „Totes Material, für das aber Millionen Menschen ihr Leben riskieren würden. Die Statuen sind aus einer Unzahl lupenreiner Rubine zusammengefügt worden. Im Sockel der Statuen befindet sich ein phosphoreszierendes Material, daher kommt das Leuchten."

„Gut, Dimitri", antworte ich und gebe Zeichen weiterzugehen. Beeindruckt passieren wir die bestimmt fünf Meter hohen

Figuren. Sie sind furchteinflößend und doch auf eine gewisse Art schön. Sie muten an wie Drachen ohne Flügel. Ich bemerke leise gegenüber Dimitri: „Ich muss mich korrigieren, das ist nicht der Weg in die Höhle des Löwen. Das ist der Weg in die Hölle."

Höllenengel, die irgendwie auch an Menschen erinnern, ist mein Eindruck. Sie haben Mäuler wie Echsen, aus deren Oberkiefer zwei vorstehende Reißzähne wachsen. Ihre Augen blicken nach vorn, darüber liegt eine hohe Stirn. Die Ohren sind zwar lang und spitz, aber sie befinden sich, wie auch bei Menschen, beidseitig des Schädels auf Höhe der Augen. Auch die Anatomie des Vorderkörpers, man kann sogar des Oberkörpers sagen, ist der unseren nahezu gleich. Doch es sind eindeutig Vierbeiner. Die Beingelenke entsprechen jenen von Katzen. Die Vorderbeine weisen eine Besonderheit auf. Sie verfügen über mächtige Hände, mit vier langen Fingern und einem kurzen Daumen. Dafür verlängert den Mittelfinger eine starke, gebogene Kralle. Die stärkeren Hinterbeine enden in einer Mischung aus Füßen und Pfoten.

Wir haben die Wächter der Hölle hinter uns gelassen und gehen etwas schneller weiter, als mir Dimitri auch schon an den Arm greift.

„Was ist, Dimitri?", flüstere ich.

„Kommandant, man meint, der Gang führt noch lange geradeaus. Doch der geradlinige Verlauf des Gangs endet gleich. Es ist eine Illusion, denn wir laufen auf eine Säule zu. Es sind nur noch wenige Meter. Gaukelei, durch perfekte Illusionsmalerei auf der Säule. Vor ihr teilt sich der Gang."

Ich gebe Zeichen, dass sich der Roboter mittig bis zur Abzweigung bewegen soll und den ersten Soldaten, dass sie sich langsam, dicht an den Wänden entlang, bis zum Abzweig bewegen sollen, um dort in Kreuzfeuerbereitschaft zu gehen.

Dann sind sie vorne angekommen. Da ist nichts, bekommen wir als Zeichen zurück. Winkend fordere ich die folgenden Männer auf, nachzurücken. Die Truppe ist wiederum vor dem Abzweig formiert und es herrscht schon wieder äußerste Anspannung. Dann gebe ich mit meinen beiden nach links und rechts ausgestreckten Armen das Zeichen und laufe eng an der Säule linksherum. Die Soldaten stürmen gleichzeitig, teils vor mir, teils hinter mir, links sowie andere rechtsherum. Alle gehen nach dem Erreichen eines riesigen Saales, welcher sich direkt hinter der Säule öffnet, in Schützenstellung. Hier sind keine Feinde. Das Licht im Saal ist so schummrig, dass man die Höhe des Raumes nur erahnen kann. Links und rechts stehen sich, im Abstand von circa dreißig Metern zueinander, jeweils zwei der rot leuchtenden Statuen gegenüber. Sie teilen die Länge des Saals in drei etwa zwanzig Meter lange Abschnitte. Auf der linken Seite steht eine lange Tafel aus schwarzem Stein. Sie misst bestimmt dreißig Meter. An den Stirnseiten stehen ein auffallend kleiner und ein besonders großer Stuhl aus schwarzen Steinplatten sowie viele Stühle mittleren Ausmaßes an den Längsseiten. Diese Größe wäre für den gewaltigsten Vertreter unserer Spezies allerdings schon mehr als ausreichend. Ich blicke zur gegenüberliegenden Wand. Dort befindet sich mittig ein monumentaler, hoher Aufbau. Darauf ist im Halbdunkel ein prächtiger Thron zu erkennen. Allein seine Ausmaße sind beachtlich. Ich weise die Truppe an, zu verharren. Es ist nur schwer auszumachen, aber auf dem Thron sitzt ein kleines Wesen. Dieses verliert sich auf dem Herrschersitz und passt so gar nicht zu dem protzenden Banner darüber.

WEHSAL

Ich erteile den Befehl, auf gesamter Breite vorzurücken. Der Kampfroboter bewegt sich geradlinig auf den Thron zu. Wir stehen in etwas Abstand vor dem Thron. Das kleine Wesen zeigt keinerlei Regung. Der Saal ist inzwischen gesichert und ich bekomme gleichzeitig mehrere Meldungen.

„Links hinter dem Thron befindet sich eine große Tür, Kommandant."

„Verstanden."

„Rechts hinter dem Thron befindet sich auch eine große Tür, Kommandant."

„Verstanden."

„Alles gecheckt, keine Feinde weit und breit", meldet der Truppführer aus der Spitze der Festung und meint weiter: „Hier hauste wohl das Monster, es war angekettet. Ketten von solcher Dimension sieht man selten. Hier befindet sich auch ein sehr geräumiges Laboratorium, eine Schmiede und eine Werkstatt. Alles erinnert an den Schaffensort von Frankenstein. Das ist wie in einem alten Film. Ein Raum bietet einen Schlafplatz. Oh, die Liegefläche würde einem Elefanten genug Platz bieten. Es riecht hier auch überall ganz sonderbar, wirklich ganz eigenartig. Dieser Geruch, der ist irgendwie lieblich und trotzdem macht er Angst."

„Das reicht, Soldat, ich habe es verstanden!"

Was war das für eine kranke Meldung, denke ich mir. Es klingt, als stünde der Mann unter Drogen. Da muss schleunigst die Reißleine gezogen werden, sage ich mir und rufe: „Roboter! ZZ, führe die Truppe sofort wieder runter zu uns, hier in den Saal. Und von uns jeweils acht Männer durch die Türen hinter dem Thron. Vorsicht! Langsam vorrücken und ständig Meldung machen."

„Verstanden, Kommandant."

„Und jetzt zu dir, du grünes Unikum. Du siehst ja wie ein verdrehter Frosch aus. Wer bist du?"

„Was spricht der elende Eindringling? Ich verstehe ihn nicht."

Diese Antwort ist für mich gänzlich unverständlich. Der Frosch wirkt eindeutig irritiert und tief verunsichert. Sein Minenspiel wechselt von verängstigt zu überlegen, als er unerwartet in hoher Stimmlage von sich gibt: *„Ah, ich bin schlau. Wenn ich euch nicht verstehe, versteht ihr mich auch nicht"*

Direkt darauf droht der grüne Sonderling mit lauter, tief gedrückter Stimme und grimmigem Gesicht: *„Ihr Elenden, ihr wagt es niemals mir etwas anzutun! Ich habe im Moment nur drei Beine, sonst würde ich euch sofort vernichten, ihr Würmer!"*

„Oh, das klang böse und sollte wohl auch bedrohlich rüberkommen, du komischer grüner Halbfrosch oder was du auch immer sein magst. Ich verstehe jedenfalls kein Wort. So mag Altägyptisch rückwärts gesprochen klingen. Das würde ich aber auch vorwärts nicht verstehen. Macmacs, fahr mal deinen ollen Mini-Quantenrechner hoch. Vielleicht kann dieses so hochgelobte, neue Übersetzungsprogramm etwas Verständliches berechnen."

„Läuft schon, Kommandant."

Das Sprachprogramm rechnet, analysiert, gleicht ab und rechnet weiter.

„Der Vorgang läuft noch, aber gleich haben wir es, Kommandant."

Das Programm rechnet immer noch. Endlich hält Macmacs stolz seinen Sprachwandler hoch. Seine Augen strahlen glücklich durch die dicken Brillengläser und er äußert: „So, ich kann jetzt abspielen. Wir hören gleich den vollständigen Text. Den vollständigen Text, den der Frosch gesprochen hat und das in einwandfreier Übersetzung."

„Ja, Macmacs, sei sicher, dass ich dich verstanden habe. Dann spiele doch bitte endlich ab."

Alle starren auf den Sprachwandler und lauschen gespannt. Endlich können wir hören: „Was spricht der elende Eindringling? Ich verstehe ihn nicht. ... Ah, ich bin schlau. Wenn ich euch nicht verstehe, versteht ihr mich auch nicht. ... Ihr Elenden, ihr wagt es niemals, mir etwas anzutun! Ich habe im Moment nur drei Beine, sonst würde ich euch sofort vernichten, ihr Würmer!"

„Aufzeichnung beendet, Kommandant, komplett beendet. Wollen Sie das Gerät übernehmen? Ab jetzt übersetzt der Sprachwandler synchron. Sie, Kommandant, und den Frosch. Den würde ich übrigens gerne genauer unter die Lupe nehmen. Kommandant, noch ganz kurz etwas zur Bedienung des Sprachwandlers: Wenn übersetzt werden soll, dann lediglich das gelbe Feld auf dem Display berühren. Wenn Sie das grüne Feld berühren, dann übersetzt das Gerät dauerhaft und über das rote Feld können Sie wieder abschalten. Dann übersetzt das Gerät nicht mehr! Also, wenn Sie das gelbe Feld berüh..."

„Ist gut, verstanden!", unterbreche ich an dieser Stelle und ich kann mir den Spruch nicht verkneifen: „Macmacs, du und ich, wir sollten in Ruhe darüber nachdenken, ob auch wir beide den Sprachwandler zwecks Zeitersparnis nutzen sollten."

Macmacs will oder kann mich nicht verstehen. Vielleicht ist es auch besser so. Ich nehme den Wandler, schalte ihn über die rote Taste aus und stutze kurz. Was habe ich in der Aufzeichnung gehört? Er sagte eindeutig: „Ich habe im Moment nur drei Beine."

Ich mustere den Frosch genauer und wende mich doch etwas irritiert an unseren Bordarzt.

„Dr. Okawa, schauen Sie auch einmal. Ihm fehlt augenscheinlich ein Bein, aber es wächst tatsächlich nach. Man sieht schon deutlich etwas aus der Wunde herauskommen. Es wächst wie eine Koralle."

„Stimmt, das ist ja unglaublich, Kommandant. Das Unikum kommt vielleicht auch aus einem Reagenzglas."

„Ja, selbstverständlich", wirft Macmacs ein.

„Ja, ganz, ganz sicher. Volle hundert Prozent Sicherheit sogar", verstärkt er seine Aussage, als könne es gar nicht anders sein und er wiederholt: „Den würde ich gern genauer unter die Lupe nehmen."

„Ja, vielleicht später, Macmacs", antworte ich ihm und bemerke scheinbar teilnahmslos, aber ironisch: „Aus einem Reagenzglas?

Volle hundert Prozent Sicherheit? Ja, dann ist er zumindest der Kategorie Fehlversuch zuzurechnen. Es handelt sich hier schlicht um eine Fehlproduktion, mit dem Ergebnis Froschtyp, anstatt Echsentyp. Das ist tatsächlich hundertprozentig sicher. Wahrscheinlich wurde gepanscht und das Reagenzglas war zu klein."

Ich drehe meinen Kopf in Richtung des Roboters und schalte nebenbei den Sprachwandler mit der grünen Taste auf Dauerbetrieb. Entspannung und Ruhe vermittelnd, ohne eine Miene zu verziehen, mustere ich den Frosch und das für eine ganze Weile. Wie aus heiterem Himmel leite ich das Verhör des Grünlings ein, indem ich fast brüllend befehle: „Kampfroboter, fünf Schritte vor und leg an!"

Die riesige Kampfmaschine nähert sich dem kleinen Frosch auf seinem hohen Thron mit stampfenden Schritten. Unvermittelt fährt das metallene Monstrum scheppernd sein Hauptgeschütz aus, welches mit einem lauten Schlag arretiert. Die Waffe ist direkt auf den Kopf des vor Angst zitternden Wesens gerichtet.

Das kam wirklich bedrohlich rüber, staune ich selbst ein wenig und äußere mit böser Miene sowie auch mit absichtlich tiefer Stimme: „So, du bist also schlau? Und dir fehlt ein Bein. Und jetzt wird dir dieser böse Robotertyp auch noch den Kopf wegblasen. Dann bist du nicht mehr schlau. Nur ich kann es noch verhindern. Also solltest du mir jetzt ganz schnell deinen Namen nennen. Antworte! Jetzt! Ganz schnell!"

„Wehsal, Wehsal, ich heiße Wehsal! Nicht den Kopf wegblasen!"

„Wehsal heißt du also. Wehsal, um deinen Kopf weiterhin zu schonen, antworte mir ab jetzt ehrlich und zügig. Hast du das verstanden? Antwort! Schnell!"

„Ja, Wehsal hat den neuen Gebieter verstanden! Wehsal antwortet schnell! Ganz schnell, neuer Gebieter! Aber nicht Wehsals Kopf wegblasen!"

„Wehsal, du magst zwar den Statuen recht ähnlich sein, aber du hast keine großen Zähne in deinem Maul. Du bist viel zu klein, außerdem grün und nicht rot, doch dank deines Kopfes schlau. Auf unserem Planeten hatten wir auch solche schlauen

Gebieter und Schlauköpfe wie dich, bis vor gar nicht so langer Zeit. Es gab viele Gebieter, die meinten, dass sie eine eigene Wahrheit schaffen könnten und diese anderen als solche vorgaukeln könnten. So etwas ist einfältig und gefährlich. Jedenfalls, diese Gebieter gibt es nicht mehr und die Schlauköpfe auch nicht, jene die den Gebietern auf den Leim gingen. Kommandanten und solche großen Kopfwegbläser sorgten dafür. Die Wahrheit hat über der Meinung zu stehen, was eine eigene Meinung nicht ausschließt. Du bist doch wirklich ein schlauer Typ, nicht einer wie wir sie hatten. Oder doch? Deinem Gebieter geht es dank deiner Hilfe noch gut. Dir geht es auch gut, Dreibeiner, noch! Wo ist dein Gebieter? Weißt du es? Antwort! Schnell!"

Wehsal wirkt durch meine Frage völlig schockiert. Er schaut uns verzweifelt an und bewegt seinen Kopf nach dem Verlauf einer liegenden Acht. Das suggeriert mir abwechselnd: „Nein, ich darf es nicht sagen. Ja, ich sollte es doch lieber sagen." Seine Kopfbewegungen werden von leisem Klagen begleitet. Lemniskate, die liegende Acht, eine ewige Schleife. Wie viel Erbarmen hat dieses kleine Monster verdient, frage ich mich. Nun platzt mir der Kragen und ich schreie: „Wehsal, meine Geduld ist erschöpft! Höre, Kampfroboter, ich zähle! Genau zehn Sekunden, dann bläst du diesem grünen Frosch für alle Zeit den Kopf weg! Eins, zwei, drei, vier, fünf, sechs, sieben, acht, …"

„Wehsal antwortet schnell!", ruft die Kreatur panisch.

„Halt ein, Roboter!", bremse ich.

„Nicht den Kopf wegblasen. Der göttliche Gebieter sagt, dass ich ohne Kopf nicht die ewigen Hallen finden kann."

„Mitzählen kannst du also auch gut. Wozu ein Kopf doch taugen kann. Und das mit den ewigen Hallen hat dir dein göttlicher Gebieter gesagt? Ich stimme ihm zu. Ohne Kopf bist du verloren. Ich möchte mit deinem Gebieter darüber sprechen. Nur ich kann dafür sorgen, dass du deinen Kopf behältst. Ich bin der Kommandant und entscheide über Kopf behalten oder Kopf verlieren. Kommandant heißt auch, die Macht über alle Gebieter zu besitzen. Nun sag mir, wo befindet er sich gerade, dein göttlicher Gebieter? Antworte! Schnell!"

„Kommandant, ja, ich sage es dir. Kommandant ist sehr mächtig. Hat ja auch wirklich diesen bösen Typen, der Köpfe einfach wegblasen kann. Der göttliche Gebieter ist mit den Schergen in das Tal gelaufen, wahrscheinlich Zweibeiner fangen. Oh, bitte, Vergebung, Zweibein..., ich meine, göttlicher Kommandant."

„Was sagst du? Sie sind in das Tal gelaufen?", wiederhole ich, schalte den Sprachwandler aus und rufe das Schiff.

„Erster! Du hast mitgehört? Die Monster wollen sich nach unten absetzen, in die Täler."

„Ja, habe mitgehört, Kommandant."

„Vertikalstarter, Drohnen und Jäger in Gebietsumkreisung bringen. Ach, was erzähle ich da. Du machst das schon."

Ich bekomme eine Meldung. Der Soldat klingt sehr aufgeregt. Ich höre aufgewühlte und schreiende Stimmen im Hintergrund: „Kommandant! Kommandant, hören Sie mich? Hier ist es so unglaublich schrecklich. Überall liegen Menschenknochen herum und Menschen siechen in Käfigen dahin, wie Vieh. Das ist die Speisekammer der Monster. Wir brauchen einen Arzt. Das ist das schiere Grauen."

„Mann, reißen Sie sich gefälligst zusammen! Ordentliche Meldung! Wo sind Sie und wie viele Menschen sind verletzt?", frage ich bestimmt.

„Wir sind links nach unten marschiert. Der Weg führt direkt zu den Käfigen. Ich meine, es sind mindestens fünfzehn der Homo Wilhelmine."

„Verdammt! Halten Sie die Position und helfen Sie, so gut es eben geht. Okawa! Gehen Sie runter! Prüfen Sie zuerst, ob eine Infektionsgefahr besteht, beziehungsweise, wie es um die Immunsysteme bestellt ist. Tempo! Befehlshabender! Lassen Sie Erstversorgungsgerät und zwanzig Tragen aus der Fähre nachkommen, mit den schnellsten Läufern. Wer von euch Soldaten ist gleichzeitig als Sanitäter ausgebildet?"

Es melden sich sofort vier Mann.

„Danke! Runter mit euch!", rufe ich und wende mich an meinen Ersten Offizier: „Erster, du hast mitgehört? Intensivstation in Bereitschaft versetzten! Fähre startbereit machen und für den Transport der Verletzten klarmachen!"

„Trupp an Kommandant! Rechts des Throns befinden sich viele Unterkünfte. Es stinkt erbärmlich, ganz unerträglich. Aber hier ist niemand."

„Verstanden, kommt sofort zurück in den Saal!"

Ich schalte den Sprachwandler wieder ein und fahre Wehsal scharf an: „Deine Lage hat sich gerade erheblich verschlechtert, du kleines, grünes Monster! Wie groß ist dein alter Gebieter, wie hoch gewachsen ist er und wie viele Schergen hat er bei sich? Und wie groß sind diese? Sind sie bewaffnet? Antwort, ganz schnell!"

„Der Gebieter ist groß."

„Wie groß habe ich gefragt. Antwort oder Kopf!"

„So groß wie eine ganzer und ein halber von deinem bösen Typen übereinander."

„Jetzt zu den Schergen. Wie groß sind die?"

„So groß wie dein böser Typ."

„Wehsal, wie viele Köpfe zählen die Schergen?"

„Zwanzig, es sind zwanzig."

„Wehsal, wie sind sie bewaffnet? Zufällig mit solchen schweren Streitäxten, wie sie hier an den Wänden hängen?"

„Die hängen da schon immer. Gebieter und Schergen brauchen die nicht. Gebieter und Schergen sind selbst furchtbare Waffen."

„Recht eigenartig, Wehsal, aber wenn es der Wahrheit entspricht. Nun gut, wenigstens antwortest du zügig. Doch es kann immer noch deinen Kopf kosten. Also, wo sind sie raus?"

„Kommandant. Schau hier, die Lehne des Throns. Sie ist hoch und breit. Sie haben mich hergesetzt. Ich darf nicht aufstehen, haben sie gesagt. Aber mein Kopf sagt, ich soll jetzt aufstehen, für meinen Kopf, ich meine für meinen Kommandanten, für den Gebieter über alle Gebieter. Ich stehe jetzt auf, von dem Thron des alten Gebieters und bewege diesen Hebel unter der Armlehne. Gleich geht das Tor auf. Bitte, der Weg führt direkt ins Tal."

Wehsal springt trotz des fehlenden Beins ohne Mühe vom Thron und weist uns mit einer Geste den Weg. Die hohe, gotisch geformte Rückenlehne des Throns besteht aus zwei Flügeln und bildet das Tor, man kann auch sagen den Hinterausgang. Die Flügel öffnen sich langsam. Dahinter beginnt ein steil abfallender Tunnel. Dimitri äußert etwas verlegen: „Das konnte ich nicht erkennen, Kommandant. Nun weiß ich es. Das Tor ist aus metallhaltigem Gestein. Mein mobiles Messgerät erkennt den Unterschied zu einer dicken Felsschicht nicht."

„Kein Problem, Dimitri", antworte ich kurz. Links von uns rennen die Rettungskräfte mit den Tragen vorbei. Jetzt zeigt sich auch uns das Ausmaß dieses furchtbaren Dramas.

Ich bin schockiert und kann es ebenso wie die anderen emotional kaum ertragen. Homo Wilhelmine liegen bewegungslos auf den Tragen. Die armen Teufel weisen deutliche Foltermerkmale auf. Zwei der drei Trupps sind inzwischen zurück, damit auch der zweite Kampfroboter. Ich weise die beiden Kampfmaschinen sowie zwanzig Soldaten an, sofort die Verfolgung aufzunehmen. Jetzt blicke ich zu Wehsal hinunter, der das Maß von hundertzwanzig Zentimetern nicht überschreitet und frage ihn ruhig weiter: „Wehsal, na siehst du, unsere bösen Typen, wir haben sogar zwei, sind weg und dein Kopf ist noch dran. Als Dankeschön beantwortest du mir nun die Schlussfrage. Welche Körperfarbe haben Gebieter und Schergen? Sind sie womöglich rot, wie die Statuen hier und wohin genau führt denn der Weg ins Tal? Ich erwarte eine Antwort."

Wehsal sieht verschmitzt zu mir hoch und fragt mich leise: „Die Kopfwegbläser sind weg. Bekomme ich nun von meinem neuen Gebieter der Gebieter einen Lohn für die Antworten auf seine Fragen?

„Was hast du denn von deinem alten, ich meine, von dem bedeutungslosen Gebieter bekommen?", stelle ich ihm als Gegenfrage.

„Gebieter über alle Gebieter, meistens gab es das Fleisch von Zweibeinern. Das schmeckt mir nicht, doch ich musste es essen. Immerhin, er hat mir etwas gegeben."

Zuckerbrot und Peitsche, überlege ich, ziehe mit meiner linken Hand einen Kakaonugget aus der Brusttasche, öffne die Folie und rieche verträumt an dem Genussstück.

„Ein Kakaonugget, gute Kopfnahrung", schwärme ich und halte den Riegel auf meiner Augenhöhe hoch. Mit der rechten Hand ziehe ich die Laserwaffe und halte sie dem Nugget gegenüber.

„Keine gute Kopfnahrung", füge ich hinzu.

Zwei große Kulleraugen sehen den Riegel gierig an und Wehsal äußert schmatzend über starken Speichelfluss sprudelnd: „Kakaonugget, bitte."

„Wehsal, welche Körperfarbe haben Gebieter und Schergen? Wohin führt der Weg ins Tal? Ich erwarte immer noch eine Antwort", bemerke ich mit gleichgültiger Miene.

„Der Gebieter der Gebieter weiß es schon. Der alte Gebieter ist rot, so rot wie die Statuen. Furchtbar rot, die Schergen auch. Nur ich bin grün", ergänzt er und antwortet weiter, ohne dass es einer neuerlichen Nachfrage bedarf: „Der Gang endet genau unter dem Aufstieg, aber ganz unten im Tal. Ganz weit unten. Ganz weit unten landen auch die Zweibeiner, in den Mägen der Schergen und des Gebieters. Aber der Gang endet noch weiter unten. Kakaonugget für Kopf, bitte."

Ich muss grinsen.

„Ja, ganz weit unten, das habe ich verstanden."

Ich gebe ihm den Riegel und stelle dem Ersten Offizier gleichzeitig die gewohnte Frage, welche vom lauten Schmatzen Wehsals, wenn er sich nicht gerade wie eine Katze das Maul leckt, umrahmt wird: „Erster, mitgehört?"

„Alles wird bereits in das Zielgebiet bewegt, Kommandant. Ähm, Kommandant, ist noch eine Frage erlaubt?"

„Ja, sprich."

„Kommandant, laufen Sie gerade durch Wasser?"

„Erster, hier bewegt sich ein Kakaonugget durch ein Schmatzmaul", antworte ich.

„Jetzt bringt das Schiff weiter ran, ans Zielgebiet!"

„Verstanden, Kommandant, aber nur den Befehl."

Zum Finale gibt Wehsal einen Schluckton von sich, der in einen leisen Rülpser übergeht. Das Schmatzkonzert findet so sein Ende. Ich sehe zu Wehsal hinunter. Die Kulleraugen fixieren meine Brusttasche, als wäre in ihr ein Lebenselixier. „Ja, in meiner Brusttasche steckt noch ein Nugget. Hat er dir denn überhaupt geschmeckt, Wehsal?", frage ich.

„Ja, Gebieter über alle Gebieter. Hat der Gebieter noch einen Kakaonugget für Wehsal, seinen ergebenen Diener?"

„Wehsal, nenne mich einfach Kommandant, wie die anderen es auch tun."

„Ja, Gebie... Kommandant."

Ich wende mich an Dimitri und Macmacs.

„Habt hr Kakaonuggets dabei?"

Beide spreizen jeweils zwei Finger. Sie bekommen ein Nicken von mir als Antwort. Wehsal ist ganz zappelig. Ich frage ihn: „Mitbekommen?", und gebe ihm gleich die Antwort: „Sicher, du kannst ja zählen. Wir hätten da also noch fünf Stücke der allerbesten Kopfnahrung für dich, wenn ..."

„Ja, Kommandant, wenn was, was, was, was? Ich tue was für dich, ähm, ich meine, ich tue alles für dich, aber Kakaonugget, bitte."

„Gut, Wehsal, dann erzähl mir nun von dem einfachen Gebieter, seinen Schergen und von Ereignissen, die du im Laufe der letzten Zeit als besonders erwähnenswert erachtest. Wenn ich deine Aussagen interessant finde, gibt es jeweils ein Nugget. Aber nicht flunkern."

Es sprudelt nur so aus Wehsal heraus. Er ist von den Nuggets besessen und beschreibt daher seine Herren schnell aber trotzdem bis ins Detail. Auf Zwischenfragen antwortet er sofort, was für ehrliche Antworten spricht. Das Sprachprogramm übersetzt jedoch teilweise verzögert, denn die Verabreichungen der Kakaonuggets tragen nicht zu seiner akustischen Verständlichkeit bei. Schließlich, nach Verabreichung von vier der Genussstücke, verdient er sich das fünfte und letzte, indem er sagt: „Kommandant, die Schergen brachten noch einen besonders großen und kräftigen Zweibeiner. Der war noch größer als deine bösen Typen. Ganz lange weiße Haare hatte der, schneeweiß, wie die Haut auch. Der war völlig weiß und wohl sehr alt. Aber, einen so alten und trotzdem so starken Zweibeiner hatte ich zuvor niemals gesehen. Wehsal kann sehr gut riechen, auch wenn er grün ist. Der Weiße roch auch komisch, gar nicht wie andere Zweibeiner. Der Geruch war außerdem schrecklich. Ganz furchtbar waren aber seine Augen. Diese roten Augen blickten tot wie die roten Kristallfiguren des alten Gebieters. Augen, viel furchtbarer als die des alten Gebieters. Der Weiße hatte einmal kurz in Wehsals Augen gesehen. Danach war Wehsal für den Weißen durchsichtig geworden. Der Weiße konnte in Wehsal hineinsehen. Und Wehsal konnte in ihn sehen, sein Blut sehen. Es war so schrecklich. Wehsal hat jetzt noch Angst vor ihm. Dann glaubte Wehsal, er müsse nun fort, den Weg finden, in die ewigen Hallen des göttlichen Gebieters. Aber Wehsal war gefangen, denn der Schmerz in Wehsals Kopf war unerträglich. Wehsals Beine mussten helfen. Nur schnell, schnell fortspringen. Aber Wehsal weiß noch, dass der weiße Zweibeiner eine sehr gute Beute gewesen ist, es war ganz viel Fleisch dran. Und trotzdem haben sie ihn nicht gequält. Sie quälen sonst alle Zweibeiner, denn sie nehmen am liebsten gut gequältes Fleisch von Zweibeinern. Wenn sie das nicht haben, nehmen sie auch altes, totes Fleisch von Zweibeinern. Fleisch von Vierbeinern fressen sie nicht, das verabscheuen sie! Trotzdem haben sie den Weißhaarigen nicht gequält, obwohl doch so viel Fleisch dran war. Und irgendwann war er sogar wieder weg. Das geht aber eigentlich gar nicht. Denen entkommt kein Zweibeiner aus den Käfigen."

„Wehsal, wie lange ist es her, dass er von den Schergen gebracht wurde?"

„Kommandant, vielleicht sechs Tage."

Ich denke über Wehsals Worte nach und ordne sie, während ich ihn beruhige: „Danke, Wehsal. Das war aufschlussreich, dafür besorge ich dir ein paar Kakaonuggets. Du wirst nun gescannt und du bekommst bald eine Uniform, so wie unsere. Naja, jedenfalls so ähnlich. Außerdem ernenne ich dich hiermit zu einem wichtigen Teil unserer Gemeinschaft, zu einem Rekruten. Bleibe bei mir und dir wird nur Gutes widerfahren. Kakaonuggets sollen vorrangig ein Teil davon sein."

Wehsal neigt seinen Kopf, bis zu einer kurzen Berührung meines Körpers und atmet erleichtert.

Den letzten Teil von Wehsals Schilderungen finde ich besonders bemerkenswert. Der Albino wäre demnach ein Freigänger und wurde von Wehsal gruseliger beschrieben als der Fürst. Die Indizienkette scheint eindeutig zu sein. „Erster, ZZ, überprüfe sofort, ob ein unverletzter oder nahezu unverletzter Typ, größer zweieinhalb Meter, mit an Bord gebracht wurde. Seine Haut sowie die Haare sind schneeweiß und er hat rote Augen. Er ist ein Albino. Vorsicht, von dem Homo Albino könnte allergrößte Gefahr ausgehen. Er ist vermutlich der Drahtzieher. Wenn er an Bord ist, sofort festsetzen. Macmacs! Dimitri! Geht zu den Käfigen. Schaut, ob sich Haare oder Hautschuppen von ihm finden lassen. Wenn ja, sofort eine Genanalyse durchführen und den Typen in 3D darstellen. Macmacs, ist das mit dem mobilen Gerät überhaupt möglich oder muss die Probe ins Schiff?“

„Das ist mit dem mobilen Gerät möglich, wenn wir etwas Verwertbares finden, Kommandant.“

„Dann los, Macmacs, ich will einen genauen Steckbrief des Weißen. ZZ!“

„Wir sind gleich bei den Käfigen, Kommandant.“

ES

„Trupp an Kommandant!"

„Ich höre!"

„Kommandant, wir haben den Gang verlassen, er mündet in einem hohlen Baumstamm. Nein, es ist eher ein Monument. Der Stamm hat bestimmt acht Meter Durchmesser. Das ist ein getarnter Aussichtsturm. Man kann weit hinaufsteigen. Und hier endet noch ein zweiter Gang. Er kommt auch von oben, aus dem Berg. Um den Stamm herum ist dichter Wald. Wir gehen jetzt weiter ins Tal."

„Moment, Soldat! Ein Kampfroboter und vierzehn von euch bilden den Haupttrupp. Ihr geht weiter auf Verfolgung. Vier mit dem anderen Roboter den zweiten Gang nach oben. Dreht eure Sender auf. Wir brauchen eure Koordinaten im Berg. Zwei müssen in den Aussichtsturm, ganz nach oben. Ich erwarte ständig Meldungen, von allen drei Trupps. Denkt dran, Leute, speziell ihr im Haupttrupp, dass es bald dunkel wird. Es bleiben nur noch zwei Stunden. Schlagt rechtzeitig ein Lager auf und lasst euch von dem Kampfroboter schützen. Ich weiß, eure Geräte machen die Nacht fast zum Tag, aber nur fast und der Gegner schläft auch nicht auf dem Baum."

„Verstanden, Kommandant!"

„Leute, also dann, zwei weitere Stunden Verfolgung. Greift sie, tot oder lebendig."

Danach gibt der Erste Offizier mir Meldung: „Kommandant, die Verletzten sind auf einem guten Heilungsweg. Die werden wieder. Ein schneeweißer Albino ist hier nicht, doch ein blonder Hüne ist unter ihnen. Er ist deutlich größer als die anderen Verletzten. Dem wurde sogar besonders schwer zugesetzt, aber der steht und läuft erstaunlicherweise schon wieder. Er spricht die Sprache Wehsals, allerdings mit einem weichen Akzent. Ich habe versucht, ihn zu beruhigen. Keine Chance, er will sofort wieder nach unten. Der blonde Riese scheint so etwas wie ein Häuptling oder Anführer der Homo Wilhelmine zu sein."

„Erster, habt trotzdem ein wachsames Auge auf ihn. Bringt ihn meinetwegen morgen früh runter, am besten von zwei Bewaffneten eng begleitet und dann sofort zu mir."

„Vierertrupp an Kommandant!"

„Ich höre!"

„Kommandant, der Gang mündet in viele Wege. Es sind Irrwege, denn sie teilen sich immer wieder und führen teilweise in Sackgassen oder wieder zurück. Zwischendurch verliert sich auch schon die Funkverbindung zu euch. Wenn wir weiter gehen, verlaufen wir uns ganz sicher, ohne jegliche Koordinaten."

„Verstanden, dann zurück in den Baumstamm und eure Position sichern. Schützt euch vor bösen Überraschungen."

„Verstanden, Kommandant."

Ich gebe die Anweisung, die Festung als Hauptquartier zu nutzen. Zehn Mann werden sofort als Verstärkung ins Tal beordert. Die hier verbliebenen Kräfte werden zusammengezogen und die Festung wird nach außen gesichert.

„Zweiertrupp an Kommandant! Wir sind jetzt ganz oben im hohlen Baum. Wir haben von hier eine unglaubliche Aussicht und konnten die roten Monster kurz sehen, auf hundertfünfundvierzig Grad. Sie entfernen sich schnell, denn sie haben schon einen Abstand von circa fünfzehn Kilometern."

„Verstanden, Männer. Erster, die Flieger sofort auf 5 ran! Bazooka, Feinjustierung! Francis, das Schiff über das neue Zielgebiet, ZZ!"

„Sind unterwegs, Kommandant."

„Erster an Kommandant! Wir sind über dem Zielgebiet."

„Sehr gut. Die Flieger weiterhin Distanz 5 zum Zielgebiet halten. Bazooka, Feuer!"

„Das Feuer ist eingeleitet, Kommandant."

Bazooka gibt mir nach wenigen Sekunden eine Meldung: „Kommandant, im Umkreis von zwei Kilometern steht gar nichts mehr, da ist nur noch eine Wüste aus Asche. Die sind mehr als gut durchgebraten."

„Bazooka, das hat sich diesmal doch recht schnell und unkompliziert erledigt. Erster, schick jetzt trotzdem die Jäger ran. Wahrscheinlichkeit ist gut, aber Kontrolle ist besser. Versucht die verkohlten Kadaver auszumachen."

„Macmacs an Kommandant! Wir sind noch bei den Käfigen. Erst hatten wir versehentlich Hautabschürfungen von Homo Wilhelmine untersucht. Sie stammen von einem kräftigen Typen. Er ist sehr groß und hat blonde Haare. Bei der Größe wird es sich um den Hünen handeln, jener, den der Erste Offizier erwähnte. Um genau den wird es sich handeln."

„Ja, Macmacs, mich interessiert jetzt aber der Weiße, der schneeweiße Typ. Brauchst du es noch deutlicher?"

„Haben wir auch, Kommandant. In einem anderen Einzelkäfig fanden wir ein langes weißes Haar. Dessen Analyse brachte den Volltreffer. Wir haben einen Steckbrief erstellen können, einen recht genauen Steckbrief. Er, besser gesagt ‚Es', ..."

„Was erzählst du da von einem ‚Es', Macmacs?", falle ich ihm ins Wort.

„Ich kann die Spezies bislang nur als ‚Es' bezeichnen, Kommandat."

„Verstanden, Macmacs, dann trag bitte in deinen Aufzeichnungen ‚Es' großgeschrieben ein, also großes ‚E' und großes ‚S'. Dann ist es ein ‚ES', sonst wird man ja wirr im Kopf."

„Wird gemacht, Kommadant. Dieses ES ist ein wahrlicher ‚Homo Sonderbar'. Ja, als solchen könnte man dieses ES bezeichnen. Darf ich dieses ES als Spezies ‚Homo Sonderbar' benennen?"

„Später, Macmacs, erzähl schnell weiter!", fordere ich ungeduldig. Gleichzeitig denke ich daran, dass ‚Homo Sonderbar' nicht funktionieren würde, weil die Bezeichnung doch schon für Macmacs reserviert ist.

„Das ist ein humanoider Typ, Kommandant, zwar irgendwie recht menschenähnlich, aber doch ganz anders. Äußerste Vorsicht! Sie müssten dieses ES in diesem Moment im Verteiler haben."

Ich sehe mir die Rekonstruktion des ES an und bin von dem Anblick geschockt. Das Gesicht unter der mächtigen, hohen Stirn macht mir Angst. Mich ergreift ein Gefühl, als könne mich allein diese Darstellung hypnotisieren. Mehr Informationen, denke ich und ordne an: „Macmacs, Dimitri, kommt sofort zu mir!"

„Erster an Kommandant!"

„Erster, ich höre."

„Die Jäger haben das Gebiet überprüft. Sie konnten die Kadaver ausmachen. Die Anzahl stimmt aber nicht. Auf diesem Planeten gibt es somit weiterhin zwei rote Monster, wenn Wehsals Angabe stimmte. Und jetzt kommt außer denen dieser schneeweiße Albino ins Spiel. Was ist das nun wieder für ein gruseliger Typ?"

„Wir werden sehen, Erster. Befehl an alle Einheiten! Die Positionen sichern und den morgigen Tag abwarten!"

Macmacs und Dimitri stehen vor mir. Ich frage besorgt: „Macmacs, Was ist denn mit dir los? Du bist ja noch blasser als sonst und du schaust aus der Wäsche, als wäre dir ein Geist begegnet."

„Nein, Kommandant, kein Geist, oder doch, es betrifft dieses ES. Dieses ES ist ein Supergenie, ein uns völlig unbekanntes Supergenie. Diese Spezies ist das Ergebnis einer langen Evolution, viel länger als die unsere andauert. Dieses ES ist seit sehr vielen Millionen Jahren existent. Also müsste dieses ES, ich meine diese Spezies, auch vor vielen Millionen Jahren eine Hochkultur geschaffen haben. Aber nicht hier, nicht auf diesem Planeten. Dieses ES muss zugereist sein. Dieses ES ist uns in Hinblick auf die Leistungsfähigkeit des Gehirns weit voraus. Ganz weit voraus, denn wir können dieses ES nur ansatzweise mit dem Begleitandroiden vergleichen, nur im Ansatz. Dieses ES überschreitet die Rechenleistung jedes Computers. Dieses ES hat aber auch Fantasie, was unserem Androiden fehlte. Vorsicht, äußerste Vorsicht, Kommandant. Außerdem bin ich mir ziemlich sicher, dass das ES die Fäden in der Hand hält, wie Sie es bereits vermutet hatten. Diese Krallenechsen besitzen nicht die Feinmotorik, um in solch einem Laboratorium arbeiten zu können. Das konnte nicht funktionieren."

„Das klingt gar nicht gut, Macmacs. Erster! Du hast mitgehört? Es läuft eine Fahndung nach diesem ES, besser gesagt dem Albinotypen, oder dem Weißen oder wie auch immer. ES als ‚ES' zu benennen ist mir übrigens zu blöd und auch zu gefährlich. Wir würden womöglich heftig durcheinanderkommen, in unserer Kommunikation. Ab jetzt wird dieses ES aus unserem Sprachgebrauch verbannt und Weißer genannt. Punkt. Und überhaupt, Evolution hin oder her, ich will diesen Weißen ausgeschaltet wissen und lieber tot als lebendig sehen. Der Weiße gefährdet uns. Bedarf an wissenschaftlichen Erkenntnissen besteht von meiner Seite nicht, vielmehr ist unser aller Sicherheit vorrangig."

Ich liege auf einem der Feldbetten, die wir im Saal der Festung aufgestellt haben. Irrwege, denke ich noch und bin schon fast eingeschlafen, als mich das Schnarchen Wehsals, unterbrochen von eigenartigen Schmatzgeräuschen, zurück in den Wachzustand holt. Er träumt sicher von Kakaonuggets, überlege ich schmunzelnd und rekele mich auf meinem Feldbett. Irrwege, denke ich wieder, ein System aus Irrwegen. Ein weißes ES, ein Humanoide, ein Labyrinth …

Als ich erwache, dauert es einen Moment, bis ich realisiere, dass ich mich im Saal der Festung befinde. Verschlafen blicke ich nach oben, hoch hinauf, in dieses scheinbar unendliche Dunkel. Ich empfinde es als unheimlich und bedrückend. Alle schlafen noch und ich ziehe meine Laserwaffe. Mit einem Pilotstrahl bringe ich Licht ins Dunkel und bin beeindruckt, denn ich sehe die Spitze. Weit oben, dort endet der Raum, so spitz wie eine Stecknadel. Halt, zurück, etwas nach unten, denke ich. Da war doch eben eine Unregelmäßigkeit. Tatsächlich, wenige Meter unterhalb der Spitze ist eine kreisrunde Öffnung sichtbar. Ich springe auf und gebe sofort schreiend Alarm: „Alarm! Alle an die Waffen! ZZ!"

Es dauert keine dreißig Sekunden und die Truppe steht formiert bereit. Ich gebe mehrere Anweisungen.

„Hier ist ein verborgenes Labyrinth! Zuerst Licht ins Dunkel bringen! Da oben ist ein Schacht. Waffen darauf ausrichten! Alle Räume auf versteckte Türen, Gänge, Schächte oder was auch immer absuchen, von ganz unten bis hoch ins Laboratorium, alles weitestmöglich sichern. ZZ! Trupp im Baumstamm, habt ihr mitgehört?"

„Ja, Kommandant."

„Dann sprengt den zweiten Gang! Das Mauseloch muss sofort verschlossen werden. Vorsicht, da könnte unvermittelt eine hochgefährliche weiße Kreatur herauskommen."

„Wird sofort erledigt, Kommandant."

„Ich warte auf Meldungen!", schreie ich.

„Wie sieht es oben im Laboratorium aus?"

„Keine versteckten Türen oder Gänge, Kommandant. An der Decke sind nur drei Lichtschächte."

„Richtet eure Waffen auf die Lichtschächte!"

„Verstanden, Kommandant."

„Kommandant! Wir sind bereit zu sprengen."

„Dann sprengt!"

Auch im Saal ist die Erschütterung zu spüren. Nahezu gleichzeitig erreichen mich zwei weitere Meldungen.

„Kommandant! Aus einem Lichtschacht im Laboratorium dringt massiv Staub."

Sofort darauf vernehme ich: „Kommandant! Sehen Sie nach oben. Aus der Öffnung in der Kuppel kommt eine Staubwolke."

„Das Gangsystem, Leute! Der Weiße hat tatsächlich ein komplexes Labyrinth gebaut."

Die Truppe agiert hektisch. Mir geht es nicht anders.

„Ja, Leute, er kann hier überall sein, seid achtsam, aber bleibt ruhig!", rufe ich, drehe mich um und habe den Eingang des Saales im Blick. Der blonde Hüne wird von zwei Soldaten in den Saal geführt. Neben ihm wirken die beiden völlig verloren. Das ist also der Hünenhäuptling der Homo Wilhelmine, staune ich kurz bei seinem Anblick, als ein lauter Schlag den Saal erschüttert. Allen fährt ein gewaltiger Schreck in die Glieder und unsere hektischen Aktionen weichen einem Moment körperlicher Gelähmtheit.

SEHENDES AUGE

Die steinerne Sitzfläche des Throns wurde gesprengt. Aus dem Schutt steigt Rauch auf und es macht sich sofort ein merkwürdiger Geruch breit. Entfernt beginnt es tief zu dröhnen und hallendes, unverständliches Wispern umschließt meine Ohren. Meine schlimmsten Erlebnisse drängen aus der Vergangenheit ins Hier und Jetzt. Das Wispern wird deutlicher, es sind Stimmen bis aus meiner Kindheit. In der Rauchwolke zeichnet sich schwach eine Silhouette ab. Sie beginnt sich in unsere Richtung zu bewegen.

„Erster an Kommandant! Was ist bei euch los?", klingt es tief, wie aus einem zu langsam abspielenden Audiogerät. Wehsal umklammert mein Bein, zieht an meiner Uniform und will mir etwas sagen. Ich kann ihn nicht verstehen, denn die Stimmen aus der Vergangenheit werden zunehmend lauter und höher, bis hin zu einem in die Länge gezogenen Kreischen. Die Konturen der Silhouette haben sich geschärft und Gestalt angenommen.

Es ist der Eine, der Übermächtige, der Weiße. Strahlend und schneeweiß ist sein Umhang, wie er selbst. Seine Arme öffnend heißt er uns willkommen.

Ja, du bist es, mein Erlöser, sei mir allgegenwärtig, fühle ich. Befreie mich von diesem unerträglichen Jammer und Schmerz. Zum langgezogenen Klang menschlicher Stimmen vernehme ich hinter mir einen ebenfalls langgezogenen, aber brüllenden Kampfruf. Der Blick des Weißen wendet sich von mir ab, seine Gesichtszüge verziehen sich und zeigen Erschrockenheit. Ich gerate aus seinem Fokus. Seine weit geöffneten, roten Augen adaptieren sich auf den Hünen. Der Weiße läuft scheinbar schwebend los, direkt an mir vorbei, in Richtung des Ausgangs. Ich sehe ihm hinterher. Der Hüne brüllt jetzt noch lauter und beginnt den beiden Soldaten verheerende Schläge zu versetzen, löst sich brutal von ihnen und entreißt ihnen dabei Teile ihrer Anzüge. Der Hüne orientiert sich ebenfalls in Richtung des Ausgangs, will dem Weißen den Weg abschneiden. Er entreißt auf seinem Weg weiteren Soldaten die Schulterstücke ihrer Roboteranzüge. Er trägt sie in der rechten Hand, wie einen geöffneten Fächer, versucht den flüchtenden Weißen einzuholen. Doch der Weiße lässt den Hünen hinter sich, ist kurz davor den Ausgang des Saales zu erreichen. Der Hüne bremst seinen Lauf und holt aus. Begleitet von einem lauten Röhren wirft er alle Teile gleichzeitig auf den Weißen.

Als ich ohnmächtig werde, verfolge ich noch in Zeitlupe die durch den Raum gleitende Stafette der Metallplatten. Eine schneidet sich in die rechte Schulter des Weißen, eine andere trifft ihn fast mittig am Rücken.

„Gerald!"

„Francis, bist du es?"

„Ja, trink das, wie die anderen auch. Es hilft gegen die Psychodroge. Verabreicht von deiner lieben Francis, mit besten Grüßen von Dr. Okawa. Er ist immer noch von der Behandlung der Geschundenen eingenommen."

Ich trinke und stehe auf, sehr unbeholfen. Meine Beine sind weich. Ich sehe auch Bazooka, während ich Francis umarme. Sogar der Erste Offizier ist hier, hier im Saal. Und da steht der blonde Hüne und schaut mich an. Sein Körper ist mächtig und seine Augen strahlen. Er verneigt sich in meine Richtung. Ich reiße mich zusammen, verneige mich auch vor ihm und schaue ihm dann tief in die Augen. Gut, dass ich zu dem Riesen eine gewisse räumliche Distanz habe. Stünde er näher, müsste ich zu ihm hinaufschauen. So schont es in meinem Zustand zumindest meine Nackenmuskulatur. Ich versuche mich zu sammeln, überlege was geschehen ist. „Erster, dann seid ihr tatsächlich mit dem Schiff auf dem Plateau gelandet? Ganz schön eigenmächtig", sage ich etwas vorwurfsvoll und vermeide es den Blickkontakt zum Hünen abreißen zu lassen.

„Aber, es war wohl gut so", relativiere ich.

„Das meine ich wohl auch, Kommandant, und du bist wieder voll da, wie man bemerkt."

„Erster, hatten alle die hier waren ein größeres Problem?"

„Ja, Kommandant, bis auf Wehsal und den Alphakämpfer der Hünen. Von ihm erfuhr der Weiße einen harten Schlag, der ihn stark verletzte, wie man an den Blutspuren auf seinem Weg hinaus gut erkennen kann. Doch trotz der Verletzungen schaffte er es noch durch das Tor und gelangte bis auf den Vorhof der Festung. Von dort stürzte er sich in die Tiefe. Zwischen seinen ausgestreckten Extremitäten spannte sich sein Gewand und er glitt hinunter – wie ein Flughund. Wir konnten auf Grund des komplexen Landevorgangs und der Selbstsicherung von UN 101 nicht so schnell reagieren mit unseren Systemen. Dadurch vermochte er es, sich unserem Zugriff zu entziehen und sich in die Wälder abzusetzen. Zwei Trupps mit jeweils acht Soldaten und einem Kampfroboter fahnden nach ihm und den restlichen Echsentypen. Jäger und Drohnen unterstützen die Verfolgung, Kommandant."

Der Hüne macht Anstalten mich ansprechen zu wollen. Seine Gesten bereiten einen Dialog vor. Sie signalisieren seinen Stolz, aber auch Sympathie und Anerkennung uns gegenüber.

Der Erste übergibt mir und dem Hünen sofort eingeschaltete Sprachwandler, worauf der Hüne zu sprechen beginnt.

„Kommandant, nennt man euch? So nenne auch ich euch Kommandant. Ihr habt unserem Sein die ewig erhoffte Rettung gebracht. Ihr bildet das Gegenfeuer und tragt sogar ein Symbol auf der Brust, das mir vertraut erscheint. Es beschreibt einen Himmelskreis. Unsere Vorfahren haben viele davon aus Steinen errichtet."

Ich frage ihn: „Wie lautet dein Name, der Name des Kampfgefährten, der uns in letzter Sekunde gerettet hat, als der Weiße die Oberhand zu gewinnen schien? Und das Symbol nennen wir Sieben-Sterne-Kreis oder auch Heptagon. Es steht für die Einheit aller auf unserem Planeten lebenden Völker. Die beiden Flügel bedeuten, dass wir fliegende Kämpfer sind."

Seine Gesten bestätigen Anerkennung und er antwortet: „Als Kind wurde ich einfach Sohn der Wissenden genannt. Wir bekommen unsere Namen später, nach der Beurteilung unserer Fähigkeiten. So ist es Brauch und unser wichtigstes Ritual. Erst danach sind wir in unseren Entscheidungen frei. Mein Name ist Sehendes Auge. Sehendes Auge bedeutet, der Sohn der Wissenden zu sein und den großen Teil unseres Seins behüten zu dürfen."

„Sehendes Auge, Sohn der Hüter des Lebens, dann waren deine Eltern ein Maßstab für dich. Du scheinst mir ein kämpfender Hüter des Lebens zu sein. Das erscheint mir vertraut. Unsere Gesellschaftsordnung besagt auch: ‚Leben und leben lassen', fordert aber auch etwas dafür zu tun, nötigenfalls für diesen Leitsatz zu kämpfen."

Er nickt und bestätigt: „Ja, leben und leben lassen. Kommandant, mein Leben ist das eines Hüters und eines Führers, aber ich würde mir niemals anmaßen zu sagen, dass ich das Leben zuließe. Das wäre überheblich, denn ich weiß: Der große Teil unseres Seins lässt uns leben. Meine Eltern waren kein Maßstab für mich, aber sie gaben mir ein gutes Beispiel. So lange, bis die Zeit einschneidende Veränderungen mit sich brachte. Sohn der Wissenden, welcher mit den Waffen schnell kämpft, so lautet jetzt die weitere Umschreibung von Sehendes Auge. Meine Eltern, gaben mir diesen ehrwürdigen Namen. Dem Eindringling und seinen Ausgeburten sind auch meine Eltern zum Opfer gefallen. Bis dahin waren sie im Ältestenrat unseres Volkes. Sie wussten um die Gefahr, welche einst mit Feuer vom Himmel gekommen war. Dieses geschah vor sehr vielen Monden. Unsere Legenden erzählen davon. Ich selbst war es, viel später, der die Festung fand und ich war es, der den Fürsten und seine Schergen sah und dem Ältestenrat eine Beschreibung geben konnte. Der Rat überlegte zwischenzeitlich Gegenmaßnahmen zu ergreifen. Aber die Macht der Drachen wäre nicht zu brechen, so war zumindest die Meinung des Rates. Die fliegenden roten und die schwarzen, schnell laufenden Drachen wären zu mächtig. Der Rat beschloss auszuharren, bis das Gegenfeuer vom Himmel kommen würde, wie es der weise Berggänger vorausgesagt hatte. Jener, welcher dem großen Teil unseres Seins in besonderem Maß ergeben war. Andere unseres Volkes setzten sich früh in die Wälder ab, wo sie verstreut hausen. Wir nennen sie Querdenker, obwohl sie den Namen Feiglinge verdienen. Schließlich wurden es immer mehr Drachen, bis die Berge voll von ihnen waren. Unsere weisen Frauen und Männer konnten nicht mehr auf die Berge steigen. Ich bin in der Schutzpflicht, gegenüber den Überlebenden des Nordvolkes und des Südvolkes. Wir sind zu einem bunten Volk zusammengewachsen, doch unsere Köpfe sind wenige geworden. So wenige, als wären sie die letzten Blätter an einem alten, absterbenden Baum. Bunte Blätter, die sich im warmen Wind des Lebens wiegen und sich gerade noch halten können, bevor auch sie verwehen und die Zeit unsere Geschichte überdeckt."

Unvermittelt zeigt er auf Wehsal: „Kommandant, sage mir, warum habt Ihr Erbarmen gegenüber dieser lebensfeindlichen, grünen Ausgeburt? Diese steht sichtlich unter Eurem Schutz."

Oh, das war recht ausführlich, denke ich und ordne kurz seinen Monolog, bevor ich ihm antworte: „Sehendes Auge, der Grünling mag eine Ausgeburt des Bösen sein, aber er selbst ist nicht böse und er hat sich besonnen. Ohne ihn wäre die jüngste Geschichte womöglich nicht in unserem Sinne verlaufen. Sein Name ist Wehsal und wir sind ihm verpflichtet. Nun noch etwas anderes, Sehendes Auge. Warum hat dich das Gift des Albinos nicht betäubt und warum konntest du trotzdem so erfolgreich kämpfen?"

Vielleicht hätte ich diese Frage lieber nicht stellen sollen, überlege ich zu spät und schon beginnt er von Neuem: „Kommandant, das war die hochkonzentrierte Wirkung des Schwebekrautes. Als Rauch wirkt es besonders stark. Diese Intensität war selbst für mich nur schwer verkraftbar. Ihr seid es aber nicht gewohnt und tragt wahrscheinlich zu viele Ängste in euch. Wir benutzen es seit jeher als Teil unserer Speisen. Es wächst überall in unseren Wäldern, ist sehr schmackhaft und schützt vor Krankheit. Oder wir streuen es während unserer Feiern in die Feuer, aber nur in kleinen Mengen. Du nimmst die Dinge um dich herum intensiver und präziser wahr, da sich alles um dich herum langsamer zu bewegen scheint. Darum der Name Schwebekraut. Selbst meinen Geist hatte die hohe Konzentration in eine kurzzeitige Handlungsschwäche versetzt, doch stärkte es mich gleich darauf für den Kampf und dem Weißen wurde es unerwartet fast zum Verhängnis. Der, der mit Feuer vom Himmel gekommen war, hatte nicht mit mir gerechnet. Ich weiß, dass es nicht der Drachenfürst war, der einst vom Himmel kam, sondern der Schneeweiße. Während der Gefangenschaft hatte er mich belauert, so wie ich ihn, in seinem Scheinkäfig. Ich wusste schon nach wenigen Momenten, dass einzig er es sein kann. Die Vierbeiner hatten Angst vor ihm, selbst der Drachenfürst. So seid euch sicher Kommandant, so wie ich es mir bin, die Gedanken des Weißen sind böse. Seine Augen blicken erbarmungslos. Er gefährdet den großen Teil unseres Seins. Wie ich sagte, ich konnte ihn sehen, hören und riechen. Es ist ein Trost, denn sein Körper mag zwar stärker sein als der meine, doch er ist auch träger. So konnte er den gleichzeitig geworfenen Metallteilen nicht ausweichen. Kommandant, ich hoffe, dass die Brüche eurer Soldaten verheilen werden. Ich konnte nicht sanft sein, denn ich musste schnell handeln, als ich ihnen die Teile ihrer Anzüge vom Leib riss.“

„Mach dir keine Sorgen, Sehendes Auge, unsere Medizin kann kleine Wunder bewirken. Aber nun, Sehendes Auge, geh in unser Schiff zu deinen Leuten. Sie werden in dem Wissen, dass ihr Alphakämpfer weiterhin bei ihnen ist, schneller genesen.“

„Kommandant, das werde ich tun. Doch ich habe nicht viel Zeit. Ich stehe in der Pflicht mein Volk zu schützen. Der Kampf muss weitergeführt werden, so lange bis auch der Weiße tot ist. Erst dann bin ich meines Namens würdig.“

„Ja, Sehendes Auge, Kampfgefährte, wir werden den Weißen gemeinsam finden und schlagen.“

EINKLANG

Ruhe ist eingekehrt, abgesehen vom Klappern des Essgeschirrs. Jetzt, zur Mittagszeit, ist die Schiffskantine selbstredend gut besucht. Mir will das Essen aber noch nicht so richtig schmecken. Ich belasse es bei einer kleinen Suppe. Doch geht es mir, dank des Gegenmittels von Dr. Okawa, inzwischen merklich besser. Neben dem Essen bestimmt das Lecken unserer Wunden und die allgemeine Erleichterung das Geschehen. In dieser inzwischen relativ sicheren Situation gestatte ich den Kirchenleuten erstmals einen Landgang.

„Erster, genehmigen wir ihnen einen Kirchentag. Lassen wir sie auf das Plateau und erlauben ihnen einen kurzen Blick in den Saal der Festung. Dann sehen auch sie einmal diese dominanten Darstellungen von Höllenengeln. Die werden sie beeindrucken", äußere ich, ohne zu ahnen, welche Höllentour uns noch bevorsteht.

Wie gewohnt genießen die Kirchenfürsten ihr Mittagsmahl ausgiebiger, selbstverständlich mit reichlich geistigen Getränken, trotz des sonnigen Wetters und der aufgehobenen Ausgangssperre. Und dann wird es wohl vor dem Landgang noch ein Mittagsschläfchen brauchen, ist meine stille Mutmaßung. Ich gehe hinaus auf das Plateau, um frische Luft zu schnappen, nach der mein Körper verlangt. Es ist ein herrlicher Tag mit strahlend blauem Himmel und angenehmer Temperatur. Im ersten Moment ist es überraschend Macmacs zu sehen, dessen Körper sich eigenartig bewegt. Er nutzt ebenfalls das schöne Wetter, aber nicht wegen der Wärme. Es ist einzig das helle Licht. Unter Ausnutzung dieser idealen Lichtbedingungen untersucht er das Plateau, Stück für Stück, Zentimeter für Zentimeter, mit akribischer Genauigkeit, ohne, dass er in Gefahr läuft den kleinsten Rest des Riesendrachen übersehen zu können. Er krabbelt auf allen Vieren.

„Hallo, Macmacs, findest du noch Überreste des Monstrums?", rufe ich.

Er hebt seinen Kopf und dreht ihn in meine ungefähre Richtung, um mich zu orten. Auf die Distanz von mehr als zehn Metern, kann er mich jedoch nicht ausmachen. Die Lupengläser seiner Brille kleben wieder auf dem Boden und er scannt weiter. Ein bunter Schmetterling flattert vor meinen Augen und mir kommt in den Sinn, dass ich genauso gut zu dem Schmetterlingsfänger hinüberrufen hätte können, zu dem auf dem Gemälde Carl Spitzwegs. Dieses Werk hat mich schon immer fasziniert und amüsiert. Ich begreife erst jetzt, warum mir Macmacs schon immer sympathisch war, sicher nicht zuletzt wegen dieses Bildes.

Bis auf den Buddhisten und die Wachhabenden sind wir allein auf dem Plateau. Ich bewundere das Schiff, das einen großen Teil des Plateaus einnimmt. Ein Wunderwerk der Technik wurde mir anvertraut, freue ich mich insgeheim. Der Anblick dieser kristallin beschichteten Konstruktion, die im Sonnenlicht strahlt, ist kolossal. Die künstlich gewachsene Kristallschicht bildet die äußere Haut des Schiffs. Kleinere Beschädigungen werden durch ein sofortiges Neuverbinden der Kristalle auf dem Trägermaterial ausgeglichen. So ist die Struktur der Kristalle programmiert. Die Kristallstruktur ist hart wie die von Diamanten und kann, im Gegensatz zu Kohlenstoff, trotzdem höchsten Temperaturen widerstehen. Die spezielle Verzahnung der einzelnen Mikrokristalle macht die Hülle ausreichend flexibel. Diese revolutionäre Neuentwicklung verdanken wir unserem besagten Nobelpreisträger, der sich auch mit an Bord befindet. Die Form des Schiffs gleicht der eines Rochen, aber mit deutlich kleineren Flossen, beziehungsweise kleineren Flügeln. Im Schiffsrumpf befindet sich achtern der Fusionsreaktor.

Ich gehe zum Ende des Plateaus, dort sitzt der Buddhist. Die Aussicht ist beeindruckend. Ein weites, grünes Paradies öffnet sich vor meinen Augen. Der Blick reicht bis zum Horizont. Die grüne Natur atmet in ihrem Urzustand. Ich setze mich neben den Mönch. Er meditiert, befindet sich mit dieser einzigartigen Welt im Einklang. Er entspricht damit dem Bild des Erleuchtung Suchenden. Ich denke an die weisen Berggänger, welche Sehendes Auge erwähnt hatte. Ohne ein einziges Wort zu sprechen, sitzen wir nebeneinander. Nach einer halben Stunde stehe ich entspannt wieder auf, wende mich der Fernsicht ab und bedanke mich geistig bei dem Mönch.

Dann bin wieder in der Festung. Der Hüne ist auch zurück und ich spreche ihn an: „Sehendes Auge, wie geht es deinen Leuten?"

„Kommandant, euer Medizinmann ist großartig, auch wenn er klein ist und bessere Nahrung bräuchte. Er wirkt ein wenig schwächlich. Ich muss nun in die Wälder. Der Weiße darf nicht zu viel Vorsprung gewinnen. Sein Geruch sollte möglichst nicht gänzlich verfliegen. Aber selbst dann werde ich seine Spur aufnehmen können. Ich müsste länger suchen. Die kleinen Veränderungen in dem großen Teil unseres Seins werden mir trotzdem sicher den Weg weisen."

„Du willst sofort los, Sehendes Auge? Einen Moment noch."

Ich wende mich an den Ersten Offizier: „Erster, acht Soldaten zu mir, in Kampfausrüstung. Ich selbst werde auch mitgehen. Legt mir eine Exoklamotte an. Unser kleiner, grüner Freund kommt ebenfalls mit. Ganz wichtig: Mindestens zehn Kakaonuggets dürfen keinesfalls im Proviant fehlen."

Ich spüre ein Kratzen am Hosenbein und korrigiere: „Besser zwanzig."

Wehsal nickt und schmatzt. Ich gebe eine weitere Anweisung: „Und gib den Suchtrupps Bescheid, dass sie ihre Position halten sollen. Wir selbst werden in breiter Linie vorrücken. Wenn wir auf der Fährte des Weißen sind, ziehen wir die Trupps koordiniert zusammen."

Ich bin mit dem Exoskelett gerüstet und die Soldaten stehen bereit. Wehsal schaut zu mir auf.

„Ja, Wehsal, jetzt hast du schon deine Uniform und du siehst schick darin aus. Eine Brusttasche hast du auch, passend für zwei Kakaonuggets. Zwanzig Nuggets haben wir noch als Reserve dabei. Da kann wirklich gar nichts mehr schief gehen. Also, Wehsal, finde ihn. Sehendes Auge! Für uns kann es losgehen."

Der Hüne läuft voraus, den Tunnel zum Tal hinunter, und wir hinterher. Er wirkt unbestritten wie ein Indianer, in seiner Kleidung und dem federnden, schnellen Lauf. Nur die Technik der Exoskelette lässt uns einigermaßen Schritt halten. Doch Wehsal ist flinker als wir alle. Er macht ein Spiel daraus, uns zu überholen und zu warten, um sich überholen zu lassen und immer wieder zu rufen: „Zweibeiner sind schrecklich langsam! Kommandant, gib mir noch einen Kakaonugget und ich finde den Weißen für euch!"

Wir haben den Tunnel verlassen und laufen in einen hohen Wald hinein, dem Hünen und Wehsal hinterher. Es ist ein Wald, wie ich ihn nie zuvor gesehen habe. Die höchsten Bäume sind ungewöhnlich mächtig. Sie müssen weit über hundert Meter in die Höhe ragen. Auch die Durchmesser ihrer Stämme betragen viele Meter. Sehendes Auge lächelt während des schnellen Laufs. Plötzlich wird er langsamer, ändert die Richtung, um mit einem gewaltigen Satz an einem hohlen Baumstamm hinaufzuspringen. Oben krallt er sich wie ein Affe fest. Er zieht etwas aus dem Stamm. Wieder auf dem Boden zurück bemerkt er beiläufig: „Waffenkammer."

Es ist ein Speer, der wohl drei Meter Länge misst und auch drei Spitzen hat, die aus grünem Kristall gearbeitet wurden. Eine vordere, welche die eigentliche Speerspitze der Waffe bildet und zwei äußere, gebogene Spitzen. Diese sind ungefähr einen halben Meter zurückgesetzt. Die Bögen, mit einem guten Meter Länge, finden am Schaft Halt. Außen sind die Bögen scharf geschliffen. Der Schaft ist aus Holz und edel verarbeitet. So ist die Waffe ein Speer und gleichzeitig ein Langschwert.

„Hochwald, wir sind in einem der gefährlichsten Teile des großen Seins", bemerkt Sehendes Auge, wiederum beiläufig.

Auf meine Nachfrage berichtet er, dass die Tierwelt außerhalb der Hochwälder sehr ausgedünnt sei. In den lichten Wäldern der Flussauen hätten die Flugsaurier gewütet. Die Hochwälder wären zu dicht gewesen, für die gewaltigen Spannweiten der Flugsaurier. Viele Tiere hätten sich darum in die Hochwälder zurückgezogen, auch die Raubtiere. Große Landechsen und Säbelzahntiger würden sich jetzt sogar gegenseitig fressen, da es nun auch nicht mehr genug Beutetiere in den Hochwäldern gäbe. Aber es wäre nur eine Frage der Zeit, bis die ersten großen Raubtiere den Hochwald wieder verlassen würden.

Unsere Tour durch diesen scheinbar endlosen Urwald gestaltet sich durchweg abenteuerlich. Allein die Vielfalt der Vegetation ist ungewöhnlich und beeindruckend zugleich. Zwischen und über umgestürzten, vermodernden Baumstämmen wachsen Flechten und Moose. Darüber hinaus sind es überwiegend Farne und Schachtelhalmgewächse, in verschiedensten Größen und Varianten, die den feuchten Boden dicht bedecken. Ungleichmäßig verstreut ragen höhere Schachtelhalmarten sowie Palmfarne hervor. Dazwischen erheben sich die Giganten. Hundert Meter und höher ragen die Stämme empor. Völlig verschieden geformt, zusammengewachsen und teilweise wild ineinander verwunden, stabilisieren sie sich gegenseitig. Man könnte meinen, sie würden während ihres Wachstums koordiniert improvisieren. Weit oben überdachen ihre dichten Kronen den Wald und verwachsen auch dort ineinander, sich gegenseitigen Halt gebend. Es sind Laubbäume, doch mit ganz besonderem Laub. Selbst die Blätter wachsen zu ungewöhnlichen Formen. Sie teilen sich, um sich nochmals zu teilen, scheinbar willkürlich. Die Stämme beherbergen in all ihren Spalten, Löchern und Mulden eine Vielfalt von Flechten, Moosen, Farnen und Hängegewächsen. Sie wachsen von überall herunter, lang und haarig, gleich menschlichen Bärten. Ein Menschenleben reicht aber bei Weitem nicht aus, um sich einen solchen Bart wachsen zu lassen, denke ich bei mir. Kurz entschlossen benenne ich diese Pflanze, obgleich ich kein Botaniker bin, als 'Bart des Methusalem'. Ich nehme mir als stolzer Entdecker fest vor, es später gleich im Logbuch zu vermerken.

Nicht nur Bärte, auch Blütenpflanzen haben sich an den Stämmen angesiedelt. Verschieden, wie sie sich zeigen, locken sie auch unterschiedliche Insekten an, zum Beispiel große Schmetterlinge.

In diesem Moment fällt mir ein, was Macmacs über die Flora und Fauna des Planeten gesagt hatte: „Es ist nicht ganz so feucht in den Wäldern. Dementsprechend gibt es weniger Insekten und weniger Kröten als in unserem Karbonzeitalter."

Genauer darauf achtend möchte ich nicht wissen, wie es im Karbonzeitalter zugegangen sein muss. Es ist trotz unseres schnellen Laufs möglich Details zu erhaschen. Ich nehme mir eine weitere Bestandsaufnahme fürs Logbuch vor. Vielleicht entdecke ich eine ganz neue Spezies. Als ich kurz nach oben schaue, fällt mir eine Frage ein: „Millionen Getier, ein einzig Himmel, wie kann das sein, solch ein Gewimmel?"

Ich stutze. Na prima, da hast du sie ja schon, deine Überschrift, denke ich und merke mir für später: „Evolutionsgewimmel."

EVOLUTIONSGEWIMMEL

Für wahr,
die Schmetterlinge sind gar prächtig,
die Libellen glänzend und mächtig

Garstig Insekt ihr kriegt,
Brummer, Motten, was da fliegt,
Bremsen, Mücken, des Blutes Säuger,
fangt ihr weg, als schnelle Räuber

Hier, dem Ei kaum entschlüpft,
kurz kaulgequabbt, schon weggehüpft

Da sind Frösche, Kröten, Salamander,
Echsen, Lurche, durcheinander,
schwimmend und durchs Wasser tauchend
oder auf das Trockene krauchend

Beute sehend, hörend, riechend,
schlängelnd, krabbelnd, langsam kriechend,
laufend, springend, sich verbiegend,
hängend, fallend, unten liegend,
in Höhen überwiegend fliegend

Zeigt euch herrlich gefiedert,
in Reihe bis zum Stern gegliedert,
mit Beinen, Flossen, gepanzert, geschuppt,
eklig schleimig oder anklebend verpuppt

Viel Unterschied, doch denk ich, kein Problem,
denn es ist gleichzustellen, das System,
egal, bei diesem oder dem,
lässt sich beschreiben auf die Schnelle,
es liegt wohl am Programm der Zelle

Noch eines hat's System gemein,
es frisst sich selbst, Tag aus Tag ein,
vorn geht's rein, als leckerer Schmaus,
ganz anders kommt's dann hinten raus
und von Großen recht viel zu Boden sinkt,
,s ist BIO, was weit bis in die Ferne stinkt

Oh, Evolution, ganz verschieden
und doch Ton neben Ton,
kann ein Auge nicht fassen,
so unendlich die Massen,
farblos bis bunt, gepunktet, gebändert, gefleckt, gestreift,
sich zum Blassen verändert, wenn verreckt und versteift

Puh, das ist heftig, mit all der Biomasse, außerdem nicht mein
Fach, denke ich überfordert und resümiere: „Eigentlich doch
ganz schön viel Getier, zu viel. Von meiner Seite gibt es keinen
weiteren biologischen Eintrag ins Logbuch, beim Barte des Methusalem. Der soll reichen."

AUF ZICKZACKKURS

Doch die Vielfalt lässt mich nicht mehr los. Eingenommen von all den Formen, Farben und Gerüchen, die dieses riesige Biotop ausmachen, konzentriere ich mich jetzt auf die Klänge. Ja, diese komplettieren das Stimmungsbild des Waldes. Es sind diese ständig präsenten, eigenartigen und undefinierbaren Hintergrundgeräusche, im Zusammenspiel mit dem Summen und Zirpen, die den exotischen Grundsound ergeben. Die dominanten Solisten wetteifern miteinander. Kröten nutzen ihre Blaseninstrumente, um sich mit langgezogenen, quakenden Lauten in den Vordergrund zu spielen. Doch gegen den krächzenden bis schrillen Gesang der Flugechsen können sie nicht bestehen. Spätestens wenn diese heiseren Diven als Chor auftreten, erscheint jedes Blaseninstrument zu schwach. Tiefer als die Blasen der Kröten es können, dröhnen Bässe aus dem Hintergrund. Hallend, dann wieder verhallend, geben diese dem Konzert die nötige Dramaturgie. Sogar grauenvoll klingen diese entfernten Akteure, unter dem endlosen Dach der Bäume. Bereits seit wir den Wald betraten, hallte es weit entfernt leiser oder nicht so weit entfernt lauter. Gerade hallt es nicht, dafür ist es zu nah, viel zu nah und sehr laut. Ich höre ein tiefes Knurren.

Ich versuche, mich auf die Geräusche zu konzentrieren und drehe meinen Kopf in eine Richtung. Das Knurren kommt dort aus den Farnen, denke ich, muss mich aber korrigieren. Nein, es kommt doch aus einer anderen Richtung. Sehendes Auge, unser Alphakämpfer, breitet seine Arme aus und drückt sie nach hinten. Er verlagert sein Körpergewicht von einem Bein auf das andere, als wäre er ein Torhüter, der auf einen scharf geschossenen Elfmeter wartet. Mit den Bewegungen des Oberkörpers und der Arme schwingt er seine Waffe.

„Katzen, die großen gestreiften!", ruft er.

„Sie haben ihren Ring geschlossen. Stellt euch in alle Richtungen und bildet einen engen Kreis."

„Säbelzahntiger! Wärmebildsensorik an! Verteidigungsposition! Feuerbereitschaft!", befehle ich und kann schemenhaft etwas erkennen. Es schleicht sich von links und von rechts an, von vorne und von hinten. Ich entscheide mich für vorne, der Logik entsprechend. Es wird deutlicher. Es ist verdammt groß. Jetzt sehe ich seine Umrisse ganz deutlich. Es ist gewaltig.

Die Farne und Schachtelhalme geraten in Bewegung, als ihr Grün auch schon von dem Rot riesiger Mäuler auseinandergerissen wird. Zähnefletschend und fauchend brechen die Raubkatzen aus dem Dickicht heraus. Wir feuern und treffen. Ich stehe zwischen den knienden Soldaten auf und wende meinen Kopf, über Wehsal hinweg, zum Hünen. Sehendes Auge führt gekonnt seine mächtige Waffe, mit einer Leichtigkeit, als wäre sie ein Tennisschläger. Er streckt eine nach der anderen dieser monströsen Katzen mit einem einzigen Hieb zu Boden. Er schlägt ihnen schlicht ihre Köpfe ab oder versetzt ihnen tödliche Wunden. Ich drehe mich zurück, will meine Waffe in Anschlag bringen. Zu spät, ein Monstrum hat mich mit einem langen Satz erreicht. Während ich nach hinten stürze, spüre ich den Druck spitzer Krallen an Schultern und Oberarmen, trotz des Kampfanzuges. Das Exoskelett verstärkt die Kraft meiner Arme und ich kann dagegen halten. Doch das Untier ist zu schwer. Meine Kraft schwindet und Zähne berühren meinen Hals, aber fallen auch gleich wieder von ihm ab, samt Kopf. Ich stoße den abgetrennten Schädel von mir und befreie mich von der Last des toten Körpers. Ich bin reichlich geschockt, doch es ist offensichtlich. Im letzten Moment hat Sehendes Auge dem Tiger den Schädel abgeschlagen. Ich stehe auf und vollziehe einen kurzen Selbstcheck. Der Anzug hat mich ausreichend geschützt. Ich bringe meine Waffe wieder in Anschlag. Es sind nur noch zwei Katzen am Leben und die sind ein Stück zurückgewichen. Laut krachend, über zerberstende Äste trampelnd, nähert sich eine nächste Angriffswelle. Wir blicken hektisch ins Dickicht, sehen den Ansturm noch nicht, doch er ist uns schon nah.

„Nutzten wir die Gelegenheit und suchen wir das Weite!", schreit der Alphakämpfer. Wir laufen davon, so schnell wir können. Sehendes Auge stoppt kurz und blickt zurück.

„Seht, es war zu viel Blut! Wären wir nur einen Moment länger geblieben, hätten wir ein wirkliches Problem gehabt."

Auch wir sehen uns um. Der Geruch des vielen Blutes hat die gierigen Großechsen angelockt. Sie bestimmen nun die Bildfläche und streiten sich um die besten Stücke der Kadaver. Das wird sicher auch das Ende der beiden letzten Säbelzahntiger gewesen sein.

Wir laufen weiter und erleben das schon gewohnte Spiel. Wehsal ist natürlich vorausgelaufen und wartet nun wiederum auf uns, alles wie gehabt. Aber jetzt steigert sich sein Spiel, wird zu einer Komödie, in der er es an keinerlei Tragik fehlen lässt. Er gestikuliert wild, während er wie irre Blätter von Farnen in sich hineinstopft. Es wirkt dramatisch, denn er umfasst seinen Hals und hebt mit schmerzverzerrtem Gesicht seinen Kopf, als würde er ersticken müssen. Er sieht uns dabei Mitleid erregend an, als sei er vom Leben zum Verlierer verurteilt worden. Offensichtlich versucht er uns zu suggerieren, dass wir momentan den Hauptteil der Schuld daran trügen. Wirklich theatralisch, erst leise jammernd, krächzt er jetzt sehr laut, grüne Salven mehr oder weniger durchgekauter Blätter mit herausbringend: „Zweibeiner sind immer sehr langsam! Kommandant, Wehsal kann nicht nur Grünzeug essen. Meine Nuggets sind alle, gib mir doch bitte noch einen. Ich finde den Weißen, ganz ehrlich, das habe ich doch versprochen. Und, Wehsal riecht doch auch schon den Weißen."

Er riecht den Weißen, hat er gesagt, denke ich plötzlich. Ich mag es kaum glauben.

„Stopp, Leute!", ordne ich an und sortiere gedanklich Wehsals Aussage. Wehsal hat die Fährte des Weißen aufgenommen? Wehsal ist zwar in gewisser Weise unberechenbar, aber für eine

Falschaussage ist er zu feige, auch wenn es um Kakaonuggets geht. Ich frage den Hünen: „Sehendes Auge, hast du schon die Fährte des Albinos aufnehmen können?"

„Noch nicht, auch wenn uns die Spuren in der Landschaft letztlich sicher den Weg weisen werden. Ich weiß aber, dass Wehsal einen sehr ausgeprägten Geruchssinn hat. Denkt nur an die Massen von Großechsen eben und Wehsal ist eine halbe Echse."

„Halb Echse oder fast Frosch, das sei dahingestellt. Sehendes Auge, ich informiere kurz den Ersten."

Dann wende ich mich direkt an diesen: „Erster, wir rücken gleich weiter vor. Wehsal hat sehr wahrscheinlich die Witterung des Weißen aufgenommen. Koordiniere ab jetzt unser weiteres Vorgehen mit den beiden anderen Trupps, so präzise es nur geht. Wir sind schon sehr tief im Tal, in einem Hochwaldgebiet. Hier gilt fressen und gefressen werden. Überhaupt, bei Fressen fällt mir ein: Was machen unsere Kirchenfürsten? Sind sie jetzt endlich satt geworden?"

„Kommandant, ja, die sind satt, hatten ihren Mittagsschlaf und sind vor einer Weile allesamt freudig ins Tal gelaufen, teilweise mehr vom Wein als von Gott beseelt. Nur die Bischöfin ist hier geblieben und der Buddhist, der sitzt nach wie vor am Rand des Plateaus."

„Erster, habe ich richtig verstanden? Sie sind allein ins Tal, ohne jeglichen Begleitschutz?"

„Ja, Kommandant, sie verbaten sich Begleitschutz und betonten, dass sie mit Gott gingen, er würde ihnen als Begleitung mehr als genügen. Außerdem wäre ihnen vom Obersten Rat zugesichert worden, dass sie Entscheidungsfreiheit besäßen, wenn es die grundsätzliche Situation zuließe. Außerdem wären doch auch genug Soldaten im Tal, bemerkten sie noch."

Oh, das riecht nach Ärger, viel mehr, nach einem gewaltigen Problem, ist meine begründete Befürchtung. Genervt fahre ich den Ersten ungewohnt scharf an: „Erster, spinnst du jetzt? Ich hatte nur das Plateau freigegeben. Du hättest zumindest mit mir Rücksprache halten müssen. Hier unten fehlt nur noch ein TRex, dann wäre der Jurassic Park fast komplett. Hier dürfen die Kirchenleute auf gar keinen Fall hineingeraten! ZZ, schick sofort einen Trupp hinterher, der muss sie rechtzeitig einholen! Und, es sollen sich je sechs der Soldaten beider Suchtrupps abspalten und zurückbewegen. Sie sollen sich am Übergang zum Hochwald zu einer breiten Kette zusammenschließen."

„Verstanden, Kommandant, ich bitte meinen Fehler zu entschuldigen. Der weitere Trupp ist gleich fertig und wird sofort ins Tal geschickt."

Schnell fügt er hinzu: „Kommandant, der Trupp Soldaten ist viel schneller als die Kirchenleute und wird sie sicher rechtzeitig einholen."

„Erster, dein Wort im Ohr des jeweiligen Gottes der Fürsten. Leute! Auch von uns müssen sechs Männer sofort zurück, auf demselben Weg, den wir gekommen sind. Ihr bildet die Mitte der Kette vor dem Hochwald. Du hast mitgehört, Erster? Dass mir da bloß nichts schief geht!", brülle ich.

„Sehendes Auge, wir anderen folgen Wehsal!", rufe ich, senke meine Stimme nochmals und äußere mit zur Seite geneigtem Kopf: „Dann lauf, Wehsal, aber nur so schnell, dass wir Schritt halten können. Das ist bestimmt besser für dich, womöglich läufst du sonst dem Weißen direkt in die Arme. Das willst du doch nicht, so ganz allein, oder?"

„Langsames Laufen ist für Vierbeiner, besonders wenn sie wie ich nur drei Beine haben, noch viel, viel anstrengender", antwortet er schlitzohrig.

„Hör auf, Wehsal, schau doch selbst, dein viertes Bein ist ja schon zur Hälfte wieder nachgewachsen", werfe ich feststellend ein, nicke aber mit verständnisvoller Miene und ich gebe weiter nach: „Gut, einen weiteren Kakaonugget für das langsame Laufen eines Dreieinhalbbeiners."

Gleichzeitig überfällt mich die Überlegung: Wann werden wohl die Vorräte von Kakaonuggets restlos aufgebraucht sein? Wir werden ihm auch anderes bieten müssen, schlussfolgere ich und denke automatisch an die fettige, deutsche Bratwurst. Sofort bemerke ich in mir ein abrupt aufsteigendes, brennendes Hungergefühl. Den Rest des Nuggets hinunterschmatzend läuft Wehsal gekünstelt langsam los. Ich habe immer noch das Bild einer Bratwurst klar vor Augen und stelle mir deren Geruch und Geschmack vor. Gereizt rufe ich nach vorne: „Wehsal, lass dich aber auch nicht von uns überrennen. Ich fordere von dir eine uns angepasste Geschwindigkeit, auch ohne Kakaonuggets, doch zumindest mit deinem eigenen Kopf, den du bestimmt noch länger auf dem Hals tragen möchtest!"

Und, ich drohe weiter: „Wir Zweibeiner haben auch ganz furchtbaren Hunger! Überhaupt, es wäre jetzt an der Zeit sich einmal die Frage zu stellen: ‚Schmeckt ein Dreieinhalbbeiner gegrillt oder gekocht besser?'"

Wehsals Tempo ist unserer Laufgeschwindigkeit optimal angepasst, eins seiner spitzen Ohren nach vorn und eins ständig zu uns nach hinten gerichtet. Na also, du Schlitzohr, bist ja recht lernfähig, denke ich. Eine flexible Pädagogik ist unter diesen Umständen gefragt, schlussfolgere ich zufrieden und stelle mir Wehsal auf einer Schulbank vor.

Wir kommen schnell voran. Der Wald wird zusehends lichter und helles Grün dominiert nun die Umgebung. Ein weites Tal, gekennzeichnet durch kleine Auenwälder, öffnet sich vor uns.

„Unsere Heimat!", ruft Sehendes Auge. „Seht Ihr in der Ferne die bewachsenen Felsen, auf der anderen Uferseite des Flusses? Dort lebt ein Teil unseres Volkes. Eine der Felsenhöhlen ist auch Heimat meiner Familie."

Wir machen Halt, nutzen den Moment, um zu verschnaufen und um ein wenig zu essen und zu trinken.

Ich sehe mich um. Das Tal ist paradiesisch. Sein Verlauf folgt einem breiten, ruhig fließenden Gewässer. Das Blau des klaren Flusses konturiert Schilf, das Violett blüht. Gelb blühende Sumpfpflanzen bestimmen die breiten Uferbereiche. Dort erheben sich lichte Palmfarne und formen die kleinen, hellgrünen Auenwälder. Ich fühle mich frei, lockere meine Muskulatur und schaue mich weiter um. Auf dieser Seite des Flusses, nahe der Horizontlinie, fällt ein Hügel auf. Er sieht aus, als hätte man ihn oben abgeschnitten. Auf ihm und um ihn herum ist keinerlei Grün sichtbar. Ich zoome ihn mittels des Visiers heran. Am Fuß des Hügels sind verkohlte Baumstümpfe erkennbar. Sehendes Auge bemerkt mein Interesse am Hügel. Er sagt verhalten: „Das gehört nicht mehr zu unserer Heimat. Das ist der Verbotene Krater."

Er senkt seinen Kopf und ergänzt leise, als dürfe es kein Dritter hören: „Dort fiel er einst mit Feuer vom Himmel. Es ist nicht möglich, den Bereich des Kraters zu betreten. Aus ihm steigen giftige Schwaden auf, die jedem den Tod bringen."

Jetzt bemerkt auch Wehsal unsere Blickrichtung, zieht an meiner Hose und sagt: „Ja, in die Richtung ist er gelaufen, der Weiße. Ich kann ihn riechen, wenn auch nicht mehr so gut, ohne Kakaonugget."

Ich gebe ihm noch eines.

„Sehendes Auge, es liegt dir demnach nichts am Erhalt des stinkenden Kraters?", frage ich vorsichtig.

„An dem Verbotenen Krater liegt mir rein gar nichts. Der gehört nicht zu uns. Er wurde vom Urbösen geschaffen und ist die Wurzel des Geschwürs, das unser Sein bedroht", antwortet er.

„Sehendes Auge, wenn wir Wehsals Spürnase vertrauen läuft der Weiße zum Krater. Kann er dort schon angekommen sein?"

„Nein, das ist weiter als man meinen sollte und so viel Vorsprung hatte er nicht."

„Gut, dann machen wir seine Haustür zu. Erster!", rufe ich, „Gibt es Neuigkeiten? Was ist mit den Kirchenleuten?"

„Keine neuen Erkenntnisse, leider noch nichts, Kommandant."

„Erster, du kennst unsere Position. In Sichtweite liegt ein Krater, er ist sehr markant, keinerlei grüne Vegetation ist auf ihm und um ihn herum."

„Haben wir auf dem Schirm, Kommandant."

„Schick einen Jäger hin, mit Tabu und der stärksten konventionellen Bombe die er tragen kann. Er soll das Gebiet kurz scannen und vor einem Abwurf Meldung machen, mir direkt. Vorsicht, der Jäger darf nicht zu nah ran, dort gibt es aufsteigende Giftgase."

„Verstanden, Kommandant."

„Also, Sehendes Auge, die Leute und du, Kakaonuggetmonster, bleiben noch eine Weile hier. Was haben wir denn eigentlich noch an Essbarem dabei, reicht es für ein Picknick?"

Donnernd rast der Jäger über unsere Köpfe hinweg. Er folgt dem Verlauf des Flusses und hat wenig später den Krater erreicht.

„Jäger an Kommandant, Copilot ruft den Kommandanten!"

„Ich höre, Copilot."

„Der Krater scheint tief zu sein. Farbige Schwaden steigen aus ihm auf. Sie sind dicht, daher kann man nicht bis auf den Grund blicken. Um den Rand des Kraters liegen vereinzelt Wrackteile, die bunt glänzen."

„Ich höre, weiter!"

„Etwas abseits des Kraters, da ist etwas Unbeschädigtes. Ja, sieht aus wie eine kleine Rettungskapsel, auch bunt glänzend. Da ist in letzter Sekunde noch jemand raus, aus dem Mutterschiff, bevor es mächtig gekracht haben muss."

„Copilot, könnt ihr in der Gegend den Weißen ausmachen?"

„Nein, Kommandant."

„Copilot, ist euer Jäger zusätzlich mit Luft-Bodenraketen bestückt?"

„Ja, Kommandant, mit zwei an der Zahl."

„Gut, dann blast die Kapsel weg."

Wehsal zuckt kurz zusammen, da für ihn wegblasen ein sehr negativ besetztes Wort ist. Ich spreche Sehendes Auge an. „Jetzt nehmen wir Albino Frankenstein ein weiteres Stück seiner Vergangenheit."

Wir hören ein pfeifendes Geräusch und darauf eine Detonation. „Jäger an Kommandant! Die Kapsel ist nicht mehr auszumachen."

„Gut, Copilot! Setzt jetzt die Tabu in die Mitte des Kraters und beginnt dann mit der schweren Bombe den Krater zu schließen."

„Verstanden, Kommandant."

Jetzt sind zwei, kurz aufeinander folgende, sehr viel lautere Detonationen zu hören. Auch ist die zweite Explosion für uns gut sichtbar. Große Mengen an Gesteinsmaterial sind in Bewegung.

„Kommandant an Copilot, wie sieht es aus?"

„Die Hälfte des Kraters ist eingebrochen, Kommandant."

„Verstanden. Das war so zu erwarten, einen Berg sprengt man nicht mit einer Bombe. Nun, dann holt noch eine."

„Wird gemacht, Kommandant."

Das Kampfflugzeug donnert in umgekehrter Richtung über unsere Köpfe hinweg.

„Leute, bleiben wir also weiterhin hier. Ich hatte vorhin ja schon gefragt, aber ist vielleicht noch etwas Essbares für eine weitere Pause übriggeblieben?"

Erst hören wir nur einen leisen hohen Ton. Sekunden darauf ist sein Geräusch wiederum nahezu unerträglich und wir sehen den Jäger fliegen. Nochmals ist eine gewaltige Explosion zu erkennen und mit leichtem Versatz auch zu hören.

„Kommandant an Copilot, wie sieht es jetzt aus?"

„Kommandant, das Gelände ist für eine neue Landschaftsgestaltung vorbereitet."

„Oberst, Sie fliegen selbst? Na, dann beschreiben Sie mal weiter."

„Kommandant, der Hügel sieht jetzt aus, als gehöre er zu einem Mittelgebirge meiner Heimat. Ein wenig Grün fehlt allerdings noch."

„Ach, stimmt, Sie kommen aus Deutschland. Darum schmeckt ihnen auch die Bratwurst so gut. Auf jeden Fall gut erledigt, die Arbeit. Dann ab nach Hause. Erster Offizier! Gibt es Neuigkeiten?"

„Keine guten, Kommandant, leider sehr tragische. Eben erhielten wir Meldung vom zuletzt geschickten Trupp. Die Kirchenleute waren den Soldaten panisch in die Arme gelaufen. Nachdem man sie beruhigen konnte, berichteten sie von einem Überfall. Daraufhin hat man ganz in der Nähe Kardinal Luzzani tot aufgefunden, auf dem Bauch liegend, erschossen, mit einem Pfeil. Er ist fast nur noch an seiner roten Robe zu erkennen. Getier hatte sich bereits an ihm bedient, wahrscheinlich größere Warane."

„Oh verdammt! Erster, Moment, der Sprachwandler ist in Dauerbetrieb und laut gestellt. Sehendes Auge hat alles mitbekommen. Er möchte etwas dazu sagen."

„Kommandant, wie ist der Pfeil beschaffen, wie ist er hinten bearbeitet?"

„Erster, du hast die Frage gehört?"

„Ja, Kommandant, das hatte ich auch schon hinterfragt. Mir ist der ganze Pfeil beschrieben worden. Er ist sehr lang. Die Spitze ist rund, aus vulkanischem Glas, nicht besonders genau bearbeitet. Hinten befinden sich weiche, längliche Schuppen einer Echse, die gewunden angeordnet sind. Der Pfeil dreht sich nach dem Abschuss also schnell um seine eigene Achse. Sobald der Trupp wieder zurück ist, geht der Pfeil sofort ins Labor."

„Kommandant, das ist ein Pfeil der Querdenker. Sie sind wahre Meister des Bogenschießens. Sie werden den rot gekleideten Mann aus der Entfernung für einen Schergen gehalten haben. Mit ihren langen Kompositbögen treffen sie aus enormer Entfernung. Ihre Pfeile mögen nicht schön sein, aber sie erfüllen ihren Zweck. Sie bohren sich tief in die getroffenen Körper, tödlich tief."

„Ich habe verstanden, Sehendes Auge. Erster! Die Sperrketten auflösen und die Leute zusammenziehen. Die Trupps sollen zu uns aufrücken. Vorsicht, wie ich bereits sagte, es geht durch gefährliches Gelände. Einen Kampfroboter an die Spitze und einen ans Ende. Die gestreiften Raubkatzen jagen im Rudel und können gleichzeitig aus allen Richtungen kommen."

„Verstanden, Kommandant, gebe ich so weiter."

„Leute, wir laufen weiter in Richtung des Kraters. Du, Wehsal, führst uns weiter, immer der Nase nach!"

Wir sind gerade losgelaufen, da bleibt Wehsal auch schon irritiert stehen. Geduckt schaut er sich ängstlich in alle Richtungen um. Ich gebe den Soldaten das Zeichen in Feuerbereitschaft zu gehen.

„Wehsal, was ist los?", frage ich in kniender Stellung und mit gezogener Waffe.

„Kommandant, der Geruch des Weißen ist jetzt ganz stark. Er ist hier in der Nähe."

„Sehendes Auge, was meinst du?"

„Ja, Kommandant, jetzt kann ich ihn auch riechen. Da drüben ist ein abgeknickter Zweig, dort ist er in das Dickicht."

Sehendes Auge läuft drei Schritte an und springt über die Farne. Wir laufen ihm hinterher, aber durch die Farne.

„Er läuft zurück, Kommandant!", ruft der Alphakämpfer.

„Er ist wieder auf dem Pfad, Kommandant!", ruft Wehsal.

Wir laufen wieder durch die Farne, auf den Pfad zurück. Wehsal hat recht, der Albino hat uns umgangen und läuft zurück, in die Richtung des Hochwaldes. Jetzt taucht Sehendes Auge hinter ihm auf. Brüllend und seine Waffe schwingend ist er ihm auf den Fersen. Wir rennen hinter ihnen her. Der Weiße mag träger sein als Sehendes Auge, aber seine Beine sind länger und er gewinnt immer mehr Abstand. Sehendes Auge ändert seinen Laufstil von dem eines Sprinters in den eines Speerwerfers und schleudert seine Waffe auf den Albino. Sie trifft den Weißen an der rechten Schulter. Der Weiße bleibt stehen, dreht sich um und schreit wütend. Sein rechter Arm hängt nach unten. Noch bevor der Hüne ihn erreicht hat, hebt der Albino die Waffe auf und schwingt sie mit dem linken Arm um seinen Körper. Sehendes Auge ist unbewaffnet. Er tänzelt vor dem Albino hin und her.

Ich schreie so laut ich kann: „Sehendes Auge, spring zur Seite! Soldaten, gebt Feuer!"

Kaum ist der Hüne aus der Schussbahn, wird der Albino von einem Laserstrahl getroffen. Er trennt dem Weißen den rechten Arm völlig ab. Er wirft die Waffe hin und verschwindet erneut von der Bildfläche. Sehendes Auge macht einen Satz, hin zu seiner Waffe, greift sie und verschwindet ebenfalls im Dickicht.

„Hinterher, Leute!", rufe ich.

Wir laufen das kleine Stück den Pfad entlang, bis zu der Stelle, wo der abgetrennte Arm des Weißen liegt. Hier verlassen auch wir den Pfad. Für einen Moment können unsere Augen dem Hünen noch folgen, bevor die grüne Wand des Hochwaldes Sehendes Auge verschluckt. Wir laufen noch ein Stück weiter, doch wir haben ihn verloren.

Einen Kakaonugget auspackend rufe ich: „Wehsal, nach diesem Zickzackkurs haben wir die Spur verloren. Nur du kannst sie wieder finden. Such sie, aber lauf nicht zu schnell!"
Wehsal läuft zielsicher los.

Wir sind schon wieder tief im Hochwald, als Wehsal plötzlich stehen bleibt. Wir sehen sofort, warum. Auf einer Erhebung steht der Hüne. Er scheint sich zu orientieren, sucht auf dem Waldboden nach Spuren. In seine Richtung laufend verfolgen wir, wie er seinen Blick nach oben wendet. Zu spät, der Weiße stürzt sich von einem Baum auf Sehendes Auge. Der blutüberströmte Albino umklammert mit seinem linken Arm den Hals des Hünen. Der Weiße überragt den Alphakämpfer, ist trotz der klaffenden Wunde und des enormen Blutverlustes deutlich kräftiger. Wir sind noch zu weit entfernt, können nicht helfen. Die Kräfte von Sehendes Auge schwinden und seine Befreiungsversuche lassen nach. Er bekommt auf Grund der Umklammerung keine Luft mehr. Seine Motorik setzt aus. Der Weiße lässt nicht ab und würgt ihn weiter.

Der Albino schreit auf, scheinbar unbegründet, er löst die Umklammerung und bricht zusammen. Wir haben sie erreicht. Hockend ringt Sehendes Auge nach Luft. Der Weiße liegt eigenartig auf dem Rücken, als ob etwas unter ihm wäre. Wir drehen den Körper um. Ein Pfeil hat ihm die Wirbelsäule durchtrennt. Wir gehen geschockt in die Knie und nehmen Schützenstellung ein. Es ist unheimlich, denn weit und breit ist nichts zu sehen, außer Wald und Getier. Sehendes Auge erholt sich zusehends, greift seine Waffe, steht auf und schaut kurz auf den Pfeil. Darauf ruft er in den Wald, seine blutige Waffe hochhaltend: „Habt meinen Dank! Meine Waffe, sie sei nun die deine!"

Dann holt er weit aus und wirft die Waffe in einen Baumstamm. Wohl als Antwort gemeint bohrt sich fast im selben Moment direkt über ihr ein Pfeil in den Baumstamm.

„Großechsen!", schreit ein Soldat. Wir lassen den Weißen liegen und laufen durch den Wald, in Richtung des Pfades. Nach hundert Metern bleiben wir stehen und sehen uns noch einmal um. Drei Echsen zerreißen den Kadaver des Albinos. Zurück auf dem Pfad treffen wir auf den Trupp Soldaten. Ich kann zu meiner Zufriedenheit feststellen, dass sie vollzählig und unverletzt sind. Der Stellvertretende macht mir Meldung: „Kommandant, wir hinken zeitlich hinterher, denn wir wurden massiv aufgehalten. Das war unglaublich, wie im Circus Maximus, allerdings mit Robotern anstatt Gladiatoren."

„Aufgehalten, Stellvertretender, von gestreiften Säbelzahntigern im Rudel oder von großen Echsen oder sogar von beidem?"

„Ja, erst viele Raubkatzen, dann auch Echsen, Kommandant."

„Also das volle Programm. Hauptsache ist, Stellvertretender, dass ihr das Spektakel überlebt habt. Leute, so weit, so gut! Achtung, aber nur fürs Erste! Jetzt müssen wir auf dem kürzesten Weg zur Festung und dabei ist ein absolut forciertes Tempo gefordert!"

Die Männer sind fertig, ich weiß es, denn ich bin es auch. Einige lassen die Köpfe hängen. Mit Ausnahme der Roboter und Wehsal sieht es hier nicht mehr nach einer schnellen Truppe aus. Das wird mir zu lange dauern, denke ich. Wir müssen aber zum Abend zurück sein. Da braucht es wohl einen schrofferen Ton, denke ich mir, da hilft nichts. Ich werde lauter: „Jetzt nicht nachlassen, Leute, gebt noch einmal alles! Die Sache ist mehr als dringend, sie ist überlebenswichtig. Ich informiere am besten sofort den Ersten Offizier. Diesmal darf auf keinen Fall etwas schief laufen. Die sollen schon mal den Grill anheizen. Heute gibt es leckere Bratwurst!"

Es ist sofort feststellbar, dass eine angenehme Zielsetzung kleine Wunder bewirken kann. Alle laufen wieder sehr schnell.

„Leckere Bratwurst, Kommandant, was ist denn leckere Bratwurst?", fragt Wehsal schmatzend und lässt nicht mehr locker. Doch ich schweige beharrlich, um ihm die Überraschung nicht zu verderben. Während des Rückweges macht Sehendes Auge noch einen Schlenker, abseits des Pfades, und taucht kurz darauf wieder neben mir auf. Ich kann mir ein Grinsen nicht verkneifen und äußere beiläufig: „Waffenkammer?"

Sehendes Auge lacht laut.

Dann erschrecken wir uns fast zu Tode. Die blutige Waffe von Sehenden Auge schlägt knapp vor uns ein. Direkt darauf bohrt sich an derselben Stelle ein Pfeil in den Waldboden. Wir stoppen, gehen in Schützenstellung. Selbst der Hüne scheint verunsichert zu sein. Eine Stimme ruft: „Nimm deine Waffe zurück, ich brauche keinen Dank! Wir alle brauchen keinen Dank, auch nicht den Dank des Sehenden Auges, König der Höhlenmenschen! Möge diese Waffe deine bleiben, für uns taugt sie nichts!"

Sehendes Auge blickt in die Bäume, er sucht nach dem Schützen. Er fixiert etwas, wie auch die Roboter und Soldaten von der Sensorik unterstützt. Ich kann es jetzt auch sehen. Es ist eine Gestalt, hoch oben und kaum wahrzunehmen, mit grün gefärbtem Gesicht. Auch seine Kleidung hebt sich vom Grün der Blätter kaum ab. Er hat seinen mächtigen Bogen auf uns gerichtet. Die Soldaten legen an und gehen in Feuerbereitschaft. Einem der Soldaten wird die Waffe aus der Hand geschossen, fast gleichzeitig einem zweiten und einem dritten. Ich bekomme leise die Meldung des Stellvertretenden: „Kommandant, wir sind umzingelt. Es müssen viele sein."

Ich gebe ein Zeichen, denn die Durchschlagskraft der Pfeile ist uns ja bekannt. Selbst unsere Roboteranzüge würden ihnen nicht standhalten. Wir richten unsere Waffen nach unten. Die Roboter verharren bewegungslos. Sehendes Auge schweigt, hält seine Waffe fest in beiden Händen, mit ausgestreckten Armen nach oben. Ein Waldmann ruft selbstbewusst: „Sehendes Auge, Alphakämpfer und König der Höhlenmenschen, geh mit deinen Freunden, welche auch vom Himmel kamen! Hier treibt sich schon genug Gesindel herum, jetzt sogar schillerndes! Heute haben wir dich vor einem weiß gekleideten Eindringling geschützt, so wie wir heute erstmals einen roten Eindringling töten konnten, einen Schergen des Drachenfürsten! Er war langsam und seine Haut war weich! Der Pfeil konnte tief in ihn eindringen! Geht nun, verlasst unseren Wald! Geht in eure Auen, welche von den fliegenden Drachen beherrscht werden!"

Sehendes Auge antwortet mit mächtiger Stimme: „Bewohner des Waldes, diese, die jüngst mit Feuer vom Himmel kamen, sind unsere Erlöser! Sie bilden das Gegenfeuer, so wie es der weise Berggänger vorausgesagt hatte, jener, welcher dem großen Teil unseres Seins in besonderem Maß ergeben war! Die Neuankömmlinge vernichteten alle Drachen, auch die roten, fliegenden, welche in den Bergen lebten und unsere Auen überfielen! Die Täler sind wieder frei! Schaut heraus, aus eurem Wald, es ist eine friedliche Landschaft geworden! Es gibt sogar vereinzelt noch Herden der Pflanzenfresser, schaut selbst! Bewohner des Waldes, erweist nun eurem Volk einen Dienst, dann werdet ihr in den Auen willkommen sein! Kommt am Tag des Nordvolkes zum großen Himmelskreis! Euch wird Ehre zuteilwerden! Erfüllt folgende Aufgabe: Reduziert ab jetzt die Räuber in den Wäldern, sonst werden sie uns allen schon bald die letzten Herden genommen haben! Schafft mit euren Bögen das alte Gleichgewicht! Lasst nur jedes zehnte Raubtier am Leben, doch dieses zehnte soll stark und gesund sein!"

Als wären sie vom Wald verschluckt worden, bekommen wir keine weiteren Lebenszeichen der Waldbewohner. Wir haben sie verloren. Ich stutze und frage Sehendes Auge: „Was meinte er, als er sagte, dass sich jetzt sogar schillerndes Gesindel herumtreiben würde?", denn ich kann mit dieser Aussage rein gar nichts anfangen. Dann füge ich schulterzuckend hinzu: „Wir wissen zwar von den roten Drachentypen und dem Weißen, aber er sagte doch unmissverständlich ‚schillerndes Gesindel‘?"

„Ja, Kommandant, ‚Hier treibt sich schon genug Gesindel herum, jetzt sogar schillerndes‘, so sagte er. Das habe ich genau so verstanden, doch verstehe auch ich den Sinn nicht. Uns sind nur der rote Drachenfürst, seine roten Schergen und die roten Flugdrachen bekannt, so wie wir um die schwarzen Echsen in den Bergen wussten. Von der Existenz des Weißen erfuhr ich erst während meiner Gefangenschaft in der Festung. Schillernde habe ich zu keiner Zeit gesehen."

„Vielleicht machen wir uns völlig unnötig einen Kopf darum, Sehendes Auge. Vergessen wir das schillernde Gesindel fürs Erste."

Doch wir wollen nicht das Hauptthema vernachlässigen, denke ich und befehle: „Leute, los weiter, jetzt schon den Endspurt beginnen. ZZ, sonst werden die Würste gänzlich verbrannt sein!"

AUSKLANG MIT URKNALL

Das letzte Stück des Rückwegs, der Aufstieg im Felsengang, wurde immer beschwerlicher, trotz der Exoskelette. Doch jetzt sind wir angekommen und endlich wieder in der Festung, im Saal. Es riecht köstlich nach Gegrilltem. Unterhalb des Throns ist die mobile Küche aufgebaut. Mit diesem ersten Eindruck scheinen meine Erwartungen erfüllt zu sein. Der Erste Offizier lässt es sich nicht nehmen, höchstpersönlich als Grillchef zu fungieren. Bei den Mengen an Würsten, Lammfleisch, Beilagen und Getränken muss er sich natürlich von Servicekräften unterstützten lassen. Doch meine Zufriedenheit schlägt mit dem zweiten Blick in Verärgerung um. Was geht denn hier ab, rege ich mich innerlich auf. Ich hatte den Kirchenleuten nur einen kurzen Blick in die Festung erlaubt. Jetzt besetzen sie sogar die Tafel aus Stein, als seien sie hier die neuen Fürsten. Da fehlt ja nur noch die Schweizer Garde am Eingang. Die Bischöfin und den Buddhist sehe ich nicht am Tisch. Ich kann verstehen, warum. Die vom Dienst geplagten Soldaten sitzen an den einfachen, transportablen Tischen, so auch die Offiziere. Sie haben bis auf Brot weder etwas Essbares auf dem Tellern, noch ein angemessenes Getränk im Glas. Die Kirchenleute hingegen wurden alle schon bedient.

„Erster, konntest oder wolltest du dich nicht durchsetzen? Warum sind die nicht im Schiff? Und der Mönch, der sitzt wohl immer noch am Rand des Plateaus und erfährt seine Erscheinungen? Naja, der weiß im Gegensatz zu denen zumindest in Demut und Bescheidenheit zu leben", spreche ich nickend aus.

„Bestimmt ist er zufriedener und sorgenloser als wir", füge ich hinzu. Der Erste nickt zustimmend. Ich nicke zurück.

Gerade erlebe auch ich eine Erscheinung, in der Person von Francis. Ihr Aussehen verbessert meine Laune, sogar erheblich, jedenfalls für den Moment. Die Sommeruniform mit den kurzen Shorts lässt mich ihre langen Beine bewundern, als sie mich auch schon missgelaunt anspricht. Völlig erbost beklagt sie sich über die ständigen, verachtenden Blicke der Fürsten. Der schönste Mann an Bord, der Erste Offizier, trüge ebenfalls Shorts, worüber sich niemand brüskieren würde. Ich nicke und bitte sie, dass sie weitererzählen möge. Die Bischöfin hätten sie bereits vertrieben, obwohl diese ja selbstredend keine Shorts trüge. Sie selbst schaue sich das auch nicht mehr lange an. Der Hindu begegne ihr mit besonders finsterer Miene und so herabwürdigend, dass es schlimmer nicht ginge. Es reiche ihr und sie würde den Herren gern eine Kostprobe ihrer militärischen Kampfkunst gönnen, mitten ins Gesicht, dann fände das mit den penetranten Blicken ganz schnell ein Ende. Ich nicke zustimmend, nehme ihre Hand und fühle mich mittlerweile wie ein nickender Wackeldackel. Das ständige Nicken täuscht über meinen wirklichen Gemütszustand hinweg. Ich koche innerlich, reiße mich aber zusammen und äußere hungrig: „Jetzt aber schnell die leckere Rostbratwurst auf die Tische, für mich mit schön viel Senf. Wir kippen nämlich gleich komplett aus den Latschen."

Wehsal reagiert interessiert und mustert alles, was für ihn zu überschauen ist und blickt vorwurfsvoll in die Augen des Grillchefs. Mich nachäffend äußert er: „Ja, schnell die leckere Bratwurst mit Rost auf die Tische, für mich auch mit schön viel Senf. Wir kippen nämlich gleich komplett aus den Latschen."

Dann sieht er mit großen, gierigen Augen an mir hoch und fragt schmatzend nach: „Kommandant, wo haben wir eigentlich die Latschen? Schmeckt komplett ebenso gut wie lecker Rost mit Bratwurst und schön viel Senf?"

Das anhaltend laute Lachen des Ersten Offiziers und der Herumstehenden lässt keine Antwort zu. Zumindest hilft Wehsal auch mir zwischenzeitlich aus dem Stimmungstief, in seiner sich verfestigenden Funktion als Hofnarr. Doch habe ich immer noch keine Wurst auf dem Teller, schaue wieder äußerst schlecht gelaunt zur Steintafel und verfolge das miese Schauspiel.

Die Fürsten trinken, essen und übertreffen sich am laufenden Band mit besonders geistreichen Sprüchen. Aus den Sprüchen entsteht unvermittelt schon wieder ein lauter Streit. Die Auseinandersetzung wird so niveaulos, dass es mich nicht mehr auf meinem Platz hält. Ich stehe auf und wende mich ungehalten an die Patriarchen. „Mit welcher Begründung glauben Sie hier tafeln zu dürfen?", rufe ich erzürnt.

„Soll etwa die Trauer um Kardinal Luzzani die Begründung hierfür sein?"

Die Fürsten schrecken zusammen und schauen mich verängstigt an. Ich fahre ohne Rücksicht fort: „Das ist keine Trauerfeier, so wird kein Verstorbener gewürdigt. Sagen Sie mir bitte, warum ist hier noch nicht einmal der Ansatz eines angebrachten Gedenkens an den erschossenen Kardinalzu spüren? Und so sieht auch nicht der vom Rat geforderte Dialog zwischen den Kirchen aus und schon gar keine gegenseitige Wertschätzung oder wenigstens Akzeptanz."

Der orthodoxe Jude antwortet: „Kommandant, in einem Punkt sind wir uns fast alle einig. Kardinal Luzzani wird mit seiner römisch-katholischen Überheblichkeit wohl den Zorn Gottes auf sich gelenkt haben, denn wir anderen blieben ja unbehelligt. Dieser von Grund auf böse und teuflische Planet lässt den Schluss zu, dass der mächtige Erzengel Gabriel selbst über ihn wacht und er es war, der den Kardinal richtete."

Der Muslim stimmt ihm zu, mit einem seinerseits überheblichen Gesichtsausdruck. Nicht allein wegen meiner Unterzuckerung muss ich mich zusammennehmen, um nicht völlig auszurasten, werde aber wiederum laut: „Sie sprechen vom Zorn Gottes, der so allmächtig ist? Nach Ihren bisherigen Äußerungen gestaltet sich meine Meinung dazu sehr einfach. Diese zu äußern, betrachte ich in Folge Ihrer Aussagen als erlaubt. Kardinal Luzzani mag eine überhebliche Art an den Tag gelegt haben. Aber warum sollte der über dem Universum stehende Gott gerade auf Kardinal Luzzani zornig gewesen sein? Warum sollte er einen Engel beauftragt haben, ihn wie ein Killer zu richten? Da wären wohl vorher andere an der Reihe gewesen. Bevor Sie vor Ihren Gott treten, früher oder später, werden Sie den Machthabern auf Erden, dem Obersten Rat, Rede und Antwort stehen müssen. Ich bin gehalten dem Rat eine Beurteilung abzugeben. Diese wird Ihrem Verhalten bislang kein vorteilhaftes Zeugnis ausstellen. Zur angeblichen Anwesenheit Ihres Erzengels Gabriel: Das komplettiert Ihre Ansichten zu einer skurrilen Spinnerei. Mag sein, dass es vielleicht schlicht zu viel des roten Weins war, oder die roten Drachenstatuen bereiten Ihnen ein Problem. Diese ähneln tatsächlich bekannten Darstellungen eines sogenannten Teufels, so leuchtend rot wie sie sind. Ein einziges Wesen hob sich auf diesem Planeten farblich ab, weil er gar keine Farbe besaß. Der Weiße entsprach von seinem Aussehen der hinlänglichen Darstellung eines göttlichen Vaters."

„Kommandant! Dann könnte Ihr sogenannter Albino tatsächlich heilig sein. Vermessen Sie sich nicht, er ist wahrscheinlich hochheilig, wie unsere weißen Ratten im Karni-Mata-Tempel", wirft der Hindu ein. Ich schlage meine Hände geistig über dem Kopf zusammen und antworte ironisch: „Vielleicht, eine Reinkarnation, eine Wiederfleischwerdung, ja, das meinen Sie? Dann fasse ich mal zusammen: Ein Weißer, der vielleicht so heilig war wie weiße Ratten und ganz nebenbei rote Monsterechsen erschuf. Oder ist es nicht eher ein Grüner, der heilig ist? Wir besitzen gesicherte Erkenntnisse darüber, dass sich der vermeintliche Erzengel Gabriel sein Gesicht grün färbt und grüne Gewänder trägt. Das Schiff wird von Ihnen ab sofort nur noch mit meiner ausdrücklichen Genehmigung verlassen."

Es hat mir gut getan, das auszusprechen. Ich weise ein paar Soldaten an, die Kirchenleute in den Speisesaal des Schiffs zu begleiten. Sehendes Auge spricht mich verwundert an: „Kommandant, ihr hattet doch gesagt, dass ihr euch auf eurem Planeten einig seid."

Ich räuspere mich und antworte ihm etwas kleinlaut: „Ja, wir sind auf einem guten Weg zu unserer Einigung. Immerhin sind wir Raumreisenden uns so einig, dass wir alle den Sieben-Sterne-Kreis tragen."

Die Fürsten sind aus dem Saal der Festung verschwunden. Ich schaue mich um und frage ruhig: „Ist hier jemand im Raum, der den katholischen Glauben in sich trägt und angemessene Worte für den Kardinal finden kann?"

Der Oberst meldet sich zu Wort. „Kommandant, ich bin ein Katholik."

„Oberst, ausgerechnet Sie, mit Ihren frevelhaften Sprüchen? Sie sind ein Katholik?", hake ich ungläubig nach.

„Ja und nein, ich bin zumindest katholisch erzogen worden, Kommandant."

„Oberst, dann bitte ich Sie, treten Sie an diese Tafel aus Stein. Möge sie den Grabstein des Kardinals symbolisieren. Treten Sie an die Stirnseite, kommen Sie, sprechen Sie feierliche Worte. Seien Sie es, der die Trauerfeier einleitet. Sie sind nicht auf den Mund gefallen. Schauen Sie, ich schenke Ihnen persönlich ein. Wollen wir doch mal sehen, welches Tröpfchen wir hier haben. Oh, sehr erlesen, vom Feinsten darf ich sagen. Chateau de Lamarque, ein herrlicher Haut-Médoc. Aus deiner Heimat, hörst du, Francis? Erstaunlich mit welchen besonderen Köstlichkeiten die Kirchenleute verwöhnt werden. Was für die Fürsten gerade gut genug ist, wird auch Ihnen munden und dem Kardinal würdig sein. Oberst, nehmen Sie ein Glas des besten Rotweins."

Der Erste Offizier bringt das Kreuz, das der Kardinal an seiner Kette trug und eine Kerze.

„Erster, leg es bitte auf die Steintafel."

Er legt das Kreuz samt Kette in die Mitte der Steintafel. Aus der Kette formt er einen Kreis, stellt die Kerze hinein und entzündet sie. Ich sehe den Oberst auffordernd an. „Oberst, sind Sie bereit, wollen Sie beginnen? Übrigens, die Empfindlichkeiten der Kirchenfürsten sind jetzt egal, da diese ja nicht mehr hier sind. Sprechen Sie frei heraus."

Der Oberst leert das Glas mit nur einem Zug, zögert unmerklich und beginnt laut zu sprechen: „Liebe Anwesende, liebe Kameradinnen und Kameraden, Glaube, Liebe und Hoffnung sind die christlichen Tugenden, die den Kardinal begleiteten. Aufgrund seines Todes stellen wir uns alle wahrscheinlich wieder die Schlüsselfrage: Gibt es ein Leben nach dem Tod, wenn ja, was erwartet uns? Hier greifen die Religionen. Sie versprechen uns gern ein Paradies, wenn wir nur ihrem jeweiligen Glauben folgen. Aber, wehe wenn nicht, dann drohen sie uns mit einer sogenannten Hölle. Das uns geschenkte, irdische Paradies ist uns auf Erden genommen worden, nicht mehr existent. Viel zu viele Höllen wurden von den Menschen selbst geschaffen, nicht von einem Gott und schon gar nicht von einem Teufel. Wir Militärs, die wir unter dem Sieben-Sternen-Kreis, dem Heptagon stehen, glauben wie jeder Zivilist an dieses oder jenes. Unsere Wirklichkeit ist es zu dienen, keinem Gott, keinem Teufel, sondern nur der Menschheit, damit dem Leben jedes einzelnen Individuums. Einzig das irdische Leben zählt. Dass es ein Leben danach gibt, kann niemand belegen, und es ist für unser Handeln auch völlig sekundär. Wir müssen realen Gefahren die Stirn bieten. Dafür verdrängen wir unsere Ängste, so gut es nur geht. Kameradschaft und Training geben uns Halt. Wenn wir Militärs auf etwas hoffen, dann ist es das Erreichen eines Ziels. Man kann auch sagen, dass unser Glaube darauf begründet ist. Unser Handeln wird also von einer Zielsetzung bestimmt. Wir beschreiten gemeinsam einen Weg dahin und haben dadurch eine bessere Aussicht auf Erfolg. Die Liebe spielt dabei leider eine untergeordnete Rolle oder bleibt zuweilen ganz auf der Strecke. Wir Militärs dürfen schon gar nicht leichtgläubig sein, denn dann würden wir irgendetwas um des Glaubens Willen glauben. Das Eintreffen dessen, woran man dann glauben würde, besser gesagt, worauf man hoffen würde, ist mehr als in Frage zu stellen. Im Gegensatz zu Propheten folgen wir grundsätzlich keinen Eingebungen und himmlischen Offenbarungen, jedoch Befehlen. Die Kreativität und Intuition, welche man Propheten durchaus unterstellen kann, ist auch uns gegeben. Beim Militär entscheidet die Kreativität jedoch nicht über die Anzahl der Jünger, vielmehr über den Dienstgrad. Kirchen akzeptieren sich nicht gegenseitig. Damit akzeptieren sich auch zu viele Länder nicht gegenseitig. Das ist dann keine Religion, sondern kurzsichtige Politik und widerspricht einer friedlichen, globalen Gesellschaftsordnung. Das tolerieren wir nicht, da es die Unfreiheit des irdischen Handelns bedeutet. So oder so, wir trauern jetzt um den Kardinal und wollen uns an dieser Stelle nicht weiter den Kopf zerbrechen. Wie die Glaubenswurzeln des Kardinals zum tiefen, katholischen Glauben erwuchsen, weiß keiner von uns. Doch wir wissen: So wie wir den Mut aufbrachten, brachte auch er den Mut auf und reiste mit uns. So wie viele unserer Kameradinnen und Kameraden ihr Leben ließen, ließ auch der Kardinal sein Leben, unserem Geburtsstern so fern. Das verlangt unseren Respekt, Kameradinnen und Kameraden! Wünschen wir seiner Seele die von ihm erhoffte Erfüllung. Lasst uns die Gläser auf Kardinal Luzzani hoch erheben!"

„Oberst, ich fülle nochmals Ihr Glas!", rufe ich und ergänze leise in mich hineinsprechend: „Alle Achtung, dem Kardinal und dir. Das hast du frei aus der Westentasche formuliert. Deinen Mut nehme ich dir zu einhundert Prozent ab, wie alles andere auch."
  Der Oberst wird mir allmählich richtig sympathisch, der dicke Deutsche.

Wir essen, trinken und lachen. Die Bratwurst ist wiederum ein Gedicht. Auch Sehendes Auge scheint die fettige Wurst zu schmecken. Ich nehme mir noch eine Wurst. Auch er greift nochmals zu und bemerkt: „Wirklich sehr lecker die Bratwurst, Kommandant, was für ein Geschenk des Lebens. Sagt, was hat es bei euch mit der Frage hinsichtlich des Lebens nach dem Tod auf sich? Jeder weiß doch, dass es ein Leben nach dem Tod gibt. Es sind unsere Kinder, die dann weiterleben. Oder es ist ein Schmetterling, der über unsere Gräber fliegt. Oder es ist der Baum, der auf einem Grab gepflanzt zu einer gewaltigen Höhe erwächst, um sich schließlich mit anderen Bäumen zu verbinden."
  „Sehendes Auge, ihr begrabt eure Toten in den Hochwäldern und pflanzt die Art Bäume auf den Gräbern, die zu den Giganten erwachsen?"
  „Ja, Kommandant, was sollten wir denn sonst tun? Schließlich entstammen wir doch den Wäldern."

„Sehendes Auge, das klingt weise, aber gerade auf unserem Planeten denken viele anders darüber. Lass uns noch eine Weile darüber sprechen. Überhaupt, zu den grünen Giganten fällt mir ein. Ich sage dir, dass es das Grün ist, das wirklich heilig ist. Und außerdem, ganz genau betrachtet, ist Gott gegebenenfalls eine Göttin. Gut, dann aber vielleicht besser nicht grün. Überlege einmal, wenn das Universum tatsächlich von Gott geschaffen, genauer gesagt aus ihm, nein, ihr geboren wurde, dann muss Gott weiblich sein. Auf eine einzige himmlische Göttin, ihre Fruchtblase und den Urknall bezogen reduziert sich die Frage auf: ‚Wer war zuerst da, die Fruchtblase oder der Urknall?‘ Nun reichts aber, genug göttlichen Garn gesponnen. Nimmst du auch noch ein Glas Wein und eine Wurst vielleicht auch?“

„Natürlich, Kommandant.“

„Du, Sehendes Auge, jetzt mal eine ganz andere, eine rein militärische und vertrauliche Frage: Wie viele Waffenkammern hast du eigentlich und wo …“

Das Kreuz liegt in unserer Mitte, auf der Tafel aus Stein. Die Kerze brennt herunter und erlischt.

DIE KLONE

„Macmacs an Kommandant! Macmacs ruft dringend den Kommandanten! Kommandant, hören Sie mich nicht?"

„Ja doch, Macmacs, ich höre dich! Ich bin hier mit einer Wurst beschäftigt. Überhaupt, warum seid ihr immer noch nicht hier? Was ist so dringend, dass ihr die leckeren Bratwürste auf euch warten lasst? Los, hierher, ZZ!"

„Kommandant, wir mussten neueste Daten einer Aufklärungsdrohne auswerten. Es war ein Glücksfall, nein, doch kein Glücksfall, oder doch? Nach der ersten Sichtung war es nur eine Vermutung, ein Anfangsverdacht. Daran wollten wir aber lieber nicht glauben. Leider haben es alle Analysedaten bestätigt. Die Drohne hat tatsächlich zwei Weiße ausgemacht. Es sind ganz eindeutig Weiße, auch wenn sie nicht weiß gekleidet sind. Das ist jetzt sicher belegt, ganz sicher. Sie tragen Anzüge, die einen Chamäleoneffekt besitzen."

„Stopp, Macmacs!"

Mir fährt es durch die Knochen und die Wurst bleibt mir im Hals stecken. Das ist jenes schillernde Gesindel, von dem der Waldmann gesprochen hatte, denke ich.

„Macmacs, mehr dazu, aber das Wort ‚Glücksfall' streichst du."

„Kommandant, es ist faszinierend, ganz und gar faszinierend. Die nehmen die Farbe ihrer Umgebung an. Man kann auch sagen, dass sie ihre Umgebung spiegeln. Von daher verschwimmen sie im Umfeld und sind kaum auszumachen. Sie hatten sich zu schnell bewegt, etwas zu schnell bewegt. Nur so konnte sie die Sensorik erfassen. Es war einzig die zu schnelle Veränderung ihres Oberflächenbildes oder eine Reflektion. Ja, eher eine ungewollte Reflektion, ja, sieht wie eine Reflektion aus. Also doch ein Glücksfall."

„Macmacs, mehr, aber ich sagte es bereits! Sprich nie wieder von einem Glücksfall, wenn es um weiße Monster geht und faszinierend verkneifst du dir auch! Das ist nämlich suboptimal, aber sowas von!"

„Ja, Kommandant, Albino Frankenstein im Doppelpack ist suboptimal, zugegeben. Entweder waren es ursprünglich Drillinge oder es sind Klone, was wahrscheinlicher ist, zumindest einer von ihnen. Wenn es Klone sind, muss es sie schon länger geben. Es sei denn, Frankenstein hatte einen Genbaustein für Turbowachstum eingebaut. Das ist aber unwahrscheinlich. Dass sie wesentlich schneller als wir Menschen wachsen, halte ich hingegen nicht für unwahrscheinlich. Äußerste Vorsicht, denn schlimmer gehts immer. Es könnte durchaus noch mehr von diesen Weißen geben, jede Menge sogar. Der Name Albino Frankenstein passt immer besser. Wir wissen nicht, ob ihre Gehirne womöglich miteinander in Verbindung stehen, auch und gerade auf Distanz funktionieren. Es scheint sogar relativ logisch und wahrscheinlich, dass sie miteinander verknüpft sind, sehr wahrscheinlich sogar. Verknüpfte Chamäleons, also äußerste Vorsicht, Kommandant."

„Macmacs, die Rettungskapsel am Krater wurde beschrieben. Sie wäre für drei solche Riesentypen zu klein gewesen. Bleiben wir bei der Theorie von Klonen. Einen haben wir erledigt, der kann sich nicht mehr verknüpfen. Was meinst du, hatten wir den ursprünglichen, also den wahren weißen Heini, oder einen Doppelgänger erwischt?"

„Völlig egal, Kommandant, das Alter, also der Zeitpunkt der Entstehung, ließe sich nur anhand einer Körperanalyse bestimmen. Aber wie gesagt, völlig egal, sie sind alle gleich. Original oder Kopie, einer ist so schlau und so gefährlich wie der andere, ganz genauso gefährlich. Äußerste Vorsicht, Kommandant."

„Macmacs, wo wurden die beiden Weißen überhaupt ausgemacht?"

„In der Nähe des ehemaligen Kraters, Kommandant."

Warum treiben die sich da herum, überlege ich. Äußerste Vorsicht, Quatsch, höchste Gefahr im Verzug, es ist kein Aufschub erlaubt, ist mein abschließender und ernüchternder Gedanke.

„Verstanden, Macmacs! Kommandant an alle Einheiten! Ich wiederhole, Kommandant ruft alle verfügbaren Kräfte!

Achtung! Gefahr im Verzug, höchste Alarmstufe! Weitere Weiße wurden ausgemacht! Ihre Anzahl ist unbekannt! Ihre Positionen sind unbekannt! Vergesst nicht die Echsentypen! Wahrscheinlich haben zwei überlebt, einer könnte der Fürst selbst sein! Alles, was fliegen kann, sofort mit Luft-Bodenraketen bestücken. Beide Vertikalstarter zuerst raus. Erster, gib ihnen die Koordinaten der Felsensiedlung von Sehendes Auge. Seine Leute sind dort einer höheren Gefahr ausgesetzt. Die Siedlung ist mir zu nahe am Krater. Ich erwarte ständig Meldungen. Schickt dann die Drohnen raus, zum Gebiet des Kraters. Danach die Jäger, auch in das Zielgebiet des Kraters. Ihr müsst das Schiff und die Festung sichern. ZZ, vernichten wir diese weißen Heinis!"

Wir hatten uns den weiteren Verlauf des Abends ganz anders vorgestellt. Francis sieht mich auf eine mir bekannte Art an, sodass ich deutlich ihre kalte Schulter spüre. Doch nach einem kurzen Moment zeigt sie Verständnis, schaut etwas traurig und besorgt. Sie ahnt, was nun kommt. Ich beschreibe mit zuckenden Schultern sowie durch Drehen meines Zeigefingers auf dem Zifferblatt einer imaginären Armbanduhr einen unbekannten Zeitablauf. Jetzt wende ich mich den Soldaten zu: „Leute! Die Hauptsache ist einzig der Sieg über diese weißen Ungetüme. Das ist unsere dringlichste Aufgabe und sie erlaubt keinerlei Aufschub. Es bedarf nun wiederum einer weiteren Anstrengung, eines weiteren Kampfes. Und wieder ist euer Mut gefragt. Ich weiß, ihr seid alle fertig und das seit Stunden. Ich bin es auch. Und ich weiß, dass ich es euch eigentlich gar nicht abverlangen kann. Aber, wer mich jetzt, ab diesem Moment, begleiten will, der stelle sich zu mir. Es ist nicht selbstverständlich. Also, Freiwillige vor!"

Keiner zögert, alle sind dabei, auch Sehendes Auge und Wehsal reihen sich ein.

„Euer Kommandant sagt Danke!"

Viele Stimmen antworten: „Das ist selbstverständlich, Kommandant!"

Auch Dr. Okawa ist im Saal und ich spreche ihn an: „Dr. Okawa, geben Sie uns schnellstmöglich von der Substanz, die über viele Stunden wach hält."

Er zögert kurz. „Höchst ungern, Kommandant, denn die Droge wirkt heftig. Die Anweisung lautet, dass ich sie nur im äußersten Notfall ausgeben darf. Aber, ich sehe in diesem Fall die besondere Notwendigkeit ein. Die Weißen stellen eine unberechenbare Gefahr dar. Sie müssen jedoch unbedingt einplanen, in spätestens achtundvierzig Stunden wieder hier zu sein, Kommandant. Dann wird sich ein massiver körperlicher Zusammenbruch einstellen. Dann hilft nur noch Bettruhe. Hier, alle bekommen für diesen Zeitpunkt ein Aufbaumittel. Das kann den körperlichen Zusammenbruch auch leicht verzögern, für den absoluten Notfall."

„Dr. Okawa, bitte, dann verabreichen Sie. Leute! Dr. Okawa gibt jetzt so eine Art Zaubertrank aus. Er hält uns für achtundvierzig Stunden fit. Ich nehme ihn. Die Einnahme ist freiwillig. Nehmt ihr ihn auch?"

„Wir nehmen ihn auch, Kommandant!"

„Danke, Leute!"

Die Verabreichung beginnt und ich schaue erst einmal zu. Nach und nach gerate ich in einen eigenartigen Zustand. Ich fühle mich schwach, bin müde und muss mich setzten. Mit zufallenden Augen gerate ich für einen Moment in einen Tagtraum.

Ich sehe mich an meinem Lieblingstisch, im Garten meines bevorzugten Restaurants. Gustav, der Oberkellner, ist komplett rot gekleidet. Sein Aussehen irritiert mich. Glotzend hält er mir die Speisekarte direkt vor meine Augen. Die ist aus schwarzem Stein. In gewohnter Manier spricht er zudem die Empfehlungen des Tages aus. Als Vorspeise rät er mir zu extratrockenen rotbraunen Weinblättern. Dazu möchte er einen herrlichen alten Rotwein servieren. Nur dieser besäße diese einzigartige rostrote Färbung von gefiederten Flugsauriern. Für den Hauptgang würde er ein rohes, über viele Jahre abgehangenes, in Flugrost gewendetes Fleischstück als passend erachten. Ob das Fleisch denn wirklich schön rostbraun wäre und ob die Küche alternativ eine der vorzüglichen rostigen Bratwürste bieten könne, frage ich nach. Auf meine Frage hin starrt er mich böse an. Entsetzt bemerke ich, dass sich sein Gesicht in das des Weißen verwandelt hat. Ich greife seinen rechten Arm. Der fällt ab, samt der steinernen Speisekarte. Sie zersplittert vor meinen Füßen. Er steht bewegungslos vor mir, als wäre er in Gips gegossen. Mir fällt auf, dass sein verbliebener, linker Arm versteift und ausgestreckt ist. Er deutet in eine Richtung. Ich folge der Weisung, dort weichen die Konturen auf. Es wehen rotbraune Strukturen um mich, die mir ganz nahe sind.

„Francis, ist es dein weiches Haar, das so vertraut riecht und meine Wange streichelt? Antworte mir, Liebste, du bist es doch?"

„Ja", flüstert sie mir zart und erotisch ins Ohr, „ich bin es, deine sexy Göttin, mit dem langen Haar und der eiskalten Schulter."

„Oh ja, meine Francis, züngelnd und zart, wie ZZ. Ich liebe dich so sehr. Wie gut sich deine kalte, weiße Schulter anfühlt …"

„Das kannst du dir zukünftig nur noch wünschen! Meine Schultern werden angenehm heiß. Endlich, passend zur Haarfarbe, wachsen mir rote Flügel, wie ich sie schon immer wollte."

Vor meinen Augen vollzieht sich eine Metamorphose. Francis hat sich in einen Flugsaurier verwandelt und fährt mich zischend an: „Alter Schwede, du genügst mir nicht mehr, denn du bist noch nicht einmal ein Dreieinhalbbeiner und du besitzt keinen einzigen Flügel."

Sie fliegt davon.

Ich rufe verzweifelt: „Liebste, bleib hier, flieg nicht ohne mich! Flieg nicht ohne deinen Kommandanten!"

Dr. Okawa spricht mich leise an: „Kommandant, Sie scheinen sich übernommen zu haben. Nehmen Sie nun auch die Droge, aber besser in Kombination mit diesem Spezialpräparat. Es ist ganz neu entwickelt worden, quasi die Wirkung des Zaubertranks verdoppelnd. Sie brauchen es jetzt sichtlich. Kommandant, Sie sind zwar stärker, aber auch älter als die anderen. Sie schlafen auch weniger als die anderen, aber sind für uns absolut unentbehrlich."

„Dr. Okawa, was erzählen Sie da?"

„Kommandant, passen Sie einfach auf sich auf."

„Danke für den Rat, Dr. Okawa."

Die beiden Wunderdrogen schmecken etwas süß und doch bitter, fast wie Kräuterliköre. Sie zeigen Wirkung und innerhalb von Sekunden komme ich wieder zu klarem Verstand. Ich kann mich meinem liebgewonnenen Wehsal zuwenden. Er schmatzt genüsslich seine fünfte Bratwurst. Oder ist es schon die sechste? Ich spreche ihn sanft an: „Wehsal, wir nehmen jetzt jede Menge guter Kakaonuggets mit, nur für dich. Warte, da kommt noch mehr! Grillchef, ähm, Erster! Lass uns reichlich Gegrilltes mit viel Senf einpacken, zum Mitnehmen bitte."

„Bitte sehr, bitte gleich, Kommandant!"

„Siehst du Wehsal, klappt doch. Kannst du denn dann auch noch die Weißen aus weiter Entfernung riechen, trotz der ganzen Leckereien?"

„Ich kann die Weißen riechen, sagt dein Wehsal, Kommandant, auch wenn er eine leckere Bratwurst hat! Wehsal riecht die Weißen und findet sie auch. Hatte ich doch schon einmal versprochen und gehalten, Kommandant".

Die Truppe steht bereit. Unglaublich, ich fühle mich wie neu geboren. Die verabreichten Mittel von Dr. Okawa wirken extrem aufputschend und enorm kräftigend.

„Erster, du koordinierst wie üblich unser Vorgehen", befehle ich taufrisch, breitbeinig stehend und mit ausgestrecktem Arm gestikulierend. Sehendes Auge rempelt mich freundschaftlich an. Der Rempler ist jedoch so heftig, dass ich nur mit einem langen Ausfallschritt verhindern kann umzufallen. Er schlägt mir vor: „Kommandant, lass einen der Trupps den euch bekannten, mittigen Hauptweg folgen. Der zweite Trupp möge dem tieferen Pfad folgen. Lasst uns selbst den hochgelegenen Pfad nehmen. Dieser führt am Hang des Bergausläufers entlang, an der oberen Begrenzung des Hochwaldes. Einer unserer Monde wird uns heute Nacht helfen. Er zeigt sich in einem vollen Kreis und schenkt uns damit eine helle Nacht."

„Ist in Ordnung, Sehendes Auge. Du kennst dich hier bestens aus. Also, keine weitere Diskussion", antworte ich ihm.

Wir bewegen uns am oberen Rand des Hochwaldes. Die Sicht ist trotz des Vollmondes für das bloße Auge kaum möglich. Nur die Nachtsichtgeräte helfen uns dabei, einen Überblick zu bewahren. Wehsal und Sehendes Auge brauchen diese nicht, sie hatten auch das Aufputschmittel nicht nötig. Obgleich Sehendes Auge seine Kristallwaffe trägt, lässt sein gewohnter Schlenker in den Wald nicht lange auf sich warten. Diesmal überrascht er mich aufs Neue. Er hat die Kristallwaffe gegen einen enorm langen Bogen und einen Köcher voller Pfeile ausgetauscht. Der Bogen ist fast so lang wie Sehendes Auge hoch ist. Das bedeutet knapp zweieinhalb Meter. Und, dann ist da noch ein langes, halbkreisförmig gebogenes, hölzernes Teil.

Was für ein monströses Horn, denke ich verblüfft. „Waffenkammer, ein Bogen und ein Köcher voller Pfeile", stelle ich ihm gegenüber fest und frage: „Und, was ist das gebogene Ding, ein Klanghorn?"

„Nein, es ist ein Signalhorn. Unsere Musikinstrumente sind kleiner, Kommandant. Haltet Euch gleich besser die Ohren zu, auch du, grüner Wehsal. Das Horn wird nun das laute Signal an mein Volk im Norden ausstoßen. Es wird an unsere Leute im Süden weitergetragen werden."

Sehendes Auge bläst mit der Intensität eines großen Faltenbalgs in das Horn. Er erzeugt einen gleichbleibenden und tiefen Ton. Mit seiner Lippenform am Mundstück verändert sich die Klangfrequenz kontinuierlich, zu einem unerträglich hohen Ton. Unsere Helme können uns ein wenig schützen, doch dieser riesige Tonerzeuger ist einfach zu laut. Unsere Ohren schmerzen. Wehsal liegt wimmernd auf dem Boden. Er hat sich Moos auf die Ohren gepresst. Ich knie mich zu ihm hinunter. Er hat es verkraftet, stelle ich erleichtert fest. Und ich stelle auch fest, dass sein Bein, das vorhin schon fast die ursprüngliche Länge erreicht hatte, nun völlig regeneriert zu sein scheint. Eindeutig ein Bratwurstschub, ist meine Schlussfolgerung. Wir hören die ersten Hörner in weiter Entfernung, die das Signal weiter forttragen.

Sehendes Auge erklärt: „Hiermit sind alle gewarnt. Die starken Frauen und Männer werden nun, mit allen ihnen zur Verfügung stehenden Waffen, die Eingänge zu den Höhlen schützen."

Er hält den Bogen vor seiner Brust und sagt weiter: „Es ist die Zeit des Bogens. Du brauchst eine Kristallwaffe nur, wenn du unten durch den Hochwald läufst. Sie dient der Abwehr von Raubtieren. Aber, wie ich jetzt weiß, können diese Eure Metallmänner ebenso gut abwehren. Wir sind auf dem oberen Pfad und haben somit einen guten Überblick, wie die Waldbewohner. Sie leben in den Baumkronen, unter dem Dach des Waldes. Dort haben sie ihre Wohnungen mit bester Fernsicht. Wege verbinden die Baumkronen. Ihnen entgeht von da oben nichts. Sie jagen mit den Pfeilen Wild auf weite Distanz, treffen und bergen ihre Beute schnell. Auch wir sind auf der Jagd, allerdings nach weißen Eindringlingen. Mögen diese auch durch ihre Kleidung getarnt sein, auch uns entgehen sie nicht."

Mit Stolz gibt er weiter von sich: „Ich, der ich mit Waffen schnell kämpfe, trage einen der Meisterbögen, einen der wenigen Bögen aus dem Stein der Weisen. Er ist länger als die Bögen der Waldmänner und schießt noch präziser und auch weiter, denn er lässt sich stärker spannen."

„Was sagst du, ein Bogen aus dem Stein der Weisen?", frage ich verdutzt nach.

„Ja, Kommandant, die Bögen werden in Schichten gefertigt, vorrangig aus verschiedenen Hölzern. Dazwischen werden jeweils die langen, faserigen Kristalle aufgebracht. Den Zusammenhalt gibt Fischleim. Die Kristalle sind so dünn und weiß, wie die Haare unserer Weisen, daher Stein der Weisen. Der Stein ist jedoch sehr selten zu finden. Daher gibt es lediglich sieben dieser Bögen. Nur die besten Schützen dürfen sie tragen. Mir, dem mit Abstand besten Schützen, gehören drei Bögen. So bin ich jedoch auch in besonderer Verantwortung und muss gegenüber Gegnern immer an erster Stelle stehen", antwortet er.

Wir laufen schnell, immer Wehsal und dem Hünen hinterher. Einige Kilometer liegen schon hinter uns. Mich beeindruckt Wehsals Geschwindigkeit. Er ist mit vier Beinen nochmals fixer unterwegs, schießt unvermittelt weiter nach vorn oder zu den Seiten, lässt sich zurückfallen und übernimmt dann wieder die Führung. Dabei achtet er darauf, dass wir ihn zu keinem Zeitpunkt aus den Augen verlieren. Spielerisch schafft er es, unser Führer und Späher zugleich zu sein. Ich versuche mir vorzustellen, wie gefährlich die zwanzigköpfige Horde des Drachenfürsten war, mit der Schnelligkeit Wehsals. Wir laufen und laufen, immer weiter. Bis eine riesige Echse vor uns auftaucht und sofort angreift. Sie ist augenscheinlich in Fresslaune. Bevor die Soldaten richtig anlegen können, hat Sehendes Auge schon zwei Pfeile gleichzeitig gespannt und schießt sie ab. Die Pfeile dringen durch die Augen der Echse. Sie bricht tödlich getroffen zusammen. Sehendes Auge schaut mich überlegen an: „Eine Echse allein bereitet überhaupt kein Problem", betont er.

„Und, die Katzen verlassen den Wald nicht."

„Erster Offizier ruft dringend den Kommandanten!", werden wir ungewohnt aufgeregt unterbrochen.

„Erster, was ist denn los?"

„Kommandant, es geschieht im Bereich des vorgelagerten Höhlensystems. Dort treiben sich viele dieser eigenartigen Chamäleons herum. Die Situation hat nun wieder eine ähnliche Qualität erreicht, wie während des Kampfs gegen die Flugechsen. Wir haben es jetzt mit einer organisierten Kampftruppe am Boden zu tun. Macmacs ist sich zu hundert Prozent sicher, dass es sich durchweg um Klone des Albino Frankenstein handelt."

„Erster, was ist mit den Vertikalstartern?"

„Die Vertikalstarter können nicht eingreifen. Die Weißen haben Geiseln in ihrer Gewalt. Sie benutzen Homo Wilhelmine als lebende Schutzschilde. Sie konnten schon in mindestens eine der Höhlen eindringen."

Sehendes Auge versteht und rennt sofort los, den Hang hinunter. Wir verlieren ihn nach wenigen Sekunden aus den Augen.

„Erster, berichte weiter!"

Ich kann den Ersten Offizier nicht mehr verstehen, denn wir vernehmen wiederum das unerträglich laute Signal des Horns. Doch diesmal ist es ein sehr hoher, schwankender Ton. Es muss ein Notsignal sein. Kurz darauf klingen viele Hörner aus der Entfernung im Widerhall, leiser und als seien wir von ihnen umringt, aber in einem ebenso hohen und schwankenden Ton.

„Kommandant, in Eurer Umgebung ist es laut! Ist die Verbindung jetzt besser?"

„Ja, Erster!"

„Kommandant, die Vertikalstarter konnten uns zumindest einen groben Gesamtüberblick verschaffen. Die Weißen beherrschen das Gebiet zwischen den vorgelagerten Höhlen und dem Fluss. Sie tragen eigentümliche Waffen. Diese sind für uns noch nicht definierbar."

„Verstanden, Erster, koordiniere sofort die beiden anderen Trupps mit uns. Vor Erreichen des Zielgebiets müssen wir uns zusammengezogen haben."

„Verstanden, Kommandant."

„Kommandant, Wehsal will nie wieder böse Gebieter. Die roten Drachentypen waren sehr böse, aber die Weißen sind noch böser. Wehsal hilft immer dem Kommandanten, für ein paar Kakaonuggets und Bratwürste, was er eben unbedingt zum Leben braucht", sagt er rührend, mit einem treuen und von gutem Essen träumenden, aber auch etwas traurigen Gesichtsausdruck. Er scheint den Ernst der Situation über seine eigenen Bedürfnisse hinaus verstanden zu haben. Sein besorgter Blick wechselt jetzt zwischen dem Augenkontakt zu mir und dem eingeschlagenen Weg des Alphakämpfers. Inzwischen kann man ihm Integrität bescheinigen.

„Wehsal, wir werden es ihnen zeigen. Wir lassen uns die leckere Bratwurst nicht nehmen und auch nicht den Senf", sage ich scherzhaft, ihn damit jedoch entscheidend ermutigend.

„Lauf hinterher!", fordere ich ihn auf.

„Los, wir folgen dir!"

Es geht jetzt ohne Pfad mitten durch den gefährlichen Hochwald. Wehsal läuft mit Orientierung, jedoch extrem schnell. Er springt hin und her, über jedes Hindernis des Urwaldes. Das Aufputschmittel von Dr. Okawa versetzt uns in die Lage diesen Weg überhaupt bewältigen zu können. Die Exoskelette und die Hülle darunter schützen uns vor Verletzungen. Der Boden ist von Farnen und Moosen vollständig überwachsen. Herumliegende Stämme und tiefe Mulden sind kaum oder gar nicht erkennbar. Wir stürzen zwischendurch immer wieder.

Ich rufe unseren Bordschützen: „Kommandant ruft Bazooka!"

„Bin auf Posten, Kommandant."

„Bazooka, meinst du auch, dass unsere Flieger die Frankensteineinheis nicht bekämpfen können, direkt neben den Geiseln? Das wäre wohl nur mit vielen, ebenfalls unsichtbaren Scharfschützen am Boden möglich."

„Kommandant, das sehe ich genauso. Wir haben mit den Fliegern keine Chance. Ihre Rechenleistung ist für diese Situation nicht ausreichend. Von daher ist der Einsatz ihrer Waffen für die Geiseln zu gefährlich. Nur mit dem Schiff wäre es möglich, wenn man die Monster und Geiseln ins Freie locken könnte. Die Speicher des Schiffs sind voll und der Fusionsreaktor, wenn gewünscht, sofort aktiv. Die Distanz zum Zielobjekt müsste noch nicht einmal so gering sein. Im Zielgebiet ist es zur Zeit bewölkt. Wir könnten uns quasi von hinten anschleichen und ich würde die Laser feinjustieren, durch die Wolken hindurch."

„Bazooka, und das gilt für uns alle, Leute! Die Hauptsache ist, das Richtige zu tun. Kämpfen wir jetzt für die Zukunft. Wir kämpfen für die Gerechtigkeit. Wir kämpfen für Homo Wilhelmine, denn wir sind ihnen verpflichtet. Auch wir Menschen könnten hier eine neue Heimat finden. Aber niemals gegen, sondern nur mit Homo Wilhelmine. Das wird auch der Oberste Rat verstehen. Also los, lasst alle kampffähigen Truppen hier unten, alle anderen ins Schiff. Uns werdet ihr später einsammeln müssen. Francis! Gib ordentlich Dampf auf den Kessel und lass dein Schiffchen aufsteigen!"

„Verstanden, Kommandant!"

„Francis an Kommandant, Fusionsreaktor aktiv! Magnetoplasmadynamischer Antrieb aktiv. Stative fahren ein! Wir steigen!"

„Verstanden, Francis, wegen deiner Professionalität muss man dich lieben!", und füge im direkten Funk hinzu: „Auch."

Ich stolpere, falle und stehe wieder auf. Aber bin nicht außer Puste, dank Okawas Wunderdroge. Die Bewegung in Verbindung mit der Droge hilft mir auch bei meinen Überlegungen. Von Albino Frankenstein wurde innerhalb des Berges ein komplexes Gangsystem gebaut. Das hatten wir unten gesprengt, im Bereich des hohlen Baumstammes. Auch das höhergelegene System ist hoffentlich eingebrochen, das der Irrwege. Aber wir wissen es nicht sicher. Wir wissen auch nicht, ob es einen weiteren abzweigenden Weg aus dem Bereich der Irrwege herausgibt. Eigentlich muss es eine Verbindung zum Kratergebiet gegeben haben oder sogar noch geben. Die ersten zwei, der weiteren Weißen wurden erstmalig im Bereich des Kraters ausgemacht. Und nun haben wir es mit einer ganzen Horde von diesen Typen zu tun. Die müssen im Bereich des Kraters eine unterirdische Anlage haben. Wahrscheinlich besteht auch eine Verbindung zu Frankensteins Labor, vielleicht teils unter- und oberirdisch. Das wäre mehr als logisch, denke ich.

„Erster!"

„Kommandant?"

„Erster, da wurde von uns nicht tief genug gescannt. Es muss eine Verbindung vom Kratergebiet zur Festung geben. Also,

Drohnen auf Tiefflug und den Umkreis des Kraters genau unter die Lupe nehmen. ZZ, scannt auch mit dem Schiff, wenn ihr näher herangekommen seid. Und, Erster …!"

„Kommandant?"

„Erster, du hast es verstanden? Im schlimmsten Fall ist noch eine Verbindung erhalten geblieben, zwischen dem Kratergebiet und der Festung. Die Weißen könnten die Festung gefährden. Der Festungstrupp soll auf der Hut sein. Zur Sicherheit weiter das Gangsystem sprengen. Lasst den Tunnel ins Tal unberührt. Die Wachen verdoppeln und stellt alle mobilen Automatikgeschütze auf."

„Verstanden, Kommandant."

Endlich haben wir den Hochwald durchquert und sind von Raubtieren unbehelligt geblieben. Ich bin erleichtert und schaue nach vorn. Es ist merklich heller geworden. Das Auental ist bald erreicht. Die Morgendämmerung kündigt in tiefem Rot den Tag an. Wir bekommen eine Meldung des Ersten Offiziers: „Kommandant, wir stehen mit dem Schiff über dem Zielgebiet. Die beiden Bodentrupps müssten euch auch jeden Moment erreichen. Aber sonst habe ich keine guten Nachrichten. Es braut sich über den Bergen ein gewaltiges Unwetter zusammen. Es ist mit extremen Fallwinden zu rechnen."

„Verstanden, Erster. Überhaupt, da hinten tauchen die Trupps gerade auf. Dann braucht es eine kurze Lagebesprechung mit ihnen. Erster, jeder Schritt von uns muss mit Bazookas Überraschungsangriff genau koordiniert werden. In circa zehn Minuten rücken wir weiter vor, vorerst nur das Stück bis zur Grenze des Auentals. Genau dahin schick Okawa, Macmacs und Dimitri, alle drei mit dem kompletten mobilen Besteck. ZZ, bevor das Wetter eine Landung mit den Vertikalstartern nicht mehr zulässt! Verbreitet mit den Jägern und Drohnen ordentlich Thermik. Versucht von unserem Vorhaben abzulenken. Und, halt uns auch hinsichtlich der Wetterentwicklung auf dem Laufenden."

„Verstanden, Kommandant."

Die Lagebesprechung hat nicht länger als die angesagten zehn Minuten gedauert und wir stehen, zwischen Bäumen getarnt, am Übergang zum Auengebiet. Die zwei Vertikalstarter landen. Dr. Okawa und Macmacs springen aus den Fliegern. Vorgerückte Soldaten winken ihnen sofort zu, geben ihnen Zeichen zur Waldgrenze zu laufen, in sichere Deckung. Die Vertikalstarter heben wieder ab. Es dauert nur wenige Minuten und auch Dimitri landet. Somit sind wir komplett und ich befehle eine aufgelöste Formation, um möglichst unerkannt zu bleiben. Wir rücken vor, als auch schon der erste kräftige Windstoß über uns hinwegfegt. Jetzt umhüllt uns eine unheimliche, laue Stille. Wir sehen uns um. Der Himmel über den Bergen erscheint fast schwarz.

Der Befehl hatte nicht lange Gültigkeit, denke ich und gebe die genau gegensätzliche Order: „Alle zu mir, ZZ, zusammenziehen!"

Wir stehen gerade wieder zusammen, als das Unwetter auch schon über uns hereinbricht. Wir werfen uns flach auf den Boden. Der Sturm beugt die Bäume des Waldes. Er versetzt ihnen Schlag um Schlag, trennt ihnen ab, was seiner Kraft nicht zu widerstehen vermag. Über unsere Köpfe hinweg wütet ein Orkan, Blätter und Äste vor sich her peitschend. Bäume brechen und kippen. Hinsichtlich unserer Orientierung bereiteten uns immer mehr Staub und Kleinteile ein Problem. Wir haben kaum noch Sicht, trotz aller technischen Hilfsmittel. Auf unseren Bäuchen robbend, bewegen wir uns in Richtung einer Felsengruppe, die schwach auszumachen ist. Dort hoffen wir Schutz zu finden.

Besten Dank, Erster, dein Wetterbericht war genauso aktuell, wie eine Tageszeitung von gestern, denke ich genervt, als wir die Felsengruppe fast erreicht haben. Schemenhaft wird zwischen den Felsen eine Gestalt erkennbar. An seinem langen Bogen und dem Horn erkennen wir, dass es Sehendes Auge ist. Er gibt uns ein Zeichen, schnell zu ihm zu kommen. Wenig später hocken wir im Windschatten hinter den Felsen und halten Kriegsrat.

DIE HALLE DER KLAREN GEDANKEN

Sehendes Auge berichtet uns kurz: „Kommandant, die Weißen hatten sich, durch ihre Anzüge getarnt, bis zum Tor der vorgelagerten Höhle bewegen können und es gesprengt. Nicht anders hätten sie diese einnehmen können. Mit Beginn des Unwetters haben sie sich mit den Geiseln in die Höhle zurückgezogen und verschanzt. Das konnte ich aus der Ferne gerade noch erkennen. Jetzt können wir uns im Freien nicht mehr bewegen. Bitte hört jetzt sehr genau zu! Nicht nur die Weißen haben geheime Gänge. Ich konnte sie auch schon innerhalb der Höhle beobachten. Sie schillern, sind fast unsichtbar und scheinen sich dort absolut sicher zu fühlen. Doch die vermeintliche Sicherheit ist trügerisch. Innerhalb der Höhle befinden sie sich auf einem Präsentierteller, zumindest für uns. Wir können sie von oben ins Kreuzfeuer nehmen. Hoffentlich hält das Unwetter weiter an und sie bleiben wo sie jetzt sind."

Ich stutze und frage: „Wie? Du konntest in die Höhle sehen?"

„Ja, sagte ich doch. Schnell, folgt mir!"

Er kippt einen hohen Stein beiseite. Dahinter befindet sich eine breite Felsspalte. Ich gestikuliere ihm, dass er noch einen Moment warten möge und wende mich an die Kampfroboter.

„Roboter, ihr rückt weiter über Land vor und überquert den Fluss. Stoppt rechtzeitig, sodass euer Vorstoß von den Weißen unbemerkt bleibt. Wartet dann auf weitere Befehle. Wir anderen nehmen mit Sehendes Auge den geheimen Weg."

Dann rufe ich das Schiff: „Erster, wie sieht es bei euch im Schiff aus? Hat das Unwetter euch nichts anhaben können?"

„Kommandant, wir sind vorläufig auf Höhe gegangen. Hinsichtlich des Wetterberichts verstehe ich Ihre Anspielung. Wir haben eigenartige Störungen im Betriebssystem. Das ist alles sonderbar. Atmosphärische Störungen wären keine logische Erklärung für die Systemaussetzer. Sobald der Sturm nachlässt, gehen wir wieder runter auf Position, über dem Zielgebiet."

„Verstanden, Erster! Das klingt erst einmal gut, aber auch gar nicht. Checkt die Systeme des Schiffs noch intensiver! Nicht, dass sich ein Wurm breitmacht. Vergessen wir nicht, dass die Weißen nicht schlafen und ihnen womöglich uns unbekannte Mittel zur Verfügung stehen! Ab jetzt jegliche Kommunikation über die Sonderverschlüsselung.“

Verstanden, Kommandant!“

Gebückt passieren wir den Eingang in eine Unterwelt. Ein schmaler Weg führt uns in diese weit hinunter. Das Gefälle endet, doch der Weg noch lange nicht. Dimitri sieht auf sein Messgerät: „Wir befinden uns jetzt unter dem Fluss, Kommandant.“

„Gut, Dimitri, dann sind wir hoffentlich bald auf der anderen Seite“, antworte ich ihm und sehe automatisch nach oben. Keine Feuchtigkeit, nicht ein Tröpfchen, alles dicht, das ist beruhigend, stelle ich für mich fest.

Der Gang wird breiter sowie auch höher und teilt sich erstmalig. Er teilt sich nochmals und nochmals, immer öfter. Orientierungslos folgen wir Sehendes Auge. Selbst Wehsal hat sich von Anfang an eingereiht. Ihm scheint die Sache nicht geheuer zu sein. Hinter einer Abzweigung führt der Weg steil nach oben und die Struktur des Felsgesteins ändert sich. Mehr und mehr durchziehen glitzernde Bänder von Quarz die Wand. Dimitri sieht wiederum auf sein Messgerät und spricht mich an: „Neues Messergebnis, Kommandant, wir erreichen in Kürze einen riesigen Hohlraum.“

Er hat gerade ausgesprochen, als die Felsenwände auch schon deutlich mehr Raum freigeben. Die glitzernden Bänder im Gestein werden breiter, bis sie sich letztlich zu reinem und weißen Quarz zusammenschließen. Nicht mehr als zwanzig Meter sind es jetzt noch bis zum Eingang des angekündigten Hohlraums. Das letzte Stück des Weges wird von hohen Bergkristallen flankiert, als wären sie die Stützen im Gang eines Bergwerks.

Sehendes Auge stoppt und versperrt uns den Weg. Innerlich stark bewegt, wendet er sich ernst Dimitri zu und beginnt zögernd zu sprechen: „Ja, Dimitri, du wirst es als riesigen Hohlraum beschreiben, aber es ist viel mehr. Hör auch du mich, Kommandant! Es ist viel mehr, so einzigartig in seiner Größe und Herrlichkeit. Auf unserem Planeten ist der Ort einmalig. Er wurde vor Jahrtausenden ‚Halle der klaren Gedanken‘ getauft. Dieser Ort, den inneren Einflüssen unseres Planeten näher, bildet eine direkte Verbindung unseres Geistes zu dem großen, inneren Teil unseres Seins. Darüber hinaus ist dieser Ort für euch gefährlich, denn ihr wurdet nicht vorbereitet. So birgt der Weg durch die Halle für euren Geist Gefahren in sich. Es ist das Wasser in uns. Die Kristalle der Halle strahlen aus dem inneren des Planeten viel stärker in uns hinein, viel stärker als es die Welt oben vermag. Die Kristalle besitzen die Kraft uns Halt zu geben oder zu nehmen. Verstanden? Blickt nicht in die Kristalle, schon gar nicht in die mächtigen von ihnen. Aber es gibt keinen anderen Weg und ich vermag gegen die Weißen nicht allein zu siegen. Also folgt mir nun durch die Halle der klaren Gedanken. Doch folgt mir dicht und ich wiederhole: Seht nicht in die großen Kristalle! Nun erhellt eure Lampen auf ein Maximum.“

Nach wenigen Schritten verstehen wir Sehendes Auge. Uns offenbart sich ein Wunder. Milliarden klarer Bergkristalle bilden eine unglaubliche Kulisse, reflektieren die Größe und Form dieser Einzigartigkeit. Mir stockt beim Anblick der Atem. Ich schlucke und spreche in mich hinein: „Unglaublich schön, kaum fassbar, viel wunderbarer als jede erbaute Kathedrale. Das ist, als hätte es Gaudi erdacht, denn auch hier gibt es keine rechten Winkel. Es ist eine absolut freie Formgebung, wie sie Gaudi verfolgte.“

Damit revidiere ich mein Selbstgespräch und gestehe ein, dass die Natur viel mehr kreieren kann. Solche Herrlichkeit konnte selbst ein Gaudi nicht erdenken, das vermag kein Mensch. Was ist das für ein Schauspiel, von der Natur erschaffen. Da braucht es keine rechten Winkel, auch keine gotischen Vorbilder oder irgendetwas. Die Menschen überschätzen sich, zeigen wenig Demut und Voraussicht. Das irdische Leben steht mit dem Rücken zur Wand, ist kaum noch möglich. Ich beruhige mich.

Strukturen laden mich ein, um näher zu kommen. Es sind diese feinen, kristallinen Strukturen. Die Formen und Flächen sind beeindruckend. Die größeren Kristalle setzen die Schwerpunkte, diese im wahrsten Sinn. Mächtig ragen geschlossene Gebilde empor, geschätzte zweihundert Meter hoch. Unten stehen die großen, ganz oben die kleinen. Es erinnert mich kurz an die stolzen Katalanen, als ich sie vor dem großen Krieg, im friedlichen Wettbewerb, menschliche Pyramiden aufstellen sah. Doch hier verblasst alles menschlich Erdenkliche und Erschaffene. Alles ist nahezu unbeschreiblich. Ständig wechseln die Eindrücke. Alles ist anders, ich kann es nur als zauberhaft bezeichnen. Säulen, Galerien und Nischen stehen hier wie schweigende Statisten, die das Gesamtbild zwischenzeitlich aufhellen. Quarzstufen formen Altäre und Treppen. Quarzkristalle, die wie Zepter aussehen und Zwillingsquarze arrangieren sich zu fantastischen, geometrischen Figuren. Unzählige kleinerer Kristalle überziehen den Boden und die Wände. In den Lichtkegeln unserer Lampen beginnt ihr beeindruckendes Spiel von Reflektionen und Schatten. Die unterschiedlichen Kristallgrößen, wie auch deren jeweilige Form und Anordnung, bilden unterschiedlichste Charaktere. Die Teppiche aus kleinsten Kristallen fügen sich zu einer Fläche, welche glänzt wie Seide. Etwas größere Kristalle funkeln oben wie Sterne. Hohe Solitäre und Formationen hingegen scheinen das Licht aufzusaugen und erstrahlen majestätisch.

Dimitri ist völlig aus dem Häuschen. Er spricht ebenfalls in sich hinein: „Das ist unglaublich. Das glaubt mir keiner. Das glaubt mir doch keiner."

„Dimitri, mach Fotos und ich nehme es ins Logbuch auf. Dann wird man dir glauben", sage ich beruhigend zu ihm.

„Kommandant, was wollt Ihr hier dokumentieren?", fragt Sehendes Auge.

„Wir möchten es weitergeben", antworte ich ihm.

„Kommandant, entweiht nicht die Halle der klaren Gedanken. Nur sich selbst in ihr zu befinden, sie selbst erleben zu dürfen, gibt die Einsicht. Die Gedanken werden geleitet, hin zum

Einsaugen jedes Moments, welchen wir auf unserem Planeten erleben dürfen. Die Kristalle beschreiben es euch. Sie sind der Schlüssel zum Handeln. Ich sage nochmals: Entweiht diesen Ort nicht!"

Das war mehr als deutlich, das entnehme ich auch dem Gesichtsausdruck von Sehendes Auge.

„Ich habe dich verstanden, Sehendes Auge", gebe ich ihm gegenüber ohne Einschränkung nach und wende mich an unseren Geologen, der die Kamera bereits in der Hand hält. „Dimitri, keinerlei Dokumentation. Sehendes Auge hat gesprochen. Wir folgen seiner Sicht der Dinge und versuchen ihn und Homo Wilhelmine besser zu verstehen. Vielleicht gestattet uns Sehendes Auge später einen längeren Aufenthalt in dieser Halle der klaren Gedanken."

Sehendes Auge sagt lächelnd: „Vielleicht später, aber keine Dokumentation."

Auch Dimitri akzeptiert es sofort. Ich erkenne die Ehrfurcht in den Augen des Naturwissenschaftlers. Aus meinem Augenwinkel sehe ich außerdem zwei Kristalle dominant leuchten. Zwar sind sie von ihrem grundsätzlichen Aufbau gleich, aber irgendwie sind sie doch verschieden. Nebeneinanderstehend sieht man auch ihre unterschiedliche Größe. Einer ist größer, der andere kleiner. Doch sie stützen sich gegenseitig.

Sie bilden eine Harmonie, so wie Homo Wilhelmine und wir, ist eine Parallele, die ich daraus ziehe. Als ich wieder nach vorne sehe und Sehendes Auge beobachte, stoppe ich. Sehendes Auge verharrt vor der riesigen Fläche eines Solitärs, der deutlich herausragt und von Tausenden kleiner Kristalle eingefasst ist. Er blickt auf die glatte Fläche, als sei sie ein Wandspiegel. Nein, er blickt weit hinein. Seine sowieso entspannten Gesichtszüge entspannen sich weiter, bis er sich dem Kristall zuneigt und den Mund leicht öffnet. Er betrachtet in dem Kristall irgendetwas. Mit weit geöffnetem Mund und aufgerissenen Augen atmet er tief ein, vielmehr saugt er etwas in sich hinein. Mir scheint es so, als adaptiere er damit seine Gedanken mit dem Innersten des Kristalls. Langsam schließt er seine Augen. Eben noch vergeistigt, wohl eine Erkenntnis erlangend, geht er weiter. Ich folge ihm, in gehabtem Abstand und passiere ebenfalls die Fläche des Kristalls. Ich kann nicht anders, sehe beiseite, somit genau hinein, in diese Dreidimensionalität des Kristalls.

Ich fühle mich augenblicklich anders. Ich sehe im Kristall mein Spiegelbild und gleichzeitig blicke ich aus dem Kristall heraus. Ich werde Teil des Kritalls, Teil der Umgebung und des Ganzen. Ich fühle mich zusehends entspannter, ohne die Last meines Körpers. Völlig befreit erfahre ich erstmals die Facetten meiner selbst. Und ich kann mich sogar selbst beoachten. Ich sehe meine Hand nach etwas fassen und verinnerliche, was ich berühre. Ich sehe mein Spiegelbild im Kristall … und das von Wehsal, der neben mir steht. Wir bilden eine Einheit. Der Kristall zieht uns in sein Zentrum, immer weiter hinein, bis wir zu einem kleinen Punkt werden und schließlich verschwinden. Eine andere Gestalt schießt aus dem Zentrum heraus und nimmt unseren Platz ein. Der Weiße steht mir direkt gegenüber. Er reißt seine roten Augen weit auf.

Ich werde beiseite gerissen und weggestoßen. Es ist Sehendes Auge, der mir böse sagt, dass ich schnell weitergehen muss. Immerhin, ich bin wieder ich selbst, denke ich. Doch ich bin gelinde gesagt noch etwas verwirrt und fühle mich weder geistig noch körperlich gestärkt. Ich atme aus und bin zuversichtlich, dass ich mich gleich wieder stabilisieren werde. Wehsal läuft zu meiner Rechten. Meine Augen kleben an ihm. Kein Zweifel, sein Körper ist immer noch grün, aber durchscheinend, als wäre er aus Weingummi. Er sieht mich eigenartig an. Ich befürchte, dass auch mein Körper transparent geworden ist. Ein Selbstcheck beruhigt mich. Es ist alles beim Alten. Von der Faszination der Halle eingenommen folgen wir Sehendes Auge, bis an die gegenüberliegende Seite. Kristallstufen ermöglichen den Aufstieg zu einem hochgelegenen Balkon. Auf halbem Weg verharrt Wehsal. Er nimmt langsam wieder seine gewohnte Erscheinung an, was mich nochmals beruhigt, sehr sogar. Wehsal hebt seinen

Kopf und atmet tief ein. Sehendes Auge stellt fest: „Wehsal, du riechst sie also schon?"

Wehsal antwortet nicht. Er blickt nur verängstigt. Sehendes Auge wendet sich mir zu: „Kommandant, Wehsals Sinne sind scharf. Nun ist es wirklich nicht mehr weit. Verhalten wir uns ab sofort besser sehr ruhig. Zieht jetzt eure Waffen, vermeidet anschließend jegliches Geräusch und schaltet die Lampen aus, kurz bevor wir oben angekommen sind. Wir werden in Entfernung Licht sehen."

„Moment noch, Sehendes Auge, wie weit sind eure Wohnräume vom Eingang der Höhle entfernt?", werfe ich ein.

„Sie beginnen direkt am Eingang, Kommandant."

„Das ist gut, sogar sehr gut, Sehendes Auge. Ich prüfe kurz ob wir Verbindung zu unseren beiden Blechtypen haben", sage ich leise und erhalte sofort eine Bestätigung von den Robotern. Ich instruiere sie: „Nach gelbem Signal schnell bis zum Eingang der Höhle vorrücken, möglichst unbemerkt. Nach grünem Signal die Höhle stürmen und Homo Wilhelmine bestmöglich vor den Weißen schützen. Rotes Signal heißt sofortiger Abbruch, Rückzug aus der Höhle, Stellung vor dem Eingang zur Höhle einnehmen und die Weißen an einer Flucht hindern."

Darauf instruiere ich die Soldaten: „Nach dem gelben Signal geht ihr in Feuerbereitschaft. Nach dem grünen Signal wartet ihr drei Sekunden und feuert dann. Ein rotes Signal heißt Abbruch."

Schleichend, gezwungenermaßen leicht gebückt, rücken wir durch einen ansteigend verlaufenden Spalt vor, in Richtung eines schwachen Lichtscheins. Ein kontinuierlicher Luftstrom bläst uns entgegen. Stumpfer Geruch von Felsgestein dringt in unsere Nasen, vermischt mit einem gänzlich fremdartigen Geruch. Jetzt kann auch ich sie riechen, die Weißen. Der Lichtstreifen wird deutlicher und wir erkennen Strukturen. Unsere Anspannung steigt mit jedem Schritt. Zwischen all dem dunklen Gestein steigt mir unerwartet auch ein sehr vertrauter Duft in die Nase. Es ist der Geruch von häuslichem Leben. Sehendes Auge dreht sich zu uns um. Er gestikuliert, dass wir stoppen sollen. Dann streckt er seine Arme aus, nach vorn, in zwei Richtungen.

„Verstanden", signalisiere ich ihm und weise ebenfalls mit Armbewegungen die Soldaten an, bis sie zwei Gruppen gebildet haben. Dann strecke ich meine Arme aus, nach vorn, in die von Sehendes Auge beschriebenen zwei Richtungen. Macmacs, Dimitri und Dr. Okawa mache ich mit nach unten gerichteten Zeigefingern deutlich, dass sie hier bleiben sollen. Dann halte ich einen Zeigefinger vor meine Lippen. Sie legen leise ihre Taschen ab und gehen in Wartestellung.

Durch löchriges, kristallines Gestein, das für die Höhle natürliche Luftschächte bildet, bläst ein starker Windzug. Das Unwetter tobt draußen weiter. Die Weißen müssten sich demnach noch sicher fühlen, denn eine Kampftruppe vermag sie von außen nicht zu erreichen.

Wir sind in Position.

WEHE EUCH, WIR SIND ES

Wir sind ES
Euch bereitete ES bereits schwerste Verluste
Heute führt ES Heerscharen in den Kampf
Euch heißt ES willkommen, um Schmerzen zu erleiden
EUCH wird ES eine Schlacht der Ungnade bieten

Wir sind ES und im Besitz der geheimen Waffen
Einzig ES ist in der Lage diese zu erschaffen
Hundertfach hat ES sich mit diesen Waffen gerüstet
Eindringlingen gewährt ES keine Kenntnis über diese
EUCH widerfährt durch ES nunmehr Endgültigkeit

Wir sind ES und erfüllen jedweden mit Willenlosigkeit
Einige der Unwürdigen lässt ES bereits dahinsiechen
Hier kommt ohne ES niemand lebend herein noch hinaus
Euer Handeln kann ES voraussehen
EUCH steht bevor, was allein ES bestimmt

Wir sind ES und als reine Sieger erschaffen worden
ES gönnt euch die letzte Schmach einer Niederlage
Homo Sapiens als Geschichtskapitel schließt ES damit ab
ES wird euch in Rauch auflösen und verwehen lassen
EUCH übergibt ES sodann ewig währender Finsternis

DAS GEMETZEL

Wir haben einen ungehinderten Blick auf die Heimat von Homo Wilhelmine. Ein Großteil der Wände ist von kleineren Bergkristallen überzogen. Auf glatten Felsflächen befinden sich abstrakte Darstellungen. In der Mitte des Raumes, auf einem runden Tisch aus dunklem Stein, liegen eigenartige Waffen. Abseits, in einer Ecke der Höhle, entdecken wir hockende Geiseln. Sie starren mit leeren Augen vor sich hin, als wären sie hypnotisiert. Das ist schlimm, aber begünstigt die Situation erheblich, zumal sie sich in der Nähe des Eingangs befinden. Ich frage mich jedoch, wo die Weißen sind. Es gelingt mir nicht, sie auszumachen. Schulterzuckend schaue ich zu Sehendes Auge. Er zeigt in die Richtung des Tisches. Sein Finger zieht einen Kreis um diesen.

Er meint den Tisch, denke ich. Ich sehe nichts, die Gesten waren jedoch eindeutig. Ich richte die Sensorik meines Helms auf diesen Bereich. Ja, jetzt glaube ich sie zu erkennen. Ihre Anzüge machen sie praktisch unsichtbar. Nur für kurze Momente sind es einzig die leicht abweichenden Lichtreflexionen auf ihren Anzügen, die sie verraten. Sie stehen am runden Tisch, auf dem sie ihre Waffen abgelegt haben. Es ist ein unheimliches Bild. Sie sind scheinbar nicht aus Materie. Die Geistertypen fühlen sich tatsächlich sehr sicher, stelle ich insgeheim fest. Ihre Waffen haben sie leichtfertig auf dem Tisch abgelegt, anstatt sie in ihren Händen zu halten. Das sind also Supergenies, wir nennen es im Digitalen Programmierfehler. Tja, die Typen fühlen sich zu sicher. Auf dem Display meines Helms wird mir bestätigt, dass die Zielobjekte von allen Soldaten erkannt wurden. Nur gut, dass ihr armen Geiseln hypnotisiert seid oder was auch immer, denke ich. Sonst würdet ihr euch gleich zu Tode erschrecken. Ich gebe das gelbe Signal. Die Sensoriken aller Helme gleichen sich ab. Jetzt sehe ich, dass die Soldaten sämtliche Weiße im Visier ihrer Waffen haben. Grünes Signal und eins, zwei, ist der scheppernde Sturm der Kampfroboter hörbar, und ... drei.

Während der plötzlich in Bewegung geratene Geisterkreis unter dem Laserbeschuss aufleuchtet, bauen sich die Roboter schützend vor Homo Wilhelmine auf. Die Form ihrer Rüstungen, mit jeweils zwei seitlich abstehenden Schilden, ist dem Bild afrikanischer Elefanten ähnlich, wenn diese zusammenstehen und mit ihren abgestellten, großen Ohren eine drohende sowie schützende Front bilden. Die Situation wird brenzlig. Unsere Laser wirken nicht. Die Strahlen werden von den Anzügen der Weißen reflektiert. Die Pfeile von Sehendes Auge hingegen vermochten es schon zwei der Weißen niederzustrecken. Die ersten Weißen haben ihre Waffen gegriffen und zielen auf uns und die Roboter. Von einem scheinbaren Nichts getroffene Soldaten fallen in eine Starre, als hätte man sie mit einen Schalter ausgeknipst. Einer der Roboter wird von einem Geschoss getroffen, jedoch nur leicht beschädigt.

Wenn nicht so dann anders, denke ich. Sehendes Auge hat es vorgemacht, ist meine weitere Überlegung, woraufhin ich sofort schreiend befehle: „Soldaten, geht in Deckung! Roboter! Schnellfeuerwaffen und Großkaliber!"

Wir können mit unseren Augen kaum noch folgen. Ein lautes, metallisches Krachen begleitet die blitzschnelle Veränderung der Roboterform. Ihre Waffen feuern, bevor diese ganz ausgefahren sind. Die Rüstungen sind dahingehend verändert, dass sie nach vorne spitz zulaufen und so den Gegnern kaum Angriffsfläche bleibt. Jetzt stellt sich der Kampf völlig anders dar. Wir beobachten den schnellen Sieg ausgereifter Kampfrobotertechnik. Es ist ein einseitiges Gemetzel. Die reflektierenden, fast unsichtbaren Figuren werden augenblicklich zu sichtbaren aufgerissen und regelrecht zerfetzt, von der unwirklich schnellen Schussfolge und Durchschlagskraft der Großkaliber. Blut spritzt und rot schillernde Gliedmaßen werden durch den Raum geschleudert, einige klatschen gegen die Wände. Blutüberströmt sinkt der letzte Weiße zu Boden.

Der Überraschungsangriff ist geglückt. Wir haben gesiegt, sie überrumpelt, juble ich in Gedanken. Da ist nur noch totes Fleisch. Dieser Höhlenspuk hat ein Ende. Ich finde die Fassung wieder und ordne meine Gedanken. Es hat kein Weißer überlebt. Ich winke Dr. Okawa herbei.

„Zuerst müssen wir uns um die verletzten Soldaten kümmern."

Ich atme aus und umgreife meine rechte Schulter. Dann rufe ich die Kampfroboter. „Roboter, wir müssen auf eine Wetterverbesserung warten, wir werden also nicht so schnell in der Höhle sein. Bis dahin schirmt einer die armen Teufel zum Eingang ab und der andere beginnt die Schweinerei zu beseitigen!"

Nicht, dass Homo Wilhelmine plötzlich zu sich kommen und gleich wieder in eine Schockstarre fallen, denke ich. Ein lautes, schleifendes Geräusch fordert meine Aufmerksamkeit. Sehendes Auge bewegt sich in einem dunklen Bereich. Er schiebt eine schwere Felsplatte beiseite. Uns ein Zeichen gebend, dass wir ihm folgen mögen, steigt er in eine schmale und nach unten führende Röhre. Ich folge ihm. Bevor mein Kopf in dem Kanal verschwindet, sehe ich mich kurz um und rufe: „Macmacs, Dimitri, Wehsal und alles was noch laufen kann, sofort hinterher! Bis auf vier von uns, die sichern nach hinten und damit auch die getroffenen Kameraden! Dr. Okawa, Sie kommen schnellstmöglich nach, sobald die Erstversorgung der Soldaten abgeschlossen ist!"

Zu beiden Seiten der Röhre sind Stufen und Haltegriffe geschlagen, was das Hinabklettern recht einfach macht. Schnell erreichen wir das seitlich auslaufende Ende des Abstiegs. Wir befinden uns auf einem Balkon, ganz oben an einer der Höhlenwände. Ein Felsvorsprung läuft als hohe Umrandung des Balkons aus und lässt von unten keine Sicht auf die Plattform sowie den Gang zu. Sehendes Auge springt die zehn Meter locker nach unten und setzt mit beiden Füßen gleichzeitig und federnd auf. Ich sehe nach unten und weiß sicher, dass wir diese artistische Leistung nicht nachmachen können, selbst mit Exoskelett. Ich zucke fragend mit den Schultern, woraufhin Sehendes Auge seine Arme nach vorne ausstreckt.

„Wie, du willst uns tatsächlich auffangen?", rufe ich hinunter.

„Kommandant, welche Möglichkeit besteht sonst?"

„Stimmt, was bleibt uns sonst übrig? Nur der Weg ganz zurück. Na gut, lassen wir es darauf ankommen. Dann beginnt es mit mir", willige ich ein und steige auf die Felskante. Ich sehe inklusive meiner Größe, fast zwölf Meter in die Tiefe. Höhenangst habe ich nicht unbedingt, aber ich bemerke: „Oh, das erinnert jetzt nicht nur an eine Zirkusnummer, das wird eine. Sehendes Auge, du bist dir ganz sicher, dass du mein Gewicht auffängst, einschließlich Anzug?"

„Natürlich, Kommandant."

„Ähm sag, eine lange Leiter kannst du nicht zufällig auf die Schnelle besorgen?", frage ich sicherheitshalber doch noch nach.

„Nein, Kommandant."

„Na dann, was bleibt uns anderes übrig, ich springe bei drei. Aber, einen Augenblick noch."

Ich setzte mich auf die Umrandung des Balkons, halte mich mit beiden Händen an ihr fest und lasse mein Hinterteil am Felsen hinunterrutschen. Es wirkt jetzt etwas weniger tief. Ich muss ein jämmerliches Bild abgeben, wie ein Gekreuzigter, denke ich. Ich zähle laut: „Eins, zwei und drei."

Ehe ich mich versehe, lande ich weich in den Armen des Hünen, als wäre mein Körper leicht wie der einer Prima Ballerina. Jetzt folgt einer nach dem anderen, jeweils peinlich berührt, wie auch ich es war.

„Geschafft, Leute!", rufe ich in die Runde schauend.

Dr. Okawa deutet jetzt auch an springen zu wollen, deutet aber auch auf jemand anderen, wohl hinter ihm stehend. Wir blicken nach oben. Da zeigt er sich, majestätisch gestikulierend, den Applaus im Voraus einfordernd. Es ist Wehsal, Wehsal in der Pose eines Superhelden. Er stellt sich auf ein Bein, stößt sich locker mit diesem ab, schwebt scheinbar herunter, als wäre er leicht wie eine Feder und landet auf dem Absprungbein. Alle bringen ihre Bewunderung zum Ausdruck und Wehsal weiß es zu genießen. Zuletzt springt auch Okawa. Er kümmert sich sofort um die Homo Wilhelmine und fachsimpelt gleichzeitig mit Macmacs darüber, wie man sie wieder aus ihrer Starre erwecken könnte. Doch nichts will funktionieren, keins der gespritzten Medikamente hilft. Wir sehen uns fragend an. Es herrscht allgemeine Ratlosigkeit.

„Kommandant, den Impfcocktail habe ich verabreicht. Mit Schnupfen können sie sich nicht mehr anstecken. Aber, es scheint hoffnungslos, so wie bei den Soldaten. Wir bekommen sie nicht aufgeweckt", bemerkt Okawa betroffen.

Sehendes Auge kommt mit einem Krug angelaufen und kippt einem seiner Stammesbrüder Wasser über den Kopf. Man mag es nicht glauben, der Stammesbruder kommt zu sich. Wiederum etwas peinlich berührt müssen wir einsehen, dass die einfachsten Mittel die effektivsten sein können. Leise und verhalten ist eine Äußerung aus seinem Mund vernehmbar, welcher sich unter zwei Lupengläsern geöffnet hat: „Das kalte Wasser bewirkt eindeutig einen Gegenschock. Es ist sozusagen die Großflächigkeit, mit der das Was..."

„Ach, was du nicht sagst, Macmacs", würge ich seinen begonnenen Monolog ab und rufe Wehsal herbei.

„Wehsal, komm und bring reichlich Wasser mit! Das Wunderheilmittel Wasser haben die Weißen nicht auf dem Zettel. Wahrscheinlich waschen die sich nie. Das erklärt dann auch, warum du sie aus weiter Entfernung riechen konntest. Also, Wehsal, schnell hoch zu den Soldaten, zieh ihnen den Helm ab und weck sie auf. Die vier Wachen sollen dann natürlich auch herunterkommen."

„Soldaten wecken, mit viel Wasser, kein Problem für Wehsal. Wird sofort erledigt, Kommandant."

Sehendes Auge formt seine Arme zu einer Räuberleiter und unterstützt Wehsals Absprung mit einem kräftigen Aufwärtsschwung, sodass er mit einem Satz auf den Balkon gelangt. Nach und nach tauchen die Soldaten auf und werden nach gewohnter Manier vom Hünen aufgefangen. Wir sind wieder vollzählig.

„Gut gemacht", lobe ich Wehsal und belohne ihn mit einem Kakaonugget. Ich gebe die Anweisung, die Waffen der Weißen auf ihre Eigenschaften zu untersuchen. Die Roboter und einige Soldaten sichern den zerstörten Eingang zur Höhle. Draußen hat der Sturm merklich nachgelassen und auch drinnen ordnet sich die Situation zusehends. Homo Wilhelmine scheinen, von kleineren Blessuren abgesehen, mit einem Schreck davon gekommen zu sein. Sehendes Auge wirkt mit seiner tiefen Stimme, haltgebenden Worten und Sicherheit vermittelnden Gesten beruhigend auf seine Stammesleute ein.

EINE MISSLUNGENE ÜBERRASCHUNG

Im Gegensatz zu Sehendes Auge strahle ich keine Ruhe aus. Ich bin extrem beunruhigt. Die Befürchtungen, wonach die Anzahl der Weißen unüberschaubar sein könnte, kamen von Macmacs. Ich spreche ihn darauf an: „Macmacs, ich bin kein Hellseher. Aber, das war nicht das Ende der Weißen, oder? Das war nur die Spitze eines Eisberges. Die Hauptmasse, das heißt, die Hauptmacht zeigt sich noch nicht, als wäre sie unter Wasser verborgen. Auch ist dann wahrscheinlich, dass sie noch etwas in ihrer Wundertüte haben. Gegen solch eine Übermacht sehe ich kaum eine Chance. Was meinst du dazu?"

„Kommandant, Sie nehmen mir die Worte aus dem Mund. Ja, dann stünden wir einer schrecklichen Übermacht gegenüber. Doch ich habe das Gefühl, dass es eine Lösung gibt, aber ich sehe sie noch nicht. Ich komme einfach nicht darauf. Es geht mir nicht mehr aus dem Kopf, einfach nicht mehr aus dem Kopf. Die Lösung ist im Kopf und will nicht raus."

„Macmacs, bleib ruhig, lass jetzt raus was zurzeit geht."

„Kommandant, da war der Fürst, der vermeintliche Schöpfer der Schergen und Echsen. Eine falsche Fährte, absichtlich gelegt, absichtlich. Und das, nachdem das Plateau bereits eine Falle gebildet hatte, eine tödliche Falle. Dann kam der Weiße ins Spiel. Wir wissen seitdem, dass er der Schöpfer ist. Er steckt dahinter, er allein. Wir wissen um das Laboratorium in der Festung. Aber das eine Laboratorium reicht nicht für die Erschaffung so vieler Wesen, das reicht nicht, kann nicht reichen. Es muss mindestens noch eines geben. Und, wo hat der Weiße die ganze Ausstattung her? Woher hat er die ganze Ausrüstung? Das geht nicht, das passt nicht. Einen Teil der Gerätschaften mag er ja nach und nach gefertigt haben. Aber, all die benötigten Hilfsmittel und Stoffe?"

„Macmacs, weiter, nur die Ruhe behalten und überlegen. Der Weiße, oder besser die Weißen, haben eine Anlage im Bereich des Kraters, das vermute ich ja schon länger. Vielleicht befindet sich dort auch ein Großlabor und dieses ist mit entsprechenden Gerätschaften ausgestattet. Andere als jene alten, die wir im Labor der Festung finden konnten. Moment, Macmacs, so viel konnte der Weiße nicht mitgebracht haben, in der kleinen Rettungskapsel. Macmacs, versuchen wir nachzuvollziehen, wie ein Weißer eine Bruchlandung baut und daraufhin, lediglich unter Zuhilfenahme des Inhalts seines Handgepäcks, einen ganzen Planeten erobert. Da ist was faul, das meinst du doch wohl?"

„Ja, Kommandant, Handgepäck reicht nicht, das meinte ich. Aber da ist noch mehr, als das mit dem Handgepäck, aber ich komme jetzt nicht darauf."

„Macmacs, überhaupt! Zu der kleinen Kapsel fällt mir ein, dass wir das Gebiet um das Plateau weiträumig und ziemlich genau gescannt hatten. Wenn auch nicht tief genug, so geschah es doch bereits am Tag unserer Ankunft. Eigentlich hätte uns da schon die Rettungskapsel am Krater auffallen müssen, genauso die Wrackteile. Oh nein, wir Holzköpfe! Kommandant ruft den Ersten Offizier!"

„Ich höre, Kommandant. Gerade gehen wir mit dem Schiff wieder runter."

„Erster, checkt sofort die Scans der Planetenoberfläche, die vom elften Oktober, also dem Tag der Ankunft. Sucht Bilder des Kraters und der nahen Umgebung, ZZ. Gefahr im Verzug!"

„Kommandant, das geht sehr schnell, wenn Sie kurz warten wollen?"

„Erster, mach hin!"

„Da haben wir die Aufnahmen, Kommandant."

„Erster, kannst du die Rettungskapsel oder Wrackteile ausmachen?"

„Kommandant, die Aufnahmen haben eine hervorragende Qualität. Nein, negativ, da ist gar nichts, abgesehen von verkohlten Baumstümpfen."

„Da ist nichts! Ahnte ich es doch."

„Kommandant, wir stehen jetzt fast über euch, auf alter Position."

„Alarm, Erster! Gefahr im Verzug! Sofort auf 60.000 steigen! Alle Abwehrsysteme in höchste Bereitschaft."

Dann wende ich mich an Bazooka: „Bazooka, deine Systeme auf den Bereich des Kraters justieren. Die Jäger im Bereich UN 101 halten. Drohnen über das Kratergebiet, Abstand halten und möglich tief scannen!"

Ich warte einige Sekunden, bevor ich erneut frage: „Alles eingeleitet, Erster?"

„Alles eingeleitet, Kommandant!"

„Achtung! Leute! Sehendes Auge! Der Gegner scheint sich zurzeit im Kratergebiet aufzuhalten. Truppenstärke unbekannt! Menge und Beschaffenheit ihrer Waffen unbekannt! Der Gegner hat sehr wahrscheinlich ein Raumschiff, dass eine unberechenbare Bedrohung darstellt!"

Ich ärgere mich. Schon wieder wären wir euch Monstern beinahe auf den Leim gegangen, denke ich. Was für ein mieses, subtiles Dauerspiel, das ihr betreibt. Die Teile wurden nachträglich drapiert und wir sollten glauben, dass euer Raumschiff einst abgestürzt war. Es reicht. Nicht mehr mit uns, nie mehr. Nun wartet nur ein Weilchen, euch holen wir uns, beende ich meine Gedanken wütend.

„Erster an Kommandant. Die Drohnen erreichen demnächst das Zielgebiet. Dann braucht es noch wenige Minuten bis zur Auswertung."

„Erster, macht hin! ZZ!", rufe ich zornig über mich selbst. „Verdammt, die Zeit zieht sich zu sehr hin. Das passt mir überhaupt nicht, in dieser Situation."

„Kommandant, die Messergebnisse der Drohnen! Ihre Annahmen bestätigen es! Es ist eine große, weit verzweigte und unterirdische Anlage. Es gibt verdeckte Öffnungen nach oben und zur Gebirgsseite. Außerdem konnten die Drohnen sogar Bewegungen innerhalb der Festung ausmachen."

„Reicht, die Flieger raus aus dem Gebiet! Sehendes Auge, alle deines Volkes müssen sich so weit wie möglich vom Kratergebiet fernhalten. Macht eure Höhlen dicht. Gib das Signal, auch an die Waldleute! Es wird gleich extrem unangenehm."

„Verstanden, Kommandant."

„Festungstrupp! Schotten dicht machen!"

„Verstanden, Kommandant."

„Bazooka, kannst du mich trotz der lauten Signalhörner verstehen?"

„Kommandant, Waffen werden auf unterirdische Strukturen eingerichtet! Felsbrechende Lenkraketen sind gleich klar. Fähre ist mit schweren Bomben bestückt. Fähre ist ausgeklinkt. Sollten sie ein Schiff haben, kommt es da nicht heil raus. Das ist während der Startphase viel zu langsam. Das packen wir uns. Gesamtkoordinierung der Angriffsabfolge ist klar!"

„Verstanden Bazooka! Kommandant ruft alle Kräfte! Sehendes Auge meldet mir gerade, dass seine Leute verschanzt sind. Sonst noch jemand in Gefahr? Denkt daran, Laserstrahlung richtet gegenüber den Weißen nichts aus. Nur konventionell feuern. Lassen wir es von allen Seiten ordentlich krachen."

Ich sehe mich in der Höhle um. Die Anspannung zeigt sich deutlich in einer völligen Bewegungslosigkeit aller Beteiligten. Nicht ein einziges Wort wird gesprochen. Alle lauschen auf den Moment hin, der die Stille brechen wird. Dr. Okawa, Macmacs, Dimitri und Wehsal stehen bei mir. Die Roboter ersetzen das Tor der Höhle. Die Soldaten haben sich hinter ihnen formiert. Sehendes Auge hat sich vor seine mit Bögen bewaffneten, hockenden Männer und Frauen gestellt. Sie sind mit den einfachen Bögen ausgerüstet und tragen Kleidung aus hellbraunem Leder. Geschützt werden sie durch eine kunstvolle, aus dicker Echsenhaut gefertigte Rüstung. Diese ist aus sich überlappenden Streifen zusammengenäht und erinnert mich an die Rüstungen der alten Römer. Ich weiß aus Berichten, wie leicht, flexibel und effizient ein solcher Abwehrpanzer ist. Ich sehe nach links, zum Ende der Höhle. Dort hatte ich einen kurzen Blick in den Badebereich und die Toilettenanlage geworfen. Auch das vermittelte mir den Eindruck eines römischen Badehauses. Es fehlt an keinem Komfort, schon gar nicht an fließendem Wasser. Hier fließt es aus dem Inneren des Berges. Ebenfalls ganz hinten in der Höhle, in der Nähe des Badebereichs, befindet sich der Schlafbereich. Die Kinder liegen vorsorglich schon in ihren Betten. Sie wurden dick zugedeckt, samt ihrer Köpfe. Es soll sie gegen die harten Schläge des Kampfgeschehens schützen, zumindest, soweit es möglich ist. Die Mütter, sehr junge sowie alte Frauen liegen dicht an ihrer Seite. Sie sind nicht gerüstet und tragen Alltagskleidung. Diese wirkt sportlich und bequem. Die weichen Schuhe und Stiefel haben flache Sohlen. Doch fasziniert die Bekleidung den Betrachter durch ihre fantasievollen Kreationen. Auf unserer Erde würden sie wohl als exklusiv, extravagant oder sogar schrill bezeichnet werden. Unterschiedlichste Schnittmuster formen die edlen Materialien zu Designerstücken. Hochwertiges Echsenleder und individueller Schmuck aus erlesenen Edelsteinen korrespondiert mit dem jeweiligen Typ sowie der Haarfarbe. Ein wenig amüsieren mich die unterschiedlichen Körpergrößen von Homo Wilhelmine. Die Differenz beträgt nach meiner eben erstellten Statistik ungefähr achtzig Zentimeter. Wobei mir gleichzeitig klar ist, dass wir Ankömmlinge zu den Kleinsten zählen. Eben bemerke ich, dass eine alte Frau irgendetwas auf der Haut eines der Kinder aufgefallen ist. Sie kann es nicht erkennen. Verblüfft beobachte ich, wie sie eine rund geschliffene Scheibe aus der Tasche ihres Kleides zieht und vor ihr Auge hält. Es ist offensichtlich eine Lupe. Sie scheint nichts Schlimmes gesehen zu haben, denn zufrieden steckt sie die Scheibe wieder weg. Nachdenklich drehe ich meinen Kopf, über den Kochbereich hinweg, in Richtung des Eingangs. Meine Gedanken werden kurz vor dem Ziel zum Pausieren eingeladen. Eine abstrakte Darstellung auf einer der Wände betrachtend, erkenne ich über wenigen horizontal verlaufenden, farblichen Abstufungen eine untergehende Sonne, symbolisiert durch den Halbkreis. Das Bild strahlt Ruhe aus und erinnert mich daran, dass die Abenddämmerung in ungefähr zwei Stunden einsetzen wird.

Plötzlich hören wir hochfrequente Pfeiftöne. Die Starre der angespannten Körper ändert sich zu einem Zusammenzucken. Wie aus dem Nichts und absolut synchron durchschneiden unterschiedlich hohe Frequenzen die Stille. Sie verlieren sich in direkt aufeinander folgenden Detonationen. Der Fels um uns herum bebt. Noch bevor das Krachen der Einschläge verstummt, wird es von neuen Hochfrequenzen abgelöst. Nichts passiert mehr synchron und es gibt keinerlei Unterbrechung. Das Pfeifen der Raketen ist jetzt permanent zu hören sowie die andauernden, gewaltigen Explosionen.

Ich laufe zum Eingang der Höhle, gelange an den Soldaten vorbei, bis zu den Robotern. Es ist noch hell draußen. Eine dichte Wolke aus Rauch und Staub verhüllt das Gebiet des Kraters. Der Wind bewegt das Äußere der Rauchsäule, zerrt aus dem grauen Mantel mehr und mehr Schwaden und treibt diese in unsere Richtung. Die Sicht wird erheblich schlechter. Ich wende meinen Körper und nach wenigen Schritten zurück trete ich vor die Formation der Soldaten. Der Hall der Detonationen ist hier vorn kaum erträglich. Die Anzüge der Soldaten beginnen zu verstauben.

Das macht so keinen Sinn, denke ich und rufe Ruhe vermittelnd, aber gezwungenermaßen laut: „In den derzeitigen Kampfablauf können wir nicht eingreifen! Also, jeder Zweite von euch verlässt die Formation und macht eine Pause! Ich habe gehört, es gibt Dörrfleisch im Angebot! Dörrfleisch, ein Hausrezept von Homo Wilhelmine!"

Jeder zweite Soldat tritt weg und Sehendes Auge ersetzt sie scheinbar alle, denn er steht plötzlich vor mir. Er hat mitgehört und lächelt mich freundschaftlich an. Ich lächle zurück und schaue mir nochmals kurz die Soldaten in der verbliebenen Formation an. Meine Aufmerksamkeit gelangt vom Rechtsaußen bis zum Linksaußen. Er steht direkt neben den Trümmern des von den Weißen gesprengten Tores. Auch sein Anzug und Helm ist inzwischen stark verstaubt. Er bemüht sich, mit seinen Handschuhen das Visier seines Helms zu reinigen.

Passt zu der abstrakten Darstellung auf der Höhlenwand hinter ihm, stelle ich fest. Ein alter, bemalter Fels mit einem lebendigen Soldaten im Vordergrund. Was für eine eigenartige Stimmung. Und wie der felsige, bemalte Bildhintergrund überlagert wird, von den gebrochenen, kantigen Trümmern des Tores. Das Bild drückt in seiner Tiefe eine Endzeitstimmung aus und die Dreidimensionalität nimmt auch die dunkle Ecke des Raumes ein. Diese Perspektive und eine Lichtreflexion an einer unpassenden Stelle machen das Bild unstimmig und stören mich sehr. Ich gehe zum Linksaußen der Soldaten, umfasse seine Schulter und frage ihn: „Na, geht es noch?", nehme ihm seine schwere Waffe ab, greife sie mit beiden Händen, bringe sie in Anschlag und sage: „Gute Waffe, sie liegt wirklich perfekt in der Hand, ist entsichert und auf Großkaliber eingestellt, ganz nach Bedarf. Sehr gut, Soldat!"

Noch nie fiel es mir leicht, zu töten. In deinem Fall wird es mir sehr leichtfallen, ist der Gedanke, dem ich mich nicht erwehren kann. Eine geringe Körperdrehung reicht und ich feuere in die dunkle Ecke, an dem Soldaten vorbei. Der schillernde Tarnumhang wird löchrig und der Körper eines Weißen zerreißt in Fleischfetzen.

Ich schreie: „Erster, Bazooka, konzentriert euch auf die Abwehrsysteme! Wir hatten hier noch einen Spitzel der Weißen. Die weiße Wanze hat mitgehört! Die waren demnach vorgewarnt. Das Schiff der Weißen wird sich also schon vorhin in den freien Raum abgesetzt haben, vor unserem Angriff auf die Festung. Die Truppen der Weißen selbst dürften die Festung auch rechtzeitig verlassen haben."

Ohne Luft zu holen, rufe ich in die Höhle: „Checkt die ganze Höhle darauf, ob sich noch ein Spitzel versteckt hält, draußen auch! Roboter, wie konnte das passieren? Da ist wohl die Sensorik unzureichend programmiert worden, oder was?"

„Erster an Kommandant, das System zeigt uns gerade ein Flugobjekt. Das ist ein Einhandsegler, im Vergleich zu uns sehr klein. Es ist mit unserer großen Landefähre vergleichbar. Nähert sich sehr schnell, unglaublich schnell! Es schlägt Haken.

Wir feuern, aber treffen nicht! Das ist unheimlich, es scheint Einfluss auf die Ausrichtung unserer Waffensysteme nehmen zu können."

„Wo sind die Jäger, Erster?"

„Abstand 30 zum Schiff. Vertikalstarter und Drohnen sind auf meinen Befehl unten geblieben und seitlich noch weiter ausgewichen, auf 100 nach unten, wie die Fähre auch. Gegnerisches Schiff kommt näher! Wir feuern weiter, Kommandant! Kein Treffer, bekommen Gegenfeuer! Wir sind getroffen!"

„Meldungen, Erster, immer weiter!"

„Wir haben an der Unterseite einen heftigen Einschlag erlitten, im Bereich der Haupttriebwerke! Wir verlieren an Schub. Die Überprüfung läuft. Das war heftig! Alle unsere Systeme sind betroffen, sie drohen völlig abzustürzen. Uns geht der Überblick verloren! Der Hauptschirm kann noch den Gegner erfassen, der kommt schnell näher! Da nähert sich noch etwas extrem schnell! Explosion! Das gegnerische Schiff ist explodiert! Wie das?"

„Erster?"

„Das gibts doch nicht, das gegnerische Schiff ist einfach explodiert, ist nur noch ein Feuerball! Aber, wir hatten gar keinen Treffer gelandet. Ja, negativ, kein Treffer von uns, Kommandant."

„Was ist mit den Jägern, Erster?"

„Ein Jäger ist klar, er ist direkt quer ab."

„Nur ein Jäger, Erster?"

„Kommandant, der Oberst, er wollte selbst fliegen. Er ist nicht mehr erreichbar und sein Jäger nicht mehr auszumachen. Mit dem schnellen Jäger konnte er mit dem gegnerischen Schiff locker Schritt halten. Er wird es doch nicht ..."

„Der Oberst, sagst du, Erster? Ich erwarte schnellstmöglich einen genauen Bericht über die Schäden an UN 101. Bazooka, was konntest du unten ausrichten?"

„Kommandant, diese Festung gibt es nicht mehr, nicht einen Hohlraum. Alles ist komplett eingebrochen."

„Gut, Bazooka."

„Erster, ich erwarte selbstverständlich auch umgehend einen Bericht bezüglich des Oberst."

AUGE UM AUGE – ZAHN UM ZAHN

„Kommandant, hörst du das Signal aus der Entfernung?"

„Ja, Sehendes Auge, was bedeutet das?"

„Damit hatte ich nicht gerechnet, Kommandant. Es ist ein Horn der Querdenker. Er signalisiert, dass sich so viele Köpfe der Weißen in unsere Richtung bewegen, wie Blätter an einem Baum wachsen."

„Viele Blätter, unmissverständlich starke Truppen der Weißen. Gehen wir davon aus. Erfreulicherweise gehen wir auch davon aus, dass sie jetzt nur noch über Bodentruppen verfügen. Wir hingegen haben noch eine Luftwaffe. Sie dürfen uns nicht entkommen, kein einziger von ihnen."

„Kommandant, ich gebe ein Signal zurück an den Querdenker und rufe meine Leute im Umkreis zum Kampf."

„Verstanden, Sehendes Auge. Erster! Was ist bei euch los, was ist mit dem Schiff?"

„Es hat sehr schwere Schäden. Viele Systeme sind ausgefallen oder wir mussten sie herunterfahren. Die Rechner arbeiten nur noch in einigen Funktionen stabil. Vor allem macht das Haupttriebwerk Ärger. Der Aufwärtsschub ist nicht mehr voll gegeben, Kommandant. Das ist mit Abstand unser größtes Problem. Fest steht jetzt schon, dass die Reparatur Tage, Wochen, Monate oder Jahre dauern wird. Sehr wahrscheinlich wird sie hier überhaupt nicht möglich sein."

„Ach du Scheiße! Francis! Schafft ihr es bis zum Plateau?"

„Vielleicht mit Glück, Kommandant. Wir werden sehen, ob wir der Anziehungskraft der wunderschönen Wilhelmine widerstehen können. Wenn Ihr einen Rums hört, dann sind wir kleine Teilchen der Schönheit."

„Nein, Francis, ruft alles was fliegen kann zusammen und steigt rechtzeitig um. Das müsst ihr entscheiden, doch nicht zu spät! Francis, du weißt, wie ich es meine."

„Verstanden, Kommandant! Speziell ich würde das aber ungern tun. Mein Sessel am Steuerpult ist nämlich so was von bequem. So einen bekomme ich doch niemals wieder."

„Oh Francis, das bekommen wir schon geregelt, doch darf ich nicht versäumen dich schon einmal sehr herzlich auf der Schönen Wilhelmine willkommen zu heißen."

„Ja, Alter Schwede. Wenn ihr gleich weiter auf Kriegspfad seid, wie die Berserker, da ihr ja obendrein noch unter Dr. Okawas Droge steht, dann bitte ich doch darum: Falls du zwischendurch vielleicht etwas Zeit findet, dann schau dich nach netten Eigenheimen um, gern an einem dieser kleinen Meere. Mit UN 101 sehe ich jedenfalls schwarz, obwohl ich Optimistin bin."

„Das machen wir, Francis. Jetzt sieh nur zu, dass ihr heil runterkommt. Ich baue auch ein Holzschiff für uns, naja ein Boot, wenigstens ein kleines ..."

Ich räuspere mich besorgt, denn die Situation berührt mich. Als ich meine Beherrschung wiederfinde, rufe ich: „Kommandant an Festung!"

„Wir hören, Kommandant!"

„Demnächst kommt hoffentlich UN 101 in eure Sicht. Wenn nicht, dann läuft eine Evakuierung über unsere restlichen Flieger an. So oder so, Landungen vorbereiten und auf weitere Befehle warten. Ich verlange ständig Meldungen."

„Verstanden, Kommandant."

Ein Eigenheim besorgen, denke ich. Francis, deinen Humor möchte ich haben, sogar sehr gern für immer. Komm bloß heil runter.

„Sehendes Auge, Dr. Okawa, Macmacs, Dimitri, Befehlshabender und Wehsal, Lagebesprechung! Oh, Wehsal, du hast dich schon mit Wilhelmines Kindern angefreundet? Jetzt aber schnell hierher!"

Nach wenigen Minuten stehen alle vor mir.

„Dr. Okawa, ich weiß, dass wir in spätestens vierundzwanzig Stunden zusammenbrechen werden, nach der Wirkung Ihres Zaubertranks. Nun, knapp vierundzwanzig Stunden sind eine halbe Ewigkeit und müssen eben ausreichen, um die Weißen endgültig zu schlagen. Leute, schließlich müssen wir uns rechtzeitig nach passenden Eigenheimen umschauen, meinte Francis. Und das ist alles andere als Spaß, das habt ihr schon mitbekommen. Wir kommen hier höchstwahrscheinlich nie mehr weg. Wir hoffen, auf Sehendes Auges Zustimmung bauen zu dürfen."

Sehendes Auge lächelt und sichert sie uns mit einer dankenden Geste zu. Er stutzt plötzlich und formt aus seiner linken Hand eine Hörmuschel. Er lauscht in die Ferne. „Hörner, Kommandant, aber sie sind zu weit entfernt. Ich kann die Nachrichten nicht deuten."

„Erster an Kommandant! Wir haben eine saubere Bruchlandung auf dem Plateau hingelegt. Einflugschächte für die Flieger sind aber unbeschädigt und frei. Das war Maßarbeit von Francis."

„Verstanden, Erster, sehr gut. Sichert eure Stellung."

Mich an alle Kräfte wendend, ziehe ich ein endgültiges Resümee: „Kommandantenspruch an alle Kräfte! UN 101 ist stark beschädigt, wie gehört. Das ist für uns zurzeit aber sekundär. Primär müssen wir diese weißen Heinis ausschalten. Sonst können weder wir hier leben noch Homo Wilhelmine. Und das wäre viel mehr als eine beschissene Situation. Wir stehen und fallen mit Homo Wilhelmine. Wir werden diese Weißen gemeinsam besiegen. Aber, es gibt ein entscheidendes Problem. Man sieht die Weißen nur schlecht und es sind wohl viele, wenn der Querdenker nicht gelogen hat und das Signal richtig gedeutet wurde. Sehendes Auge macht gerade seine Truppen mobil. Leute, ich frage ihn, sodass ihr mithören könnt! Sehendes Auge, wie viele deiner Krieger wirst du mobilisieren können?"

„Hundert vielleicht."

„Ihr habt mitgehört, Leute! Unsere Truppenstärke ist sehr begrenzt. Wieder ist euer Mut gefragt. Wir werden siegen, denn wir sind durch die vielen Kämpfe gestählt und besitzen noch eine Luftwaffe. Radieren wir diese teuflischen Ausgeburten aus! Haltet euch bereit, wartet auf die Befehle!"

Einschränkend spreche ich zwei meiner langjährigen Weggefährten an.

„Macmacs und Dimitri, habt ihr eine Idee, wie wir gegen die Unsichtbaren siegen können? Macmacs, was ist mit dir los? Du siehst ja völlig geschafft aus. Hey, du zitterst ja auch. Du willst mir etwas sagen?"

„Kommandant, es war so laut. Denken ist schwer, so schwer. Sensorik funktioniert nicht, erfasst nicht, nur direkt, sonst nicht. Es ist das Spiegeln."

„Warte, Macmacs! Dr. Okawa! Macmacs geht es nicht gut. Er hat einen Schock, einen Bombenkoller. Kümmern Sie sich sofort um ihn."

„Ja, Kommandant, Sie können es umgangssprachlich einen Bombenkoller nennen. Ich spritze ihm sofort ein Beruhigungsmittel."

Ich warte einen Moment, brauche aber dringend eine Lösung und frage weiter: „Macmacs, geht es jetzt ein wenig besser?"

„Ja, Kommandant, etwas besser. Schutzschild, Anzüge nehmen Wellenlängen, spiegeln nach außen. Sogar Roboter haben Probleme, sogar Roboter. Körperwärme bleibt verborgen. Und, Kommandant, dann dieser Geist, der spiegelt. Vorsichtig mit dem Spiegeln. Spiegele dich nicht."

„Macmacs, du stehst ja noch vollkommen neben dir. Was meinst du mit ‚spiegeln'? Bringt ihm Fruchtsaft oder ähnliches und gebt ihm einen Kakaonugget. Bleiben wir bei dem Spiegeln. Was meinst du damit?"

„Die Weißen sind wie Geister, diese ES, nein, nur einer."

„Das verstehe ich nicht, Macmacs. Homo Wilhelmine waren in Starrheit gefallen. Was hatte da funktioniert? Vielleicht hilft es dir auch? Ein paar Spritzer Wasser über den Kopf, Macmacs, was hältst du davon?"

„Kommandant, das trifft das Wasser auf den Kopf, ich meine den Nagel über den Kopf, nein, auf den Kopf. Genau, dem Geist etwas über den Kopf geben. Kein Wasser, besser bestauben, ähm, bestäuben, einpulvern, nein, zustauben."

„Macmacs, du hast uns sehr geholfen. Dr. Okawa, bitte kümmern Sie sich weiter um ihn. Er muss unbedingt schnell auf den Posten kommen, denn er ist unser wichtigster Mann."

„Ja, Kommandant, es wird schon langsam besser. Er soll sich hinlegen und ruhen. Eine Stunde braucht das Mittel, bis zur endgültigen Wirkung. Noch vor wenigen Jahrzehnten wäre Macmacs für eine sehr lange Zeit ausgefallen."

„Dr. Okawa, bitte, treten Sie näher. Hierher, direkt an mich heran. Sie sind ein hervorragender Arzt und vom Rat unter vielen ausgewählt worden. Auch weiß ich um Ihre Qualifikationen. Sie sind ein Überflieger, wenn ich es so ausdrücken darf. Sie haben nicht nur viele fachärztliche Studiengänge absolviert, Sie haben diese jeweils mit Bravour und scheinbar mit Links hinter sich gebracht. Bitte sagen Sie mir, was Macmacs meinte, als er sagte man solle sich nicht spiegeln?"

„Kommandant, Macmacs ist ein begnadeter Naturwissenschaftler. Es ist ihm aufgrund seiner hohen Intelligenz leichtgefallen, all das Wissen zu erwerben. ‚Spiegele nie dein Sein, dein Ich, nach außen', das wollte er wahrscheinlich ausdrücken. Philosophisch betrachtet könnten wir Stunden darüber sprechen, vielleicht bei einem guten Glas Rotwein? Naturwissenschaftlich meint er wohl etwas anderes. Ich kann mir vorstellen, was er mutmaßt. Der Weiße, man kann ihn tatsächlich eher ES nennen, ist einst auf diesem Planeten gelandet, in einem recht kleinen Raumschiff, wie ich erfuhr. ES wird wahrscheinlich allein gekommen sein, entweder in anderer Gestalt oder als Weißer. Dann hat ES sich reproduziert. Dieses ES ist ein Geist, in vielen Körpern. ES ist König und Volk zugleich. Und, Kommandant, Macmacs meint, dass ES seit Millionen Jahren existiert. Das ist beängstigend, sogar gruselig, denn es ist im Rückschluss wahrscheinlich, dass ES bereits zig Planeten beherrscht. Man kann ES, zumindest in der jetzigen, menschgleichen Erscheinung, nur als allgegenwärtigen Humanoiden Rex bezeichnen. Aber uns bietet sich eine Chance. Für ES birgt die Multiexistenz auch Gefahren in sich, da ES die Erlebnisse aller seiner Reproduktionen teilt, sie mitdenkt. Viele Teile des Geistes fielen bereits im Kampf. ES fiel dann jeweils mit ihnen. ES erweiterte seinen Geist mit den geschaffenen Weißen und nun reduziert sich dieser Geist. Auch wenn der Geist unglaublich stark sein mag, läuft er doch Gefahr sich zu verlieren. Ich unterstelle, dass Macmacs so oder ähnlich denkt."

„Verstanden. Ich werde jetzt eine Strategie verkünden. Unterbrechen Sie mich, wenn ich Ihrer Meinung nach eine falsche Aussage treffe. Erster! Wir müssen versuchen den Geist der Weißen vom All abzuschirmen. Sprich sofort mit der Technik! Ist es möglich die Atmosphäre über dieser gesamten Region massiv zu stören? Wenn ja, dann schnellstmöglich!"

„Ja, positiv, das weiß ich sicher. Es ist möglich, auch mit unseren eingeschränkten Mitteln."

„Erster, macht es, sofort! ZZ!"

Jetzt wende ich mich an alle verfügbaren Einheiten: „Achtung! Kommandantenspruch! Die Weißen gingen bisher geordnet vor, koordiniert, doch grundsätzlich brutal. Sie spielten eine Karte nach der anderen aus, nie mehrere gleichzeitig. Ich befehle jetzt, was ich eben noch für undenkbar gehalten habe. Geben wir dem grausamen Geist der Weißen Beschäftigung, viel Beschäftigung. Lasst ihn nicht zur Ruhe kommen. Leute, mir ist klar, dass wir jegliche Konventionen brechen, aber die Weißen brechen diese ständig. Unser Sieg darf nicht gefährdet sein. Wir werden diesen Geist in viele gleichzeitige Scharmützel verwickeln, ihn ganz unterschiedlich fordern. Trefft die Weißen und lasst sie Schmerzen leiden. Bereiten wir dem Geist der Weißen die von ihm selbst erdachte Hölle, eine Hölle der tausend Qualen."

Wieder vernehmen wir aus weiter Entfernung Signalhörner, lauter, als zuvor. Es sind jetzt viele Signalhörner, die zusammen einen so vollen Klang erzeugen, als wäre jeder einzelne Baum des Waldes ein Horn. Es hallt unaufhörlich über den Fluss zu uns herüber. Ich wende mich an Sehendes Auge und blicke ihm fragend in die Augen.

„Querdenker, Kommandant, bestimmt zweihundert Kopf stark. Sie blasen unsere althergebrachten Signale der Treibjagd. Dadurch halten sie gleiche Abstände zueinander und verängstigen das gejagte Wild. Der zum Halbkreis geschlossene Verbund der Verfolger lässt das gejagte Wild in Panik geraten. Der Halbkreis wird von den am schnellsten laufenden Jägern ständig nach vorn, parallel zu den Gejagten und über ihre Spitze hinaus verlängert. Ein Ausbrechen ist unmöglich. Es ist eine gnadenlose Jagd, aber sie jagen jetzt kein Wild. Sie jagen die Weißen zum Fluss, genau in unsere Richtung."

„Sehendes Auge, sag mir, wie können sie die Weißen ausmachen, die sind doch praktisch unsichtbar?"

„Die Sinne der Verfolger sind geschärft. Sie leben seit sehr langer Zeit in den Wäldern. Ihnen entgeht nichts, das sagte ich schon einmal. Ich vermute, dass zumindest ein Teil von ihnen die Bäume verlassen hat, um mit der Geschwindigkeit der Weißen Schritt halten zu können."

„Sehendes Auge, vertrauen wir auf die Querdenker und bereiten den Weißen von unserer Seite einen passenden Empfang. Erster Offizier! Die Weißen bewegen sich gezwungenermaßen sehr schnell in unsere Richtung. Wärmebildkameras erfassen sie aufgrund ihrer Anzüge kaum oder gar nicht. Jedoch wissen wir, dass kurze Reflektionen erkennbar sind. ZZ, die Drohnen auf ihre Spur schicken. Die Flieger sollen aber weit genug oben bleiben, damit ihr die Kommunikation der Querdenker nicht stört und sie womöglich durcheinanderbringt. Ach, Erster?"

„Kommandant?"

„Habt ihr Sand, Staub oder irgendwelchen anderen Dreck an Bord, den wir den Weißen über ihre Köpfe schütten können?"

„Wie, Kommandant, was meinen Sie?"

„Erster, es ist mir egal. Irgendetwas, Hauptsache die Weißen werden sichtbar. Die Spiegel müssen verstauben, das heißt der Spiegeleffekt ihrer Anzüge muss abgedeckt werden."

„Kommandant, da war doch etwas … Ja! Ich weiß es wieder! Wir haben tatsächlich etwas an Bord des Schiffs. Es dient dazu Wege für Bodentruppen sowie Ziele für Jäger bei Dunkelheit besser sichtbar, eben heller zu machen. Es ist ein fluoreszierendes Pulver."

„Tatsächlich, Erster, ein fluoreszierendes Pulver? Das ist ja viel besser als gedacht. Das ist schlicht der Wahnsinn! Kann eine Drohne überhaupt eine solche Substanz abwerfen, beziehungsweise, verpulvern?"

„Kommandant, das stellt nun mal gar kein Problem dar. Wir schütten es einfach in den Abwurfschacht einer Drohne. Die lassen wir lautlos über dem Zielgebiet hinabgleiten. Dann öffnen wir den Schacht, nur einen schmalen Spalt breit, und lassen die Drohne die Weißen bestäuben. Wir lassen es leise rieseln, leise wie Schnee. Die Weißen werden erstrahlen."

„Rieseln wie Schnee klingt schön, klingt nach Weihnachten. Aber eigentlich bestäuben Drohnen doch gar nicht, die besamen Bienenköniginnen. Ach, das ist Haarspalterei. Dann lass es rieseln. Erster, beschreibt mit Hilfe unserer anderen Bienen den Halbkreis der Verfolger. Achtung, verpulvert die Substanz mittig zwischen ihnen, aber nicht die Verfolger. ZZ!"

„Verstanden, Kommandant."

„Unser Nachtmond wird eurem Pulver helfen, Kommandant."

„Ja, Sehendes Auge, es könnte gelingen. Gehen wir nach draußen und bringen uns in Gefechtsbereitschaft. Alles zu mir! Kurze Lagebesprechung!"

Die Lagebesprechung ist beendet. Unsere Strategie ist einfach. Wir werden die Weißen aus einer sicheren Deckung erwarten und versuchen, sie mit konventionellen Waffen niederzustrecken. Dr. Okawa und Dimitri sind bei Macmacs in der Höhle geblieben. Wir haben Stellung nahe dem Flussufer eingenommen und bilden drei geschlossene Trupps. Sehendes Auge und ich bilden die Mitte der inneren Formation. Die Kampfroboter stehen zwischen den drei Verbänden und wirken wie Kampfhaubitzen. Der noch leichte Wind hat Rauch und Staub verweht. Im Vergleich zur letzten Nacht hat der Mond nur unmerklich abgenommen und es bestehen wiederum recht gute Sichtverhältnisse, wie es Sehendes Auge voraussagte. Neben mir arbeitet unerwartet eine pumpende Sensorik auf höchster Stufe. „Wehsal, du bist es. Keine Sorge, es sind zwar viele Weiße und man sieht sie im Moment noch kaum, aber der Wind steht günstig. Die riechst du ohne Anstrengung. Über den Fluss schaffen die es nicht. Nicht mit uns, nicht wahr, Wehsal? Hier, nimm erst einmal einen Kakaonugget."

Seine Geruchssensorik fährt für den Schmatzmoment gegen Null herunter. Worauf von ihm folgt: „Ich rieche sie ja schon die ganze Zeit, Kommandant. Ich versuche zu riechen, wie viele es sind. Sehr viele! Das habe ich doch schon gut gerochen. Dann bitte noch einen Kakaonugget."

„Gut, Wehsal, Motivation soll belohnt werden. Hier hast du einen. Erster! Wie weit ist die Drohne mit dem Verpulvern?"

„Kommandant, sie hat gleich die volle Ladung verpulvert."

„Verstanden, Erster, aber da wäre noch eine ganze Kleinigkeit."

„Kommandant, was meinen Sie?"

„Erster, ich meine hinsichtlich des Pulvers."

„Kommandant, hinsichtlich des Pulvers?"

„Erster, eine bestimmte Farbe des Pulvers können wir uns ja nun nicht mehr wünschen."

„Blau, Kommandant, das Pulver ist blau. Die Weißen leuchten blau."

„Kommandanten an alle! Leute! Unsere Chancen gegenüber den Weißen haben sich erheblich verbessert. Die sind inzwischen sowas von blau!"

Die Hörner der Querdenker werden lauter.

„Kommandant, sie sind dem Fluss schon recht nah. Die Querdenker jagen die Weißen direkt auf die breite Furt zu."

„Sehendes Auge, die Querdenker müssen ausreichend Abstand zu den Weißen gewinnen, bevor wir das Feuer eröffnen."

„Ich weiß, Kommandant, ich muss ihnen ein Signal geben, darf unsere Stellung aber noch nicht verraten. Bin gleich wieder hier."

Sehendes Auge läuft flussaufwärts und wechselt bald die Uferseite. Darauf dauert es nicht mehr lange und wir hören sein Horn. Er gibt Signale, die mir bekannt erscheinen. Unvermittelt reißt ein Signal ab. „Kampfroboter, sofort zu mir!", schreie ich flussaufwärts. Im nächsten Moment steht die Kampfmaschine vor mir. Ich befehle ihm: „Kampfroboter, trag mich flussaufwärts, zu Sehendes Auge!" Schnell nähern wir uns dem Alphakämpfer. Ich kann ihn bereits erkennen, aber er ist nicht allein. Er kämpft um sein Leben, mit dem Drachenfürsten. Dessen verbliebener Scherge versucht einzugreifen, als ihn auch schon ein Laserstrahl des Roboters tödlich trifft. Sehendes Auge und der Fürst ringen miteinander. Wir sind fast bei ihnen und erkennen, dass der Alphakämpfer versucht an seine Waffe zu gelangen. Wir können nicht feuern, denn die Körper haben keine Distanz zueinander. Ich springe vom Roboter ab und bin nur noch wenige Meter entfernt. Der Fürst lässt von dem am Boden liegenden Alphakämpfer ab und spurtet, unterschiedliche Laufrichtungen vortäuschend, auf mich zu. Ich schieße, vorbei. Ein Hieb trifft mich mit voller Wucht. Ich werde mehrere Meter weit geschleudert. Er ist schon wieder über mir und holt mit einer Kralle zum Schlag aus. Es gelingt mir mit einer Rolle auszuweichen. Die Kralle peitscht neben meinem Kopf den Schlamm auf. Der Fürst baut sich schon wieder vor mir auf, als ihm selbst ein Hieb versetzt wird und ihn diagonal zerteilt. „Erwarte weitere Befehle, Kommandant!", tönt es laut aus dem Roboter. „Bring uns zurück!", antworte ich ihm. Unterwegs erkenne ich, dass Sehendes Auge, auf der anderen Schulter des Roboters platziert, unverletzt ist.

Wir haben unsere Positionen wieder eingenommen. „Kommandant, das Schlammbad hat sich gelohnt. Die Querdenker hatten geantwortet. Die Weißen haben bereits hohe Verluste. Die Querdenker zielen nunmehr auf ihre Unterkörper. Achtung, wenn der erste Weiße die Furt durchschritten hat, schießen sie aus Distanz brennende Pfeile auf sie ab. Erst dann sollen wir eingreifen, denn erst dann ist ihre Zange ganz geschlossen und absolut undurchdringbar. Dann gibt es für die Weißen nur noch den Weg nach vorn durch den Fluss. Zurück ist der Weg dann versperrt."

„Sag, Sehendes Auge, die Querdenker haben dir signalisiert, dass ihre Barriere erst ab dem Abschuss der brennenden Pfeile undurchdringbar ist?"

„Ja, die Signale waren eindeutig."

„Das bedeutet aber, dass es während der Treibjagd doch zu Ausbrüchen kommen konnte und noch immer kommen könnte?"

„Ja, das ist aber recht unwahrscheinlich. Die Querdenker überblicken naturgemäß die Lage ziemlich genau, da sie hauptsächlich von oben auf das Geschehen schauen."

„Vertrauen wir darauf. Sonst klingt das, was sie sich zum Finale überlegt haben gut. Dann machen wir es so. Alle mitgehört?"

Ich bekomme die letzte Bestätigung der Truppenteile. Vertrauen wir darauf, denke ich. Diese Gedanken bezweifele ich aber schon im nächsten Moment. Ich hatte es gedacht, aber bin mir jetzt bereits fast sicher, dass wir falsch liegen und spreche sofort meinen Kampfgefährten, den Alphakämpfer, an.

„Sehendes Auge, darauf sollten wir lieber doch nicht vertrauen. Wir dürfen auf gar nichts vertrauen, was mit den Weißen zusammenhängt. Was, wenn einige von ihnen ausgebrochen sind oder noch ausbrechen? Und was, wenn einige das Kampfgeschehen weiträumig umgehen? Lass uns unsere Flanken schützen, auch wenn es unsere Kräfte nach vorne schwächt."

„Kommandant, trotz des wieder gewonnenen Vertrauens zu den Querdenkern muss ich dir zustimmen. Wir können und dürfen es nicht ausschließen, dass ihnen etwas entgeht. Die Weißen sind zu unberechenbar. Wir können unsere kleineren Bogenschützen an die Flanken schicken."

Er schaut mich grinsend an.

Was für dich klein bedeutet, denke ich und grinse zurück. Wir einigen uns sofort und geben die Order unsere offenen Flanken durch kleinere Bogenschützen zu sichern. Kaum haben wir die Befehle erteilt, stößt mich Sehendes Auge an, seinen anderen Arm in Richtung elf Uhr ausstreckend und er flüstert: „Dort, jetzt leise."

Ich sehe den Schimmer von Blau und spreche in meinen Helm: „Achtung, Leute! Kein Geräusch, sie kommen in Sicht."

Immer mehr sich bewegende, leuchtende, blaue Flecken werden sichtbar. Als vollständige Figuren lösen sie sich aus den dunklen Konturen des Waldes. Unwirklich schnell verschmelzen sie zu einer Gruppe, visuell zu einem sich gezielt fortbewegenden

Klumpen aus leuchtendem blauen Brei. Der Klumpen verliert außen ständig an Masse, als wolle er vordringen und doch gleichzeitig nach außen zerfließen. Es sind die getroffenen Weißen, welche unter dem Pfeilhagel der Querdenker zusammenbrechen. Die Spiegelung des Wassers beginnt sie zu erfassen und lässt das breiige Gebilde höher erscheinen. Der Brei zieht sich vorn in die Länge und bedeckt zusehends die Furt. Die leuchtenden Körper streben gemeinsam über den Fluss, wie eine monströse Nacktschnecke. Die getroffenen Weißen lösen sich als erkennbare Einzelfiguren auf, schaffen einen farblichen Übergang zum Wasser und verformen sich kurz darauf zu blauen Wellen. Es ist ein gespenstisches Bild, das wir vor Augen haben. Die blaue Masse strebt weiter nach vorn und reicht jetzt nah an unser Ufer heran. Unsere Wahrnehmung ändert sich schlagartig. Warme Komplementärfarben kämpfen mit dem kalten Blau der Masse. Ein brennender Regen an Feuerpfeilen geht über dem Fluss nieder. Ich gebe die notwendigen Befehle: „Roboter, die Längsachse des Verbands auf ganzer Länge unter Feuer nehmen. Zielt flach und gebt Feuer! Soldaten, nehmt sie aus allen drei Richtungen. Trefft sie auf halber Höhe ihrer Körper. Gebt Feuer!"

Sehendes Auge gibt seinerseits über das Signalhorn Anweisungen. Es sind wenige kurze Tonfolgen.

„Sehendes Auge, wie lauteten deine Befehle?"

„Unsere äußeren Trupps greifen ihre Flanken an. Die inneren Trupps achten auf Weiße, die versuchen könnten nach vorne durchzubrechen."

„Perfekt, Sehendes Auge, dann kann hoffentlich nichts mehr schief gehen. Lass uns mitmischen, schießen wir ins Blaue."

Ich kann mir blöde Sprüche einfach nicht verkneifen, denke ich. Sehendes Auge spannt seinen Bogen und trifft. Auch ich ziele auf die Spitze des Verbandes der Weißen und treffe.

Gemeinsam mit den Querdenkern haben wir die Weißen seit ungefähr zwei Stunden von allen Seiten unter Beschuss. Unsere Deckung und die weite Distanz lassen nur wenige Treffer des Gegners zu. Einige werden trotzdem von den Hypnosewaffen der

Weißen erfasst. Wir haben die Funktion dieser Waffen immer noch nicht begriffen. Aber Wehsal betätigt sich als Feuerwehrmann und ist, jeweils mit der nötigen Kaltwasserdusche, schnell wie der Blitz zur Stelle, um sie wieder in die Realität zurückzuholen.

Die Kämpferinnen und Kämpfer der Homo Wilhelmine sind überwiegend dem Stamm des Nordens zuzuordnen. Aufgrund ihrer Körpergröße können sie aus der zweiten Reihe schießen und erfahren daher gar keine Treffer. Doch der Kampf scheint kein Ende nehmen zu wollen.

Es ist fast eine Stunde vergangen und immer noch kommen Weiße nach. Das Blau verliert sich langsam, im Vergleich zum mächtigen, roten Ring der Feuerpfeile. Eine Rückzugsmöglichkeit bleibt den Weißen weiterhin verwehrt. Diejenigen, die versuchen auszubrechen, werden von den Pfeilen der Querdenker niedergestreckt. Auch haben die Weißen nach wie vor kaum eine Chance, die Angreifer auszumachen oder zu treffen. Die Querdenker sind zu unberechenbar und schnell, ob hoch in den Bäumen oder für einen viel zu kurzen Moment am Boden. Sie erlauben dem Gegner nichts anderes, als auf der Strecke zu bleiben.

Mittlerweile sind vier lange Stunden vergangen. Vier Stunden unaufhörlichen Kampfes. Leuchtendes Blau hat das Wasser flussabwärts eingefärbt und konturiert die Ufer. Schließlich verlassen die ersten Querdenker den Wald. Es ist für uns das eindeutige Zeichen, dass der Wald gesäubert ist. Sie stellen sich in einer breiten Reihe an dem gegenüberliegenden Ufer auf und mustern die Furt. Vereinzelt verschießen sie noch Pfeile auf leichter verletzte Weiße, bis auch diese zusammenbrechen. sodass auch diese beginnen unter Qualen dahinzusiechen

Auge um Auge, Zahn um Zahn, denke ich, ohne jegliches Gefühl des Mitleides. Ich bemerke das Innehalten und die Nachdenklichkeit von Sehendes Auges, während er die Querdenker beobachtet. Ich äußere anerkennend: „Das sind stolze Leute, deine sogenannten Querdenker."

„Ja, stolze Leute, das war mir nie bewusst. Wir mutmaßten sie wären einst aus Feigheit in die Wälder gegangen. Heute wurden wir eines Besseren belehrt. Sie gingen dahin zurück, wo einst das Leben unseres Volkes seinen Ursprung fand, zu unseren Wurzeln, in die mächtigen Wälder. Die Querdenker flüchteten nicht, sondern zogen sich lediglich zurück, in unsere alten, schützenden Wiegen, welche die Äste der Bäume formen. Dort erwuchsen sie zu neuer Stärke, die uns heute den Sieg ermöglichte. Ihnen wird größte Ehre zu Teil werden. Noch viel größere als ich ihnen bereits versprach.“

„Trupp an Kommandant! Wir sichern die Flanke, flussabwärts gelegen.“

„Ja, ich höre, Soldat.“

„Hier sind drei Weißblaue. Sie hatten sich unbeholfen genähert und genauso unbeholfen auf uns geschossen, jedenfalls zwei von ihnen. Der eine wirkt nicht so unbeholfen, leidet dafür unter extremen Zuckungen. Der ist also auch nicht ganz sauber. Wir verletzten alle drei schwer, wie befohlen. Sie liegen jetzt vor uns. Erwarten weitere Befehle.“

„Lasst sie am Leben, Soldat, bis wir bei euch sind. Sehendes Auge! Kommst du?“

Wir haben die Flanke erreicht und nehmen die Gegner in Augenschein. Der mit den Zuckungen wackelt mit dem Kopf und schielt uns an. Er versucht, sich zu artikulieren. Er stammelt und grunzt stoßweise: „Wir ... Schöpfer und Hüt... Lasst ... gemein... denk...“

Die beiden anderen Weißen versuchen es ihm nachzumachen. Es misslingt ihnen gänzlich. Sie bringen noch nicht einmal ein Grunzen heraus.

„Sehendes Auge, du konntest sicher etwas von dem Gestammel verstehen.“

Sehendes Auge übersetzt mir die verständlichen Bruchstücke.

„Sehendes Auge, da haben wir es schon wieder. ‚Gemein‘ war verständlich, sagst du. Eine Resozialisierung ist zwecklos. „Ihr sollt mithören! Ohren habt ihr ja noch! Sehendes Auge, gib ein

Signal an dein Volk, genau wie ich es jetzt als Order herausgebe. Leute! Beendet das Drama! Tötet die noch dahinsiechenden Weißen!"

Sehendes Auge gibt die kurzen Signale. Meine Trupps haben auch verstanden. Wir beobachten die drei Monster weiterhin. Der Grunzkopf zuckt in Stößen, als würde er nochmals und nochmals getroffen werden. So erfahren wir um den Tod jedes einzelnen Weißen, können quasi mitzählen. Es sind viele Monster, die ihr Leben jetzt noch lassen. Die Stöße des schmerzerfüllten Grunzens haben abgenommen. Der Spuk scheint zu enden.

Gehässig spreche ich den Weißen an: „Entweder bist du ein begnadeter Hofschauspieler und spielst uns hier eine Art Götterdämmerung vor, oder du bist tatsächlich dieses ES. Ja, du bist der wahre Schöpfer. Du bist der Humanoide Rex, zumindest ein erheblicher Teil von ihm. Und, was bist du nun noch? Ein Hüt? Hüt ist doch völliger Blödsinn. Aber, dass du besonders gemein denken kannst, das ist uns lange bekannt. Stimmt doch, nicht wahr? Das Wort Gnade ist dir unbekannt. Doch ich weiß, was du kranke Ausgeburt verstehst. Wir sind für deine unwiderrufliche Ausrottung verantwortlich. Ja, das greift, ich sehe es in deinen Augen. Eine Apokalypse, nur für dich. Diese vollzieht sich jetzt."

Seine Gesichtszüge verziehen sich zu denen eines Untiers und er bringt mit letzter Kraft ein Brüllen heraus. Ich wende meinen Kopf zu Sehendes Auge. Es bedarf keiner Absprache mehr. Er spannt seinen Bogen und wir bereiten dem Leben des Monsters gemeinsam ein Ende. Praktisch zeitgleich verfolgen wir das Ableben der anderen beiden Weißen.

Ich informiere mich über das restliche Geschehen: „Achtung, an alle Kämpfenden! Gebt mir sofortige Meldungen. Lebt noch einer der Weißen?"

Die Trupps melden, dass alle eben noch qualvoll dahinsiechenden Weißen getötet wurden oder von selbst leblos wurden. Ich gebe trotzdem den Befehl, die Drohnen auf Umlaufbahn zu schicken. Ihre Ergebnisse sollen uns letzte Sicherheit geben. Dr. Okawa hatte es vorausgesagt. Mit der sich verlierenden Wirkung des Aufputschmittels schwinden unsere Kräfte rapide. Wir fühlen uns völlig erschöpft, sind körperlich ausgelaugt. Der Reihe nach fallen wir in einen langen, tiefen Schlaf.

JENSEITS VON EDEN

Ich bin erwacht, liege entspannt neben Francis im Bett und freue mich auf den Tag.

Gleich sind es fünf Jahre, überlege ich zufrieden, meine Augen nochmals schließend. Fünf Jahre sind verstrichen, in denen sich unser Leben durchweg positiv gestaltet hatte. Trotz ihrer Wünsche leben wir nicht am Meer, aber ich habe Francis ein Boot gebaut. Wir leben am Fluss, besser gesagt, mit dem Fluss. Wir, die wir der Stammcrew angehörten, haben unser Glück gefunden und einige von uns haben neue Familien gegründet. Viele haben in der näheren Umgebung der Felshöhlen eine Infrastruktur geschaffen. Beispielsweise richteten Dr. Okawa und seine Frau, Heilende Hand, die stolze sechzig Zentimeter größer ist als er, eine Landklinik ein, besser gesagt eine Höhlenklinik. Lange vor der Fertigstellung sorgte Dr. Okawa durch Reihenimpfungen dafür, dass die Einheimischen von unseren Zivilisationskrankheiten verschont blieben, wie wir auch von ihren. Die restlichen Querdenker, die immer noch in den Wäldern sind, somit ja auch in Isolation, ließen sich nicht impfen. Jedenfalls ist erfreulich, dass sich die Behandlungen in der vor kurzem eröffneten Klinik hauptsächlich auf kleinere Unfälle beschränken, da hier allgemein ein gesundes Leben geführt wird. Doch entscheidend ist gerade, dass sich wiederum der Tag jährt, der seit damals zum wichtigsten Fest im Norden und auch im Süden geworden ist. Wir werden uns morgen am großen Himmelskreis versammeln, um den Sieg über die Weißen zu feiern. Bereits seit Tagen treffen wir die Vorbereitungen dafür.

Am Nachmittag werde ich, wie es üblich ist, noch einmal in den Saal der Festung schauen, damit nichts schief gehen kann. Er diente uns schon im ersten Jahr als Kinosaal. Weitere drei Jahre haben wir nebenbei damit verbracht, die Festung nach unseren Vorstellungen umzubauen.

Unsere gute UN 101, die wohl für alle Ewigkeit lahm liegt, diente anfänglich noch als Flughafen für die kleinen Flieger. Auf dem Plateau vor der Felsenfestung, war das nicht zu bewegende Schiff selbst zu einer Festung erstarrt. Einige der Ingenieure und Techniker meinen immer noch, dass die Möglichkeit bestünde, es wieder flott zu machen. Sie arbeiten unentwegt an dem Antriebssystem und suchen nach Wegen, um das Lasersystem zur Aufheizung des Fusionsreaktors wieder herzustellen. Vielleicht ist es aber eher eine Begründung, um dem Leben draußen fern bleiben zu können. Anfangs hatten sie sich im Schiff häuslich eingerichtet, wozu nicht viel Arbeit nötig war. Ich ließ sie gewähren. Gelingen wird ihnen eine Reparatur jedoch nicht, nicht in unserem Leben, da war ich mir schon anfangs sicher.

Immerhin, die fest installierten Waffensysteme sind allesamt noch einsatzfähig, aber schon lange nicht mehr im Schiff. Die mobilen Gerätschaften und Waffen hatten wir sofort an verschiedenste Orte verbracht, zum Großteil aber in die Felsenfestung.

Als die besagten Ingenieure und Techniker nach Ablauf eines halben Jahres noch keinerlei Ergebnisse vorweisen konnten, zog ich die Reißleine. Ich gab die Anweisung, mit der Demontage des Schiffs zu beginnen und die Teile in eine große Höhle zu verbringen, sozusagen in einen Hangar. Dort arbeiten und wohnen die Unverbesserlichen Tag ein und Tag aus, bis heute. Außerdem wurde früh nach geeigneten Bedingungen für den Bau von Startbahnen Ausschau gehalten. Nun sind die Flieger im Umkreis von 150 Kilometern unsichtbar verteilt. Auch sind die Startbahnen so beschaffen, als wären es natürliche Schneisen in der Landschaft. Alles ist fertiggestellt und präpariert. Wir fühlen uns für jede Eventualität gut gerüstet. Die Vertikalstarter stehen bei Bedarf unserer Landklinik als Rettungsflieger zur Verfügung. Dies alles war in der relativen Kürze der Zeit nur mit der Hilfe von Homo Wilhelmine, den vielen wieder integrierten Querdenkern sowie der Stärke unserer Kampfroboter zu schaffen.

Uns allen ist bewusst, dass wir den Besuch von weiteren Weißen nicht ausschließen können. Niemand weiß, ob dieser Zeckenbefall einmalig war. Genauso wenig können wir Besuch aus unserer Heimat ausschließen. Wie wird der Oberste Rat auf unser Verschwinden reagiert haben? Eine Antwort gibt es nicht, nicht für uns. Wir sind ewig weit entfernt. Das irdische Geschehen, jenseits dieses Garten Eden, gerät nach und nach in Vergessenheit.

Im Moment zählt einzig jeder Tag dieses ausgelassenen Lebens. Zu Sehendes Auge ist eine tiefe Freundschaft entstanden und wir sind schon lange per du. Gemeinsam mit Dimitri werden wir den schon obligatorischen Vorabend der Siegesfeier vorbereiten. Dieser Abend ist bei unseren neuen Freunden außerordentlich beliebt. Wir hatten schon im ersten Jahr die besten Film- und Fotoaufnahmen zu einer Dokumentation zusammengeschnitten und teilweise synchronisiert. Es beginnt mit den Aufnahmen der schleimigen Riesenkröten und den sonderbar bunten Pilzen auf der Blauen Riesenschwester. Diese erzeugen immer noch Ekel bei den Zuschauenden. Der ist nicht nur klar sichtbar, sondern auch deutlich hörbar. Die Ausnahme bildet eine einzige Person. Unser Naturwissenschaftler trauert immer noch den entgangenen Analysen nach. Die beiden Publikumslieblinge sind jedoch unbestritten Francis und Bazooka, was sich bereits während der Erstaufführung klar herausstellte. Besonders beim jüngeren Publikum wurden sie zu echten Idolen. Sie agieren nun einmal zu hundert Prozent authentisch, während der Kampfszenen mit den roten Flugechsen. Dann reißt es Homo Wilhelmine von den Sitzplätzen. Die Manöver des Raumschiffs, das von Francis gesteuert wurde, sind spektakulär und Bazookas schnelle Bewegungen am Kampfpult vergleiche ich immer noch mit einem rasanten Klavierspiel. Das schlägt in meinen Augen jeden irdischen Thriller im Kino. Aber, wie kann es auch anders sein, unter allen Darstellern gibt es den einen besonderen Charakter. Zumindest ist er der beste Freund aller Kinder. Wenn Wehsal in Aktion tritt, wird das Johlen ohrenbetäubend und die Freude der kleinen Zuschauer ist grenzenlos.

Ich freue mich immer wieder wie ein Kind auf diesen einen Abend. Mit dem gewonnen Abstand zu all den Geschehnissen und dem Leid, bis hin zu dem Opfer des Obersten unserer Flieger, wurde das möglich. Zum Gedenken an den Oberst und all die Gefallenen halten wir zum Schluss der Filmvorführung eine Minute schweigend inne. Ohne deren Aufopferung wären viele weitere unserer Leute nur noch Geschichte, wahrscheinlich sogar wir alle.

Jetzt muss ich gleich hoch, denn ich habe noch mehr auf meinem Programmzettel und das ist meine höchste Priorität. Es hat mit Francis zu tun. Sie hatte gestern ganz am Rande eine Bemerkung fallen gelassen. Auffällig leise und wie eine scheinbare Nebensächlichkeit hatte sie etwas über die Kleidung der Homo Wilhelmine gesagt. Sie hatte beiläufig bemerkt, dass sie die Kleidung von Homo Wilhelmine eigentlich ganz hübsch fände. Mir war sofort klar gewesen, dass sie auf der fünften Siegesfeier unbedingt auch bunte Kleidung aus Echsenleder tragen wollen würde. Dann ist eben wieder einmal ZZ angesagt. Zum Glück kann mir Sehendes Auge helfen.

Ich mache mir in der Küche zu schaffen und wundere mich hier und da über die Lücken in den Vorräten.

„Francis!", rufe ich zum Schlafraum hinüber.

„Weiter Horizont gab mir gestern ein Dutzend frische Echseneier mit! Soll ich dir auch gleich ein paar mit in die Pfanne schlagen und vielleicht geröstetes Palmenbrot dazu?"

„Ja, Alter Schwede, gern!"

Ich muss feststellen, dass auch die Anzahl der Eier merklich abgenommen hat und bin mir sicher, dass unser Untermieter im Spiel war. Manchmal könnte ich ihn würgen. „Oh Wehsal, du Vielfraß, zweites Frühstück gefällig? Du möchtest womöglich nicht auch noch zwei von den sieben übrig gebliebenen Eiern?"

„Ja, Alter Schwede, gern zwei, doch lieber drei!"

Huch, er antwortet in dem inzwischen mehr und mehr gebräuchlichen Amtskauderwelsch, denke ich. Aber eigentlich sind wir inzwischen doch alle zweisprachig, auch Wehsal. Das liegt sicher daran, dass er drei Eier möchte und er meint wohl eine Anfrage in Amtssprache würde eher bewilligt.

Nach dem Frühstück fühlen wir uns für den Tag gestärkt, nämlich Francis, unser kleiner Sohn sowie Wehsal und ich. Wir machen uns gemeinsam auf den Weg.

„Wehsal, los gehts, vorausgesetzt du kannst nach den vielen Eiern noch laufen. Nimm den Kleinen Huckepack und saus los. Ich gehe heute am Kindergarten vorbei, aber wehe ich höre dort von dir oder den Kindern nochmals ‚Alter Schwede‘. Du sollst diesen Namen außerhalb unserer Höhle nicht gebrauchen, das habe ich dir schon zigmal gesagt. Ich bin immer noch der Kommandant. Verstanden, Wehsal?“

„Verstanden, Kommandant.“

Für mich ist es nur eine viertel Stunde Wegstrecke, von unserer Eigentumshöhle bis zu der von Sehendes Auge. Die halbe Wegstrecke habe ich schon geschafft, gehe um ein paar vorgelagerte Felsen herum und bin auch schon da. Die Kinder umringen Wehsal wie immer. Als sie mich sehen winken sie und rufen: „Hallo, Alter Schwede!“, auch die Bischöfin. Sie steht etwas abseits und kümmert sich um die ganz Kleinen. Unter ihnen ist auch unser Nachwuchs.

Ich möchte nicht nur, ich werde Wehsal würgen, denke ich, bis ich die Höhle von Sehendes Auge erreicht habe.

„Hallo Eriksson, Alter Schwede!“, ruft auch Sehendes Auge zur Begrüßung.

„Wir sind fertig!“

Dieser Wehsal, ich werde ihn gleich heute würgen, wird zu meinem inneren Vorsatz.

„Hallo! Oh, das ging ja Z…, schnell“, erwidere ich völlig überrascht. Wie ist das möglich? Die Frauen müssen den Rest des gestrigen Tages und die ganze Nacht damit beschäftigt gewesen sein. Das Kleid für Francis ist fertig und darüber hinaus haben sie auch schon den passenden Schmuck ausgesucht, denke ich erstaunt.

Sehendes Auge fordert mich auf: „Komm zu mir, Eriksson. Setze dich zu mir. Ich habe es dir angesehen. Du glaubst unsere Frauen hätten gestern erst begonnen. Nein, nein, das Leder für Francis wurde schon vor Jahren in unserer Färberei vorbereitet und anschließend in der Werkstatt fertig gestellt. Wir wussten nicht, ob Francis unsere Kleider überhaupt gefallen, wir hatten aber darauf gehofft. Jetzt wünscht sich Francis ein solches und wir können ihrem Wunsch sofort entsprechen. Es mussten noch ein paar kleine modische Änderungen vorgenommen werden, sonst hätten wir es dir gleich gestern mitgegeben. Den Schmuck, in der Form eures Sternenkreises, aus den hellen Steinen, haben wir auch schon vor längerer Zeit gefertigt. Dimitri hatte mir verraten, dass Francis diese Steine sicher gefallen. Bei euch nennt man sie ‚Diamanten‘, hatte er gemeint. Er hat sich auch sehr darüber gefreut, dass wir ihm eine große Auswahl mitgegeben hatten. Er nannte es eine einzigartige Mineralsammlung. Besonders gefielen ihm diese sogenannten Diamanten. Mir persönlich gefallen grüne und rote Steine besser. Egal, Eriksson, du hast bestimmt noch ein wenig Zeit. Lass uns einen Schwebeschnaps nehmen, unser Amtskauderwelsch perfektionieren und ein wenig schweben.“

Er ruft in die Küche: „Weiter Horizont! Bringst du uns bitte etwas von dem besonders guten Schwebeschnaps?“

„Wo du mich so nett bittest, bekommt ihr den besten Schnaps!“

„Den besten Schnaps, sagt sie? Der letzte war aber auch schon richtig gut. Sehendes Auge, ja, so machen wir es. Lassen wir unsere Sprachen immer weiter zu einem Kauderwelsch verschmelzen. Den Vorrang der alten Sprachen besitzt weiter eure, da sie von Philosophie getragen wird. Unsere ist hier nicht so angebracht, im Staate Eden.“

„Hallo, Eriksson!“, begrüßt mich Weiter Horizont, die attraktive, große und blonde Frau von Sehendes Auge, die uns einen Krug bringt.

„Kommt Francis nachher zu uns? Die Anprobe wird eine Überraschung, auf die wir uns schon alle freuen.“

„Ja, Weiter Horizont, sie wird am Nachmittag bei euch sein, um mit euch gemeinsam zum Fest zu gehen. Sie hat keine Ahnung, denn ich habe nichts verraten."

„Gut. Und ihr übt mal wieder Kauderwelsch und schwebt zur Dichtung eurer philosophischen Gedanken, wenn ich richtig gehört habe? Na dann, zum Wohl, aber schwebt nicht zu hoch und verdichtet eure Gedanken nicht zu sehr. Nicht dass die Dichte zu schwer wird und ihr abstürzt."

Ich flattere mit den Armen, als seien sie Flügel und antworte ihr: „Ich versichere dir als Raumfahrer, dass ich für meinen Teil das Schweben gewohnt bin, allein wegen der Schwerelosigkeit im All."

„Weiter Horizont, übertreiben werden wir auf gar keinen Fall", fügt Sehendes Auge zwinkernd an.

Weiter Horizont, die Unglaubliche, hat ihren Namen wirklich verdient, überlege ich. Sie wurde mit ihren jungen Jahren eine der wenigen Weisen ihres Volkes. Sie gehört bereits dem neu einberufenen Ältestenrat an.

Sehendes Auge schenkt uns ein und beginnt gleich mit dem Amtskauderwelsch.

„Auf unser beider Wohl, das Kauderwelsch sowie das Jagdglück, Kommandant, Alter Schwede. Darauf erhebe ich den Becher. In diesen Monden ist das Wild wieder reichlicher."

RAUMSCHIFF HIMMELREICH

Es ist bald Mittag und nicht bei einem Schwebeschnaps geblieben. So kommt uns im wahrsten Sinne des Wortes ein recht flüssiges Kauderwelsch über die Lippen.

„Sehendes Auge, mein alter Freund und Schwebegefährte. Da schwebt mir gerade etwas vor Augen. Es ist sehr passend, wie ich meine, da wir gerade über unser Leben nachdenken."

„Das klingt ja sehr spannend, Alter Schwede. Komm, ich gieße uns noch ein Schlückchen ein und du erzählst mir, was dir so vorschwebt."

„Sehendes Auge, ganz ehrlich, ich fühle mich, als wäre ich im siebten Himmel. Alles schwebt, ganz ohne Schwerelosigkeit und ihr zeigt uns den wahren Reichtum des Zusammenlebens. Darum denke ich, dass wir den Namen unseres guten, alten Raumschiffs, UN 101, nachträglich unbedingt auf einen neuen Namen umschreiben müssen. Wir sind mit ihm durch den Weltraum hierher, zu euch geschwebt. Raumschiff Himmelreich, so soll es im Nachhinein genannt werden. Das lege ich hiermit fest. Punkt."

„Das ist ein wirklich passender und aussagekräftiger Name, Gerald Eriksson. Sicher, der ist sogar viel treffender als ‚UN 101'."

„Ja, Sehendes Auge, das findest du auch? Dann lass uns das Schiff gleich umtaufen. Achso, umtaufen ist wohl schwierig, mit einer üblichen Sektflasche. Nein, das kennst du ja auch gar nicht. Außerdem existiert das Raumschiff, so wie es einmal war, nur noch in unserer Erinnerung. Die Erinnerung ist in uns und den Namen sprechen wir aus, aber eben aus unserem Inneren. Sehendes Auge, dann müssen wir es sozusagen in uns hineinschweben lassen, also nach innen taufen. Vielleicht benutzen wir einfach Schwebeschnaps?"

„Eriksson, das ist sehr gut. Nur so können wir der Bedeutung des Namens gerecht werden. Zum Wohl, Alter Schwede, trinken wir darauf. Und darauf, dass wir genau wissen, wovon wir sprechen."

„Ja, Sehendes Auge, das ist die Hauptsache. Der Rest ist heute egal. Heute geht es zur Party und morgen geht es am Himmelskreis weiter. Überhaupt, der Himmelskreis, das Wort macht mich nachdenklich, Sehendes Auge, du alter Elch."

„Ach, was ist denn nun wieder ein Elch? Egal, dir ist schon wieder was eingefallen? Ich lass schon einmal nachfließen. Oh, ist gleich leer, der Krug. Der ist aber auch klein!"

„Sehendes Auge, Himmelskreis ist das Stichwort. Ich stelle mir die Frage: Wie und wo sind die Kirchenleute abgeblieben? In der Vergangenheit entbehrten die Gespräche mit ihnen einer Grundlage, jedenfalls für meinen Teil. Eine Ausnahme stellt die Bischöfin dar. Sie findet ihre Erfüllung im Kindergarten, wie auch der Turnlehrer der Kinder, unser guter Wehsal. Jedenfalls schwebt die Frau Bischöfin auch im siebten Himmel, besonders nachts, wie ich annehme, wenn sie das Bett mit dem einen deiner Stammesbrüder teilt. Sie hat hier ihr Paradies gefunden. Sie schwebt im wahrsten Sinn vor Glück. Das wäre ihr auf unserer Erde vermutlich nicht gelungen. Jedes Mal wenn ich sie treffe, erzählt sie mir, dass sie erst hier wirklich lernte mit Gott zu leben. Über den Buddhisten hörte ich, dass er in die Berge ging, auf der Suche nach Einsamkeit und Erleuchtung. Dort ist er mit sich und dieser neuen Welt ins Reine gekommen. Er hatte sich zurückgenommen und wurde von deinen Leuten akzeptiert. Das hörte ich auch. Aber, nun zum Rest der Fürsten: Wohin sind die denn? Huch, was kratzt mich am Bein?" Ich schaue unter den Tisch und mir große Augen ins Gesicht. „Ach, du bist ja süß. Du bist wohl die neue Hausechse? Sehendes Auge, Fleisch-, Pflanzen- oder Allesfresser? Nanu, führe ich etwa ein Selbstgespräch? Das macht ja überhaupt keinen Sinn. Hallo, Sehendes Auge, wohin bist du? He, hallo!"

„Bin ja schon wieder da, Fleischfresser! Ich meine die Echse und der Krug ist auch wieder voll. Lass uns weiter reden und noch einen Kleinen heben. Das wird unserem Kauderwelsch zur letzten Klarheit verhelfen. Hier, nimm noch einen kräftigen

Schluck. Tja, die Kirchenleute. Das ist wirklich ein ernstes und wohl auch trauriges Thema. Ich weiß es nicht genau, alter Freund. Die Bärtigen wollten eben unsere Sicht der Dinge nicht akzeptieren. Dabei waren wir sehr entgegenkommend, haben uns aber nicht auf deren verschrobenes Denken einlassen wollen. Reisende soll man nicht aufhalten, wie du immer sagst. Sie sind darauf in die Wälder gegangen, trotz der Gefahren, wurde mir berichtet. Manche Gerüchte sagen, dass sie den verbliebenen Querdenkern mächtig auf die Nerven gegangen wären, mit ihrem ständigen Drang andere zu bekehren. Was sagst du dazu?"

„Heiliger Bimbam! Sehendes Auge, dann ist wahrscheinlich so manches Frohlocken verstummt. Beim Barte des Methusalem, da war doch auch noch der Hindu. Was wurde denn aus dem?"

„Du meinst den Mann, den Francis nicht besonders gut leiden konnte? Der ging in den Süden, doch auch seine Spur verwehte."

„Sehendes Auge, all das war ja eigentlich voraussehbar. Schlussendlich sage ich dir, dass man alle Arten des Lebens schlicht akzeptieren sollte, selbst wenn man es persönlich als affenähnliches Verhalten betrachtet. Egal wie und wer zusammen lebt, gegenseitige Toleranz hat ganz oben zu stehen, jedenfalls bei mir. Wie auch immer, ich leiste meinen Dienst für die Gesellschaft, im Sinne aller. Das sagt dir der alte Gerald Eriksson, Sohn des Erik. Punkt."

„Apropos, du hast Affen angesprochen. Hier gab es welche, bevor sie von den Schergen gänzlich ausgerottet wurden. Affen hatten die gefressen, genau wie uns Menschen. Dazu fällt mir ein gemeiner Witz ein, Eriksson. Man kann sagen: einer wider den tierischen Ernst."

„Ach, das sagt mir was."

„Hör zu! Zwei Primaten schaukeln auf einem Ast und streiten sich lautstark darüber, wie lange ihre evolutionäre Entwicklung die eigene Dummheit noch zulassen würde. Ein dritter Primat liegt unter dem Baum. Er ist der lachende Dritte, der sich über die Dummheit der beiden amüsiert. Der Ast bricht ab. Zwei Primaten sitzen auf einem Ast und der Dritte liegt unter ihnen."

„Ähm, spielst du auf uns oder die Querdenker an, Sehendes Auge?"

„Egal, nimm noch einen Schluck und komm mit, alter Sohn eines Schweden. Ich möchte dir heute erstmals etwas zeigen. Ihr nennt es Technologie und euch ermöglicht diese sogar Festungen schweben zu lassen."

„Moment, Sehendes Auge, da fällt mir ein, dass uns die Zeit davonläuft. Ich rufe uns schnell zwei Schwebetaxen. Erster! Bist du schon in der Festung?"

„Gerald, ja, ich bin schon länger in der Festung, wenn du das meinst und wir warten auf euch."

„Genau darum geht es, Marc. Wir brauchen hier mal schnell, eins, zwei, drei, zwei Schwebetaxen. Zielgebiet ist die Höhle von Sehendes Auge."

„Ja, ja, ich habe verstanden, Gerald. Bringt uns auch von eurem Schwebegetränk mit. Deine Schwebetaxen sind in ungefähr fünfzehn Minuten bei euch."

„Marc, erzähl doch keinen Quatsch. Warum denn meine Schwebetaxen?"

„Na, meine lieben Männer. Hier, ich bringe euch salziges Dörrfleisch. Das dürfte eurer bisherigen Verschwebung nicht abträglich sein, aber gut tun. Denkt an das heutige Programm und beendet langsam euren Kauderwelsch."

„Machen wir, Weiter Horizont", bedanken wir uns im Kanon.

Ich folge Sehendes Auge, während ich das salzige Fleisch buchstäblich verschlinge. Watend gelangen wir durch den Frischwasserkanal des Badebereiches zu einem Schaufelrad. Neben dem Rad befindet sich eine Tür, die Sehendes Auge aufstößt.

„Das ist eine unserer Werkstätten", bemerkt er, wie gewohnt beiläufig.

Ich kann nur staunen. Es ist ein automatisierter Betrieb. Hier werden mit Hilfe von Wasserkraft und mittels schnell laufenden Bändern Edelsteine geschliffen. Und was für edle Steine. An einigen fällt mir gleich der Schliff auf, wie er auch für den Sternenkreis genutzt wurde, den Francis erhält. Der Schliff von Tafel und Facetten gleicht wohl der eines Brillanten, aber ich kenne mich nicht gut genug aus. Hier würde es Francis sicher gefallen, denke ich. Denn solch große Edelsteine sind auf unserer Erde nur ein Wunschgedanke. Ich betrachte einen verschiedenfarbigen Stein, der zur Form einer Eidechse geschliffen wurde. Darauf kommt mir die alte Frau mit ihrer Lupe in den Sinn, denn vor mir liegen lupenreine, farblose Minerale, die zu optischen Linsen geschliffen wurden.

Sehendes Auge bemerkt meine glänzenden Augen. Er wirft mir etwas herüber, während er zu mir kommt. Ich fange es auf und halte einen faustgroßen, grünen Stein in der Hand.

Er ruft: „Ich mag Steine, die nicht so farblos sind, das sagte ich doch schon! Blasse Steine, wie die vor denen du gerade stehst, brauchst du hoffentlich erst im Alter!"

„Ist der grüne Stein, den du mir gerade zugeworfen hast, ein Smaragd?", frage ich.

„Ein Smaragd? Weiß ich nicht, es ist ein schöner, grüner Stein. Wenn dir grüne Steine nicht gefallen, schenke ihn Francis. Er passt zu ihren grünen Augen und ihrem roten Haar. Vielleicht wird er ihr gefallen. Komm, lass uns weiter gehen."

„Danke, Sehendes Auge. Er gefällt mir und ihr bestimmt auch."

Wir gehen weiter und erreichen einen unterirdischen Wasserfall. Sehendes Auge zieht mich hindurch und wir werden für einen Moment ordentlich geduscht. Hinter der Wand aus Wasser verbirgt sich eine große Halle.Alles andere als beiläufig bemerkt Sehendes Auge: „Das war der Schaffensbereich und Tagungssaal unserer Ahnen und ist nun wieder der unserer lebenden Weisen. Du weißt, Weiter Horizont und ich gehören zu ihnen."

Das kann doch wohl nicht wahr sein, denke ich. Es sieht aus, wie im Schaffensbereich von Leonardo da Vinci. Ich verharre und konzentriere mich auf die Entwürfe und Modelle der Maschinen. Zum Großteil basieren sie auf Vorbildern anorganischer sowie organischer Strukturen und Formen. Die Entwicklungsstufe der Konstruktionen ist weit fortgeschritten. Berufsbedingt zieht mich besonders das Modell eines Flugobjekts in seinen Bann. Für mich ist leicht nachvollziehbar, dass seine äußere Form dem Körper einer Flugechse nachempfunden ist. Auf wenige, natürliche Teile der Echse verzichtend, haben sie einen Gleiter entworfen. Danach schenke ich Texten mein Augenmerk, die auf dünnem, hellem Leder niedergeschrieben wurden. Es ist eine hochentwickelte Schriftsprache, da bin ich mir sicher. Sie besitzt ähnlich viele Buchstaben, wie unsere westliche Schrift. Unsere basiert auf dem Phönizischen. Auch das Schriftbild unterscheidet sich nicht völlig von dem unseren, vielmehr ähnelt es ihm. Doch gibt es wenig Wortwiederholungen, stattdessen besticht sie durch eine Vielzahl an Wörtern. Es erinnert mich an das Bild einer philosophischen Schrift. Zusammenhänge werden in einen Begriff gefasst. Ein ausgemachter Schriftgelehrter bin ich nicht und doch fällt mir die alte indoarische Sprache Sanskrit ein. Ich bin fasziniert, betrachte und überlege, bis ich mich Sehendes Auge zuwende, der mich keine Sekunde unbeobachtet ließ. Meine Augen scheinen tausend Fragen zu stellen. Sehendes Auge reagiert auf meine Irritation, aber merklich gereizt. „Ich sehe dir an was du denkst, Ankömmling. Dachtest du etwa, wir könnten nicht lesen und schreiben? Richtig oder falsch, Herr Kommandant? Vorrangig gilt es, das Leben zu begreifen. Wichtig ist im Besonderen auch das kleinste Teil des großen Teils unseres Seins zu entdecken, es zu begreifen. Wir lernen aus unserer Umwelt, dem großen Teil unseres Seins. Wir schöpfen aus der Formenvielfalt. Doch vor allem lernen wir, wenn wir die unendlichen Wege unseres Seins betrachten. Aus den Wegen des Lebens lernen wir vorrangig. Die Kinder begreifen es spielerisch. Ihre Sinne sind damit geschärft. Das Lesen und Schreiben wird uns gelehrt, aber erst im Erwachsenenalter. Wir brauchen die Schrift lediglich für wichtige Niederschriften, Überlieferungen und Übermittlungen an ferne Brüder und Schwestern. Unsere Unterhaltungen bedeuten uns viel mehr. Kann eine Schrift eine Unterhaltung ersetzten, die von Auge zu Auge geführt wird? Nein, kann sie nicht. Wir brauchen auch die Maschinen nicht, denn der große Teil unseres Seins gibt uns mehr als genug. Wir wollen nicht zerstören, was uns die Heimat seit vielen Generationen bietet und für unsere Kinder bieten wird."

Er streicht durch sein Haar und äußert nachsinnend: „Wir glaubten zumindest, dass wir die Kampfmaschinen nicht brauchen würden. Als wir sie hätten gebrauchen können, war es zu spät. Da hatten wir nicht mehr die Möglichkeit diese Maschinen zu produzieren. Wir konnten uns nur noch verstecken, vor diesen verdammten Eindringlingen. Unserer vorrangigen Aufgabe, nämlich unseren Kindern eine sichere Zukunft zu gewährleisten, konnten wir nicht mehr nachkommen. Somit konnten wir auch nicht auf die wichtigste Frage eine Antwort geben."

Er atmet schwer und ergänzt: „Die Frage lautet: ‚Was wird morgen sein?'"

Ich lege meine Hand auf seinen Arm, im Wissen, dass ihr Handeln richtig war und antworte ruhig: „Ihr habt richtig entschieden, Sehendes Auge. Der Weiße zog alles ins Kalkül, besaß ein hochgerüstetes Raumschiff und er war erbarmungslos. Ein offener Kampf mit ihm und seinen Ausgeburten hätte noch viel mehr eurer Leben gekostet und die Zukunft eurer Kinder wäre verloren gewesen."

Freundlicher gestimmt antwortet er: „Ja, mag sein, schlauer Schwede. Komm, wir müssen wieder zurück. Alle anderen werden sich schon auf den Weg gemacht haben. Auch die Flieger werden schon warten."

Das eben gesehene und die Ausführungen Sehendes Auges bewirken eine drastische Veränderung meiner Beurteilung von Homo Wilhelmine. Ich weiß jetzt, dass sie im Durchschnitt höher gebildet sind als unsere Erdenbürger, ganz sicher aber innerlich gereifter. Abgesehen davon, sind wir viel zu spät. Francis wird bereits komplett neu eingekleidet sein und mit der Sippe den Aufstieg zur Festung begonnen haben, denke ich.

Als wir den Vorplatz der Höhle erreichen, fühlen wir uns dank des salzigen Fleisches und der Wildwasserdusche einigermaßen frisch. Die beiden Maschinen stehen startbereit sowie auch

Wehsal. Ungeduldig äußert er den bekannten Spruch: „Zweibeiner, ihr seid immer langsam. Immer muss man warten und warten."

„Na, dann aber los. Du musst allerdings auf meinen Schoß, auch wenn es dir nicht gefällt. Sonst bleibt dir nur auf das nächste Taxi zu warten oder zu laufen."

„Nein, Kommandant, das würde die Geschichte auf den Kopf stellen, dann wärt ihr Zweibeiner ja schneller als ich."

„Dachte ich mir doch. Also los, Wehsal. Sehendes Auge, bis gleich."

Wehsal ist selbstverständlich mit mir geflogen. Vom Plateau aus ist er ohne Problem vor uns im Saal der Festung.

UNGEBETENE GÄSTE

Mittlerweile sind auch wir im Saal angekommen.

„Hallo Dimitri!", rufe ich, ihn aus der Ferne begrüßend.

„Hallo Kommandant, hallo Sehendes Auge!", ruft er erfreut und läuft uns entgegen.

„Da seid ihr ja endlich."

„Ja, entschuldige, Dimitri, wir mussten noch wichtigen Gedanken folgen."

„Habe ich schon vom Ersten erfahren, Kommandant."

„Ach so", räuspere ich mich.

„Wo ist er denn überhaupt, unser Marc?", frage ich ihn.

„Der ist zu Bazooka gegangen, nach oben, zu unseren Ortungssystemen."

„Marc!", rufe ich über Funk.

„Alles klar bei euch? Wir sind jetzt da. Grüß den Mann, der an seinem Pult klebt."

„Gerald, Bazooka lässt zurückgrüßen. Ich komme runter."

Ich sehe mich kurz um und bemerke leise und mit schlechtem Gewissen behaftet: „Dimitri, Ihr seid ja schon durch mit den Vorbereitungen. Klasse gemacht und habt vielen Dank!"

„Wir mussten aber wirklich wichtigsten Gedanken folgen", wiederhole ich bekräftigend.

Marc kommt uns entgegen.

„Hallo Marc, wo ist deine wunderbare Frau, Morgenstern?"

„Sie kommt mit Bazookas Frau nach", antwortet er mir und will gerade seine Hand zum Gruß ausstrecken, als er wie aus dem Nichts erstarrt, den Blick aufgeregt auf den Boden gerichtet, einem Funkspruch gebannt zuhörend.

„Marc, was ist los?", will ich wissen.

„UFO, Bazooka meldet ein hochfliegendes UFO", äußert er aufgeregt.

Ich reiße ihm sein Funkgerät aus der Hand und rufe unseren Waffenmeister.

„Bazooka! Meldung, kurz und präzise!"

„UFO, Kommandant, UFO auf Umlaufbahn, Höhe circa 60.000! Bewegt sich enorm schnell und scheint einen Grobscan des Planeten durchzuführen. Es ist mit den 60.000 und der Schnelligkeit für die uns gebliebene Technik nicht genau definierbar. Dementsprechend kann ich nur vermuten. Kleiner Kampfkreuzer, schätze ich."

„Verstanden, Bazooka, erwarte weitere Meldungen!", antworte ich geschockt, fange an zu zittern und wende mich an die Runde. Mit dem Spruch: „Leute, kühlen Kopf bewahren", überspiele ich meine eigene Unsicherheit und überlege die notwendigen Schritte.

„Sehendes Auge! Auch deine Leute werden sich inzwischen allesamt auf dem Weg hierher befinden. Das UFO kann sie aus der Höhe bestimmt noch nicht erfassen. Deine und unsere Leute sollen sich möglichst unsichtbar machen. Nur wenn sie sich nach oben verdeckt und nicht in engen Gruppen bewegen, sind sie schlecht auszumachen und werden mit Tieren verwechselbar. Alles Reflektierende muss abgelegt werden, Schmuck und so weiter. Jede Gruppe muss selbst entscheiden, je nach Position. Vielleicht gehen sie zurück in die Höhlen, vielleicht durch den geheimen Weg, der durch die Halle der klaren Gedanken führt oder durch den hohlen Baumstamm direkt zu uns. Eine dritte Variante scheidet aus. Wir müssen das Feld draußen frei machen, bevor sie näherkommen. Warne sie mit deinem Horn."

„Mein Horn trage ich nicht bei mir. Eriksson, ..."

„Sehendes Auge", unterbreche ich vorschnell und erinnere ihn: „Du weißt es nicht mehr? Eines deiner Hörner liegt noch neben dem Thron."

„Was du nicht sagst", antwortet er und ergänzt: „Gerade wollte ich mir genau das holen."

„War ja eigentlich klar, entschuldige. Aber ich weiß, dass du deinen Leuten sofort entgegenlaufen wirst. Wehsal! Du läufst auch! Sammle ebenfalls Verstreute ein und führe sie auf

Schleichwegen. Und mach den Kindern Mut, das kannst du wie kein anderer. Schnell!"

Sehendes Auge und Wehsal sind losgelaufen. Das Signalhorn war selbst für uns, die wir in der Festung sind, noch vernehmbar.

Ich rufe Bazooka. „Bazooka, hast du die höchste Bereitschaftsstufe für alle Waffensysteme eingeleitet?"

„Ist eingeleitet, Kommandant!"

„Verstanden, Bazooka! Marc, ab sofort bist du wieder der Erste Offizier! Festungstrupp in Kampfbereitschaft versetzen und den Einsatz der Sicherungssysteme vorbereiten!"

„Verstanden, Kommandant!"

„Hallo Kommandant", vernehme ich überrascht von einer mir mehr als gut bekannten Stimme und drehe mich um.

„Oh, hallo Großes Herz, hallo Macmacs", grüße ich zurück. „Was macht ihr denn schon hier? Ach ja, ihr wart bestimmt in eurem neuen Labor, den ehemaligen Schlafräumen der Schergen."

„Ja, Kommandant, ja sicher. Wo sollten wir denn sonst sein? Das ist einfach irre, Kommandant, total irre. Danke, dass du uns das angeboten hattest. Vielen Dank, Kommandant! Großes Herz und ich bilden ein geniales Team. Wir erforschen gemeinsam die kleinen und großen Teile unseres Seins. Uns befriedigen diese Erkenntnisse in höchstem Maß. Ja, in bislang unbekannt hohem Maß, das ist nicht übertrieben."

In unbekannt hohem Maß, denke ich. Dass Großes Herz sich fünfzig Zentimeter über deine Schädeldecke erhebt, kannst selbst du nicht übersehen, schmunzele ich in mich hinein und korrigiere die von Macmacs eben getroffene Aussage mit den Worten: „Macmacs, du brauchst dich weder bei mir noch bei jemand anderem bedanken. Ich wiederhole, was ich schon vor Jahren bemerkte: Hätten wir dich nicht gehabt, würde einem jeden von uns mindestens der Arsch fehlen, im günstigsten Fall. War das verständlich genug?"

„Ja, Kommandant, das war verständlich. Ähm, am Rande, was ist denn hier für eine Hektik? Führt Ihr ein militärisches Manöver durch?"

„Macmacs, ich hätte euch sowieso gleich gerufen. Der Spaß ist vorbei. Bazooka hat ein unbekanntes Flugobjekt ausgemacht. Höhe 60.000 und enorm schnell, wie er sagt. Es ist wohl ein Kampfkreuzer der Weißen, wie ich vermute. Die Schnelligkeit des Schiffs lässt den Schluss zu."

„Verstanden, Kommandant, wir können jetzt als Biologenteam Bazooka unterstützen, wenn das gefordert ist."

„Macmacs, aber klar."

„Komm schnell, Großes Herz, wir stecken erstmals gemeinsam in einer ganz anderen Problematik. Eine ganz, ganz andere Problematik, das kann ich dir sagen. Also, Bazooka ...", sie haben den Aufstieg zur Festungsspitze erreicht und die letzten Worte sind nur noch zu erahnen.

Ich rufe: „Bazooka, da ist Verstärkung unterwegs!"

„Kommandant, wer denn?"

„Ähm, ein ambitioniertes Biologenteam, Bazooka."

„Zumindest schaden kann es nicht, Kommandant. Wenn sie nur nicht an meinem Pult herumgrabschen."

„Bazooka, lass gut sein. Seien wir froh, dass Macmacs gerade bei uns ist und sich nicht mit dem Großen Herz auf Exkursion befindet."

„Kommandant, verstanden und akzeptiert. Die Labortypen sind willkommen."

Und von euch habe ich die Schnauze voll, ihr weißen Ausgeburten, denke ich zornig. Wie muss sich jetzt unsere Schrittfolge gestalten? Wir wissen nicht, wann sie kommen. Wenn es soweit ist, werden sie koordiniert über uns hereinbrechen. Als Konsequenz der Überlegung teile ich den Dienst des Festungtrupps in Schichten zu vier Stunden ein. Ich selbst beginne wegen des Konsums von reichlich Schwebeschnaps mit einer Schichtpause und versuche noch einen Moment zu schlafen, bevor es erneut zum Kampf auf Leben und Tod kommen wird. Es ist mir jedoch kaum möglich, tief zu schlafen. Die mit der Erinnerung einhergehenden Bilder sind zu gewaltig und einnehmend, als dass ich mich ihrer erwehren könnte.

Sie ziehen mich weit zurück, über Millionen Lichtjahre Entfernung, bis zum Beginn unserer Reise. Ich erlebe alles nochmals im Zeitraffer.

„Kommandant! Kommandant, es ist wichtig!"
„Ja, Erster, gib mir den Stand der Dinge."
„Kommandant, das UFO hat seine Umlaufbahn auf 20.000 reduziert. Seine Geschwindigkeit ist gleichbleibend schnell."
„Seit wann?"
„Seit gerade jetzt, Kommandant, sonst hätte ich dich schon früher geweckt."
„Gut, Erster, sind schon Zivilisten eingetroffen?"
„Nein, Kommandant."
„Das ist schlecht. Schickt einen Trupp nach unten, bis in den hohlen Baumstamm. Er soll aber unbedingt für die da oben unsichtbar bleiben. Schleichen ist weiterhin angesagt."
„Verstanden, Kommandant."
Ich rufe Dimitri und wir machen uns fertig. Dann steigen wir zur Spitze der Festung auf. Auf halbem Weg erreicht uns ein Funkspruch Bazookas.
„Kommandant, die Umlaufbahn des Raumschiffs besteht nicht mehr!"
„Bazooka, was ist das für eine Sch..., suboptimale Situation?"
„Es steht plötzlich in Entfernung 50, Kommandant, direkt über uns!"
„Sind schon bei euch", spreche ich mit Erreichen der Ortungs- und Schaltzentrale aus.
„Bazooka, Macmacs, wer ist das?", frage ich laut und wende mich auch an Dimitri.
„Dimitri, geh ran an das Terminal. Was ist das für ein Raumschiff? Ich erwarte schnelle Aussagen, besser sofort!"
Dimitri drückt Macmacs, der sich neben Bazooka breit gemacht hat, beiseite und kann fast zeitnah eine entscheidende Information geben. „Kommandant, die Lichtbrechungen auf dem Schiff sind typisch. Eines steht für mich dadurch fest: Wenn die Weißen nicht eine absolut identische kristalline und

patentierte Beschichtung auf ihrem Raumschiff haben, ist es ganz sicher irdischer Bauart."

„Verstanden, Dimitri. Macmacs, Bazooka, ZZ, ich will mehr hören. Bazooka?"

„Kommandant, superschneller, recht kleiner und schlanker Kampfkreuzer. Der hat im Inneren kaum Raum für eine Crew, so vollgepackt mit Waffentechnik, wie der es ist. Da ist kein Bereich zum Schlafen und Essen, kein Raum für Menschen. Das ist ein höchstgefährlicher Kreuzer, wahrscheinlich ausschließlich mit Robotertypen besetzt oder sogar autonom unterwegs. Für Blechtypen bliebe extrem wenig Platz. Wenige Kubikmeter. Vielleicht sind dort wenige Superroboter untergebracht. Achtung, das Schiff setzt zum Landeanflug an! Entfernung 45!"

„Verstanden, Bazooka! Leute, das macht alles Sinn. Wir sind vor gut fünf Jahren gestartet. Eigentlich hätten wir nach spätestens zwei Wochen zurück sein sollen. So war es gewünscht, vom Obersten Rat. Ja, das passt. Sie haben mit unserem Verschwinden ganz pragmatisch einen Fünfjahresplan aufgestellt. Die Route wurde uns seinerzeit vorgegeben und ist damit mehr als einfach nachvollziehbar. Unser Verschwinden ließ für sie zwei Schlussfolgerungen zu: Entweder wir sind alle tot oder wir sind auf einen bewohnbaren Planeten gestoßen, der uns ein schönes Leben beschert. Eine ganz einfache Logik. Lebend sind wir im Visier des Obersten Rates, vermeintliche Fahnenflüchtige. Dann dürfen wir keinerlei Gnade erwarten. Was uns jetzt bevorsteht ist alles andere als ein humanitärer Rettungseinsatz."

Trotz der Bedrohung verspüre ich Erleichterung, denn zum einen sind es nicht Weiße und zum anderen bekomme ich eine erlösende Nachricht. Unsere Leute strömen in den Saal der Festung, angeführt von Sehendes Auge und Wehsal. Francis und unser Kleiner sind unter ihnen. Ich nehme sie gedanklich in meine Arme.

„Erster, sind noch Leute im Freien?"

„Angeblich nicht, es hat gut geklappt. Ein Teil ist hier eingetroffen und der andere von Beginn an in ihren Höhlen geblieben oder dahin zurückgekehrt. Auch die Querdenker wurden durch Sehendes Auge gewarnt. Sie gaben eine eindeutige Antwort. Alles ist gut."

„Das ist toll, Erster, gerade nochmal gut gegangen. Dann macht sofort die Schotten dicht. Der Gegner wird sehr wahrscheinlich jeden Moment Neutronenwaffen zum Einsatz bringen. Ich erwarte ständig Meldungen. Fünf Jahre und es ist wieder so weit. Die werden diese Jahre nicht verschlafen haben. Das Raumschiff bringt es deutlich zum Ausdruck. Die technologische Entwicklung rast immer schneller. Das bereitet mir Sorge."

„Kann ich gut verstehen, Kommandant, mir geht es nicht anders."

„Also, Erster, macht unsere Überraschungen scharf und den Jäger startklar."

„Verstanden, Kommandant."

„Bazooka an Kommandant! Das Schiff verringert weiter den Abstand. Es wird langsamer. Abstand 20, Abstand 15, Landung steht kurz bevor, wie gedacht, auf dem Plateau. Der Weiße hatte gute Vorarbeit geleistet, Kommandant, mit seiner Falle. Sie lockt den Habicht."

„Verstanden, Bazooka und gut gesagt, mit dem Habicht. Was meinst du, wie viele Blechbüchsen passen in den Habicht?"

„Nicht viele, Kommandant, keine Ahnung."

„Wir werden es erleben."

„Kommandant, es steigt unerwartet schnell wieder auf, Abwurf einer Bombe, Detonation!"

„Bazooka, das war doch kaum merklich."

„Kommandant, das war ein billiger Schachzug. Sie stiegen und warfen dann eine T-Bombe. Die Strahlung ist nicht messbar, wir sind durch die Felsen ausreichend abgeschirmt. Und, sehen Sie, schon kommen sie wieder runter."

„Bazooka, eine T-Bombe. Es geht ihnen allein um den Planeten. Wir gelten als Deserteure und das sind verdammte Kettenhunde, das ist Militärpolizei aus Blech. Bazooka, sag weiter an!"

„Sie sind auf 5 nach unten und verringern, Kommandant. Jetzt Abstand 4, 3, 2, 1 und Landung. Schaut euch dieses Schiff an. Unglaublich, Kommandant. Fünf Jahre haben gereicht, um UN 101 wie einen Oldtimer dastehen zu lassen."

„Ich sehe es, Bazooka, es beeindruckt. Wir warten mit unseren bescheidenen Mitteln noch ab."

„Aber, Kommandant, der Habicht ist doch gelandet, direkt über unserem Nest."

„Ja, Bazooka, sie stehen fast genau darüber, nahezu perfekt. Ich sagte aber, dass wir weiter abwarten. Lass sie das Raumschiff öffnen, erst einmal mehr Angriffsfläche bieten. Wir haben nur das eine Überraschungsei im Nest."

Wir beobachten gespannt, wie sich Bug- und Heckklappe gleichzeitig öffnen. In unfassbarer Geschwindigkeit verlassen vier Roboter das Schiff und verwandeln sich augenblicklich in die Form von Käfern. Aus dieser Startposition sausen sie, wie auf Luftkissen und schnell wie Rennwagen, in die Richtung des Aufstiegs zur Festung.

„Lass es jetzt krachen, Bazooka!", gebe ich frei.

Unser versteckter Willkommensgruß, in Form einer Mine gigantischen Ausmaßes, detoniert unter dem Raumschiff. Der Berg erbebt von der Explosion. Es funktioniert, genau wie wir es geplant hatten. Das Schiff, direkt über der Sprengladung, zerreißt es in tausend Stücke. Die Kraft der gewaltigen Explosion trifft auch noch die Käfer von hinten und schleudert sie in Einzelteilen vom Plateau.

„Ja!", rufe ich.

„Eine gute Vorbereitung schafft einen schnellen Sieg. Das war ja doch sehr einfach. Da hätten sie sich aber mehr einfallen lassen können. Das muss man ja fast als Beleidigung auffassen."

Der Rauch der Explosion verzieht sich.

„Kommandant!"

„Bazooka?"

„Kommandant, sehen Sie die zylindrische Röhre? Die hatte es in die Luft geschleudert, doch sie ist wieder auf dem Plateau aufgeschlagen und dabei völlig unbeschädigt geblieben."

„Was ist das nun wieder? Doch keine Beleidigung, eher eine Superbombe oder so etwas, was uns jetzt vor der Haustür abgelegt wurde. Erster! Den Jäger schnell hierher, bestückt mit schweren Konventionellen. Wir müssen dieses Ding wegbekommen!", rufe ich, als sich die beiden runden Endplatten des Zylinders absprengen.

Erwartungsvoll beobachten wir auf dem Bildschirm die auf dem Plateau liegende, jetzt geöffnete, dunkle Röhre. Nichts passiert.

„Leute, Das Tischfeuerwerk hat wohl eine Ladehemmung oder war es ein ganz leiser Rohrkrepierer? Erster, den Jäger nur mit einer schweren Konventionellen bestücken. Dafür mit möglichst vielen kleinen konventionellen Lenkraketen."

„Verstanden, Kommandant."

Es tut sich weiterhin nichts. „Erster, wie lange wird der Jäger brauchen?"

„Die sind noch mit der Neubestückung beschäftigt, Kommandant. Zehn Minuten plus der Zeit bis er hier ist."

„Kommandant!"

„Ja, Bazooka, was tut sich?"

„Jetzt kommt Bewegung in die Sache", antwortet er, während wir entsetzt sehen, dass sich dieses Szenario von allem gänzlich unterscheidet, was uns bekannt war. Eine unübersehbare Menge zusammengeklappter Stative schießt beidseitig aus der Röhre, um sich sofort zu entfalten und sogleich anzumuten wie metallene Heuschrecken. Viele verteilen sich blitzartig auf dem Plateau. Einige laufen in unsere Richtung, herauf zur Festung.

„Wahnsinn, das ist ein Kokon, voll mit Heuschrecken aus Blech. Erster, ist hinter dem Haupttor der Willkommensgruß vorbereitet?"

„Ja, Kommandant."

„Macmacs, dir liegt doch etwas auf der Zunge?"

„Ja, Kommandant, die erinnern mit ihren großen Greifarmen eindeutig an Gottesanbeterinnen. Die Arme der Roboter sind aber zum Greifen und Schießen zugleich. Ja, wie Gottesanbeterinnen, sie haben aber nur zwei Laufbeine. Auffällig ist, wie ihre Körper technisch aufgebaut sind. Was hält die grazile Konstruktion so stabil?"

„Dimitri, was ist das für ein Blechzeug?"

„Kommandant, sie bestehen aus flexiblen, metallischen Röhren. Scheinbar dasselbe Material, aus dem auch der Zylinder besteht. Da haben wir ein Problem, denn der Zylinder blieb gänzlich unbeschädigt. Nicht einen Kratzer hat er abbekommen."

„Erzähl bitte weiter."

„Wir wissen im Moment nur, dass die für einen Zweck gebaut sind, für die Jagd auf Menschen, Kommandant. Ich schaue mir das gerade genauer an."

„Verstanden, Dimitri. Bazooka! Konnten wir eigentlich schnell genug mitzählen? Wie viele Blechschrecken sind es?"

„Genau einhundert Stück, Kommandant. Die waren platzsparend gepackt."

„Leute, bloß gut, dass sie in unsere Falle getappt sind. Sonst würden sie vielleicht schon weit verstreut agieren. Wir müssen sie möglichst hier auf dem Plateau vernichten. Keine einzige dieser Schrecken darf entwischen. Was ist das nur für ein widerstandsfähiger Werkstoff?"

Ich erhalte keine Antwort, dafür schaut mich jetzt Dimitri an, als erführe er gerade eine Eingebung.

Was ist, Dimitri, denke ich. Ja, das ist es.

„Dimitri, denkst du gerade, was ich denke?"

Er nickt, als sei er sich seiner Sache inzwischen völlig sicher.

„Dimitrium!", werfe ich in den Raum.

Plötzlich nicken alle.

„Genau, ich denke an Dimitrium, das dunkle Mineral, das von Dimitri selbst während unserer letzten naturwissenschaftlichen Expedition bis hin zum Kuipergürtel entdeckt wurde. Dimitrium, ähm, Dimitri, wie war es noch einmal um die Eigenschaften des Minerals bestellt?"

„Kommandant, bei dem metallreichen Asteroid handelt es sich um ein aus weiter Ferne zugereistes Material. Er enthält neben Eisen, Osmium, Iridium und Palladium ein Mineral, das von mir beschriebene Dimitrium. Die Eigenschaften sind ungewöhnlich, denn obwohl es extrem hart ist, hat es ein geringes Gewicht und einen Schmelzpunkt von nur siebenhundert Grad. Da sind unsere irdischen Freunde mit dem Abbau schnell gewesen und wir haben uns durch die Entdeckung letztlich selbst ins Knie geschossen."

„Dimitri, so kann man es ausdrücken. Unsere verbliebenen Lasergeschütze haben wir hier oben in Revision, bis auf ein einziges. Das halten wir zum spontanen Einsatz zurück. Eine offene Konfrontation scheint daher zu gefährlich, selbst mit unseren Kampfrobotern. Die Waffen der Blechschrecken kennen wir nicht. Das ist mir zu heiß. Stichwort ‚heiß‘: Diese Polizeiroboter sind leicht und sehr schnell, außerdem hart und äußerst stabil, wie wir ja bereits gesehen haben. Aber, sie kommen leicht ins Schwitzen. Können wir ihnen Feuer unter dem Arsch machen, vielleicht etwas mehr als siebenhundert Grad heiß? Dimitri, siebenhundert, sagtest du doch?"

„702, um genau zu sein, Kommandant."

„Eine Frage noch, Dimitri. Halten sie unserem Willkommensgruß stand?"

„Nein, auf gar keinen Fall, nicht wenn die Typen aus Röhrenmaterial bestehen. Das hält selbst Dimitrium nicht aus."

„Das wollte ich hören. Erster! Den Jäger auch mit Brandbomben bestücken!"

„Verstanden, Kommandant! Die Neubestückung wird sofort eingeleitet. Jetzt dauert es aber nochmals länger. Das wird auf jeden Fall eine Umweltsauerei, mit den alten Siebenundsiebziger-Brandbomben. Wir hatten nur die an Bord, Kommandant. Also, es dauert erneut zehn Minuten plus, ab jetzt."

„Ja, gut! Zu reagieren ist eben oft schwieriger als zu agieren. Das Plateau ist relativ pflegeleicht und wir haben keine andere Wahl. Bazooka, was machen eigentlich die Blechschrecken?"

„Kommandant, die auf dem Plateau verharren. Die hier oben machen sich an unserer Haustür zu schaffen."

„Ach, das dauert aber auch mit dem Jäger. Bazooka, stell mal das Überwachungsbild des Festungstores größer ein. Gut so. Schau, sieht aus, als wollten sie es sprengen. Erster, ist der Saal über das Zwischentor abgeschottet und sind wir es auch?"

„Ja, Kommandant."

„Dann vertrauen wir darauf, dass diese Heuschreckenköpfe etwas unterbelichtet sind. Vielleicht unzureichend programmiert. Unser nettes Deckensegel wird ihnen sicher nicht auffallen."

Ich schaue nach oben und frage scherzhaft: „Begleitandroide, wie geht es dir im digitalen Himmel, zwischen den Mengen von Elektronikschrott? Gleich bekommst du reichlich Nachschub. Erster! Lass sie rein, die dürren Blechtypen. Bazooka, schalte das Bild vom Zugang ein und ab jetzt leise. Sie haben zwar keine Ohren an ihren kleinen Heuschreckenköpfen, aber vielleicht hören sie trotzdem gut?"

Die Spannung steigt. Wir fragen uns, wie sie sich verhalten werden. Die auf dem Plateau verharren weiterhin. Wir lassen das Tor langsam öffnen, wie von Geisterhand. Zeitgleich reagieren die Schrecken und strecken ihre Greifarme zu Schusswaffen aus.

„Die denken so langsam wie Schnecken und werden es nicht checken, die blechernen Schrecken. Die sind wirklich unzureichend programmiert, Leute", flüstere ich.

Eine nach der anderen der Blechschrecken dringt ein, gleich dem Einsatz eines Sondereinsatzkommandos. Schließlich sind alle drin.

„Erster, Schnellverriegelung!"

Das Tor schlägt hinter ihnen zu. Sie stehen vor den Zwischentoren und das zweischichtige Deckensegel, aus einer unteren Edelstahl- sowie einer oberen Steinschicht bestehend, fällt auf sie herab und staucht sie auf eine geschätzte Höhe von weniger als fünf Zentimetern zusammen.

„Erster, das Deckensegel sofort wieder hoch! Die Kampfroboter zur Weggabelung vor dem Saal und dort in Stellung. Falls es soweit kommt, dürfen wir keinen offenen Kampf mit den Blechschrecken riskieren. Unsere Roboter sollen nur aus der Deckung schießen. Vielleicht würden sie der Heuschreckentechnik unterliegen. Wo bleibt der Jäger?"

„Kommandant, Ankunft des Jägers in weniger als drei Minuten."

„Erster, der Jäger soll seine Triebwerke so früh es nur geht drosseln und über dem Berg hinabgleiten. Die Triebwerke erst so spät wie möglich wieder auf Vollschub stellen."

„Verstanden, Kommandant! Ankunft des Jägers in gut zwei Minuten!"

„Bazooka, was machen die Blechschrecken?"

„Sie rücken schnell nach. Die werden das Haupttor jeden Moment sprengen", hat Bazooka kaum ausgesprochen, als das Tor laut krachend zerberstet. Die Schrecken warten kurz ab, dann beobachten wir auf dem Bildschirm, wie sie blitzschnell in den Gang stürmen.

„Erster, das Deckensegel wieder fallen lassen!"

Gerade checken die Schrecken, Wände, Böden und Decken. Sofort werden sie auf die Schicht unter ihnen aufmerksam. Sie analysieren diese schnell. Als sie die ihnen bekannten Strukturen erkennen, werden sie auch schon zur oberen Schicht derselben.

„Erster, das klappt, die sind zu blöde! Das Deckensegel sofort wieder hoch!"

„Verdammt, es hat sich verkantet! Wir bekommen es nicht mehr bewegt, Kommandant!"

„Verstanden, Erster!"

„Kommandant, sie rücken jeweils in Gruppen schnell nach."

„Verstanden, Bazooka! Jetzt wird es langsam ein wenig brenzlig."

Wie krank ist eine Situation, wenn man sich nichts sehnlicher wünscht, als eine gewaltige Detonation, damit ein flammendes Inferno und das direkt vor der eignen Haustür, denke ich und höre die Brandbombe explodieren. Erleichtert rufe ich: „Bazooka, wie sieht es aus?"

„Das war Maßarbeit, so viel lässt sich schon einmal sagen, Kommandant. Es brennt flächendeckend, über das gesamte Plateau hinweg, auch die Bergflanke, bis auf circa fünfzig Meter Höhe. Diejenigen, die es bis oben geschafft hatten blieben unbeschädigt. Sie befestigen gerade Sprengladungen an den Zwischentoren."

„Verstanden, Bazooka!"

„Macmacs an Kommandant!"

„Macmacs?"

„Kommandant, die Blechschrecken haben in ihrem biomechanischen Aufbau einen schwachen Punkt. Es ist der einzige ..."

„Wo ist der Schwachpunkt? Sag schnell!"

„Am Übergang zu ihren Greifarmen, also sozusagen am Ellenbogen. Da ist der ..."

„Verstanden, Macmacs! Dimitri! Du bist dran! Können wir daraus einen Nutzen ziehen?"

„Ja, ich sehe es mir gerade an. Sie sind durchweg gut geschützt. Ich gebe Macmacs Recht. Diese ist eine Schwachstelle, wahrscheinlich aus Gründen der Beweglichkeit. Dort sind sie leicht verwundbar."

„Erster! Sofort unseren einsatzfähigen, mobilen Automatiklaser an die Weggabelung vor unsere Kampfroboter stellen und auf die Ellenbogen der Blechschrecken programmieren. Instruiere auch die Kampfroboter entsprechend! ZZ!"

„Ist schon in Arbeit, Kommandant."

„Macmacs und Großes Herz! Ihr versteckt euch sicherheitshalber im Nebenraum. Es könnte laut werden. So Leute, wenn sie durch das Zwischentor nach hier oben gedrungen sind, könnten wir ziemlich alt aussehen. Wir haben hier keinen Kampfroboter und keinen mobilen Laser. Aber, wir sind keine verdammten Blechbüchsen oder was für ein digital gesteuertes Zeug auch immer. Wir sind kreativ, haben Ideen."

„Kommandant!"

„Ja, Bazooka?"

„Wir haben immerhin unsere leichten Handlaser und wir werden schneller sein, Kommandant."

„Ja du, aber nur vielleicht. Die sind blöd, aber schnell. Für uns wahrscheinlich zu schnell!"

„Dimitri, über was sinnierst du gerade?"

„Da hatte ich doch irgendwann irgendetwas gesehen", sagt er nachdenklich und lässt uns nur rätseln. Wie von einer Tarantel gestochen läuft er in den Nebenraum, in die alte Werkstatt des Weißen. Ich höre das Zwischentor zu unserer Treppe explodieren und habe die Gewissheit, dass die Kettenhunde gleich hier oben sein werden.

„Ihr habt es gehört, es geht also los! Seid ihr vorbereitet?"

„Alles klar, Kommandant."

Dann schreie ich: „Dimitri, was machst du denn?"

„Kann mir freundlicherweise vielleicht einmal jemand helfen?", schreit er zurück. Bazooka rast zu ihm. Sehendes Auge wirft unterdessen alles was ihm in die Hände gerät die steile Treppe hinab. Gerade hat er eine besondere Waffe entdeckt. Es ist eine schwere Säule aus Stein, wohl noch aus den Dekorationsbeständen des Fürsten.

„Soll ich mit anfassen, die muss doch eine halbe Tonne wiegen?", rufe ich, eher der Form halber.

„Alter Schwede, pass nur auf, dass sie dir nicht auf die Füße fällt."

Ächzend schleift er das riesige Teil bis zur Treppe und horcht auf.

Ich springe zu ihm, spitze ebenfalls die Ohren und warne: „Vorsicht, Sehendes Auge, dass sie dich nicht sehen, denn sobald sie dich sehen, bist du tot."

Sie sind nah, ihre metallischen Schritte hallen immer deutlicher zu uns herauf.

Der lange Schatten einer Schrecke wird sichtbar.

„Los, Sehendes Auge, auf den Boden", flüstere ich.

Er nickt, schiebt mit seiner übermenschlichen Kraft die Säule über die Stufe und stößt sie hinab. Stumpf krachend, rutscht das steinerne Teil den vorgegeben Weg nach unten. Wir sehen uns mit großen Augen an. Ein metallisches Scheppern ist hörbar.

„Das gab reichlich Schreckenschrott."

Mit einem ausgestreckten Daumen nach oben unterstreiche ich: „Eine hat es sicher geschrottet."

Sehendes Auge springt auf und sucht nach weiteren Schwerkörpern.

„Aus dem Weg!", rufen Dimitri und Bazooka, ein eigenartiges, röhrenförmiges Vehikel vor sich her rollend.

„Das könnte funktionieren! Aus dem Weg!"

Sie stellen das einer alten Kanone ähnelnde Rohr auf Rädern, samt der sich dahinter befindenden Behälter, an der Treppe auf und richten es nach unten aus. Dimitri fragt Bazooka: „Kamera in Position?"

Bazooka klebt eine kleine Überwachungskamera an die Wand des Treppenhauses und bestätigt: „Kamera ist in Position, Dimitri."

„Bazooka, Sauerstoffzufuhr aktiviert?"

„Sauerstoffzufuhr ist aktiviert, Dimitri."

„Bazooka, Zündung scharf?"

„Zündung ist scharf, Dimitri."

Ich staune nur.

„Was ist das überhaupt, ein Flammenwerfer?", frage ich.

„Ja, ein großer Gasbrenner, Kommandant", antwortet Dimitri, der sichtlich von Bazookas Kampfgeist angesteckt ist. Sehendes Auge zerrt erneut einen Stein aus einer Ecke. Diesmal ist es ein kleinerer Quader. Wir haben liegend Stellung bezogen, die Treppe auf einem kleinen Bildschirm beobachtend. Wieder erstreckt sich ein langer Schatten über die Felswand des Treppenhauses, sofort überdeckt von einem zweiten und einem dritten. Das Heuschreckentrio erscheint auf dem Monitor. Schnell wie jagende Velociraptoren springen sie die Stufen zu uns herauf.

„Feuer!", ruft Dimitri, als Bazooka auch schon gezündet hat. Unsere Augen kleben am Monitor, auf dem jetzt nur noch die blau leuchtende Flamme sichtbar ist. Die aufsteigende Hitze zwingt uns zurück zu weichen. Aus sicherem Abstand müssen wir erkennen, dass die Flamme kontinuierlich an Nahrung verliert und in ihrer Reichweite nachlässt.

Ich sage an: „In Deckung und zieht die Waffen."

Die Flamme erlischt. Für einen Moment herrscht völlige Stille. Wieder hören wir diese metallischen Schritte, jedoch in wesentlich langsamerer Abfolge und überlagert von quietschenden Geräuschen. Sehendes Auge schleudert den Steinquader in Richtung der Treppe. Deutlich krachend und scheppernd trifft er eine Schrecke und poltert mit dieser hinunter. Der Krach verhallt und wird erneut von einem Moment völliger Stille abgelöst. Als würde eine alte Tür langsam ihre rostigen Scharniere öffnen, setzt eine Blechschrecke ihren Weg fort. Wir stehen in Deckung, die Waffen im Anschlag. Sehendes Auge lauert in einer Ecke, den letzten übriggebliebenen Steinklotz zum Wurf bereithaltend. Die Blechschrecke ist oben angelangt. Bazooka und ich sehen sie auf dem Bildschirm. Ihr linker Greifarm hängt lädiert nach unten. Der rechte Arm scheint noch einsatzfähig zu sein, zumindest seine Greiffunktionen. Ich flüstere: „Bazooka, die Schrecke hat Rheuma in den Gelenken. Die kann nicht auf die Schusswaffenfunktion umschalten", und gebe ihm ein aufforderndes Zeichen. Wir verlassen unsere Deckung und feuern auf das Gelenk ihres rechten Arms. Die Schrecke erwidert das Feuer nicht, aber bewegt sich auf uns zu, bis die Wucht des von Sehendes Auge geworfenen Steinklotzes ihren Kopf nach hinten verbiegt. Sehendes Auge kann es kaum fassen, wir auch nicht. Sie macht einen weiteren Schritt, noch einen und noch einen zu uns her und dann, doch keinen mehr. Die Schrecke steht. Sehendes Auge umläuft sie und springt ihr mit gestreckten Beinen in die Kniegelenke. Sie knickt ein und fällt bewegungslos zu Boden. Der linke Arm liegt schlapp am Körper an, der andere ist wie zum Gruß erhoben und der Kopf ist nach oben gerichtet.

„Oh, Gottesanbeterin, schöne Grüße auch von mir, an den obersten Herrn im Himmel, den aller Blechbüchsen. Und richte ihm aus, dass ich ins Logbuch aufnehme: Sehendes Auge hat ein Foul gespielt", frotzele ich gegenüber der nur noch skurrilen Metallinstallation und rufe den Ersten.

„Erster, alles klar bei euch?"

„Alles klar, Kommandant!", bekomme ich als erhoffte Antwort.

„Wir kommen jetzt zu euch hinunter!"

Über verbogenen, gestauchten oder verschmolzenen Blechschreckenschrott hinweg, stürmen wir die Treppe hinab und stellen erleichtert fest, dass der Saal von den ungebetenen Gästen nicht erreicht wurde. Die Stimmung unter den Zivilisten ist noch ein wenig angespannt, doch dem Schock wird bereits mit reichlich Schwebeschnaps entgegengewirkt. Da schließen wir uns gern an.

Wenn auch mit enormer Verspätung, so beginnt sie doch endlich, die ersehnte Vorführung, während zwei gehorsame Kampfroboter damit beginnen, die Schweinereien zu beseitigen.

Was fangen wir bloß mit diesen Mengen an Dimitrium an, denke ich. Wir können es sicher nutzen. Sollen sich die Ingenieure und Techniker etwas ausdenken. In jedem Fall werden wir, sofort nach den Feiertagen, unsere Maßnahmen zur Verteidigung wieder aufnehmen, überlege ich. In diesem Moment wird die eher unwichtig erscheinende Überlegung auch schon von den Würgegeräuschen einiger Zuschauer überdeckt. Das macht mir nichts aus, da habe ich eine dicke Haut bekommen. Entspannt lehne ich mich zurück, sitze Kopf an Kopf mit Francis, den Kleinen in unserer Mitte umarmend. Dann beginnt jedoch zu meiner Rechten ein kontinuierliches Katschen und Schmatzen. Ich werfe Wehsal einen bösen Blick zu. Zumindest darf ich mich inzwischen über die Protagonisten amüsieren. Wir sind ja gleich zu Anfang dran, Malcolm Macmillan und ich.

Kopfschüttelnd lache ich über uns.

DER JÜNGSTE TAG

Als ich erwache, kommt mir die Frage Sehendes Auges in Erinnerung: „Was wird morgen sein?"

Ich gebe mir selbst die Antwort: „Der gestrige war ein besonderer Tag. Wir errangen einen wichtigen Sieg, der uns die Zuversicht schenkte, dass unsere Verteidigung auch einem nächsten Angriff standhalten wird. Aber gestern ist Vergangenheit. Der morgige Tag wird morgen sein. Nur heute ist das Jetzt. Heute ist der jüngste Tag."

Am Großen Himmelskreis versammelt, feiern wir die Niederlage der Weißen sowie auch die der Blechschrecken. Dankbar huldigen wir das Leben in diesem Paradies und den Umstand, dass wir noch verweilen dürfen. Wir sind glücklich. Einzig betrüblich ist für uns aber, dass die übrig gebliebenen Querdenker wiederum fehlen, so auch Dr. Okawa und seine Frau. Er sagt zumindest immer: „Für Landärzte gibt es immer etwas zu tun."

Vielleicht kommen sie ja später nach, denke ich.

Ein Raunen ist zu vernehmen, denn Sehendes Auge betritt den Himmelskreis. Demütig bewegt er sich in die Mitte des Kreises aus Steinen, gar nicht wie ein Fürst. Er kniet nieder und senkt seinen Kopf, gleich einem Büßer. Darauf klingen aus allen Richtungen verschiedenste Geräusche. Homo Wilhelmine ahmen leise die Mannigfaltigkeit ihrer Umwelt nach. Sie erzählen von dem Kleinen und Kleinsten, vielleicht von einem Käfer? Der Klang hält länger an, bis ihre Stimmen tiefer und lauter werden. Homo Wilhelmine geraten außer Rand und Bann. Sie tanzen wie Wilde, gebärden sich wie große gefährliche Raubtiere, springen zu Sehendes Auge, prallen an ihm ab und segnen ihn mittels ihrer Gesten. Doch dann greifen sie ihn und werfen ihn mehrmals in die Luft. Sehendes Auge steht wieder und überragt damit alle anderen. Ich bin begeistert. Dieses Schauspiel, unterstützt durch die völlig außergewöhnliche Kleidung Homo Wilhelmines, folgt keiner Choreografie. Es wird ständig improvisiert. Es ist ein unbeschreibliches Erlebnis, denn alles, was wir erleben, ist authentisch. Langsam wenden sich die individuellen Akteure von Sehendes Auge ab und stürzen sich wiederum wie wilde Tiere auf Francis, Bazooka, Dimitri, Wehsal, Macmacs und leider auch wieder auf mich. Das kenne ich bereits. Sie zerren uns in die Mitte zu Sehendes Auge. Wir werden mehr und mehr in den Bann des Geschehens gezogen, selbst Wehsal.

Das Spektakel gewinnt an Intensität, indem sie der Reihe nach unseren Namen rufen. Jetzt sind wir endgültig dazugehörig und werden aufgefordert mitzutanzen. Besonders gern sehe ich Francis in ihrer neuen Kleidung zu, wie sie den Bewegungsablauf einer Flugechse nachahmt. Ich sehe Bazooka, der ganz außergewöhnlich tanzt, sich schnell wie eine Katze bewegend. Auch beeindruckt mich Dimitri, der stampfend wie eine schwere Echse seine Kreise zieht. Einen sich von allem abhebenden Effekt bewirkt Wehsal. Er springt zwischen und über den Tänzern herum. Sogar Macmacs tanzt, das erste Mal im Leben, was aber nicht am Sommer liegt. Großes Herz hat ihn umschlungen. Sie tanzt mit ihm, führt ihn dicht an sich, seinen Kopf inklusive des Sehapparates zwischen ihre beiden große Brüste drückend. Selbst für die anatomischen Verhältnismäßigkeiten Homo Wilhelmines kann man diese beachtlich nennen. Marc und die schöne, dunkelhäutige Morgenstern haben sich erst dieses Jahr kennengelernt. Sie tanzen ebenfalls eng umschlungen, wobei Marcs Kopf mit ihrem auf gleicher Höhe liegt. Sie bilden aus irdischer Sicht das einzige Traumpaar, da sie beide ausgesprochen gut aussehen und sie nicht größer ist als er. Na gut, Francis und ich … Wir sind eben ein wenig älter. Ich war auch nie ein großer Tänzer, aber heute und hier fällt es selbst mir wieder leicht. Reize überziehen meine Haut, dringen in mich ein. Lachend schwebe ich, gebe jeder meiner Erfahrungen Spiel, in starken, abrupt abgebrochenen und weichen, fließenden Bewegungen. Ich fühle mich befreit, so wie niemals während des irdischen Lebens. Ich glaube einen Schmetterling zu sehen oder ist es eine Flugechse? Ja, sie fliegt mir entgegen. Es ist Francis. Ich schließe sie in meine Arme und versinke in ihren, vom Schein der Sonne durchleuchteten, grünen Augen. Immer schneller drehen wir uns und immer dichter wirbeln die vom Tanz aufgeheizten Gefühle um uns herum. Wie ein kleines Sonnensystem kreisen wir in dem vom steinernen Himmelskreis begrenzten Spiralnebel. Bunt dreht sich unsere kleine Galaxis weiter, dieses Gefüge aus verschiedensten Menschen. Doch sie sind wahrhaftig eins. Sehendes Auge bildet das unerschütterliche Zentrum und steht für den Zusammenhalt. Wir lassen uns, vom Tanz erschöpft, allmählich aus der Gruppe heraustragen und vor einem Stein zu Boden fallen.

Die Feuer sind entfacht. Der leckere Geruch von gegrilltem Fisch, Fleisch und Gemüse erfüllt die Luft. Bald wird das Essen fertig sein. Wir blicken in die Richtung der Kinder. Sie toben um Wehsal herum. Dem macht die Beschäftigung mit den Kindern so viel Freude, dass er sogar gelernt hat, seine Gier zu zügeln, wenn er auch zwischendurch das duftende Essen nicht völlig unbeobachtet lässt. Wie die anderen Kinder es tun, so probiert es auch unser Sohn. Er versucht Wehsals unglaublich hohe Sprünge nachzumachen, was ihm natürlich nicht gelingen kann. Unbemerkt hilft Wehsal auch bei ihm ein wenig nach. Mit seiner Unterstützung fliegt er einen hohen Bogen, um gleich darauf wieder aufgefangen zu werden. Unser Junior freut sich wie ein Schneekönig, über seinen Höhenflug und sieht stolz zu uns herüber. Wir klatschen laut Beifall.

Der Tag neigt sich langsam dem Ende zu. Wir sitzen in Gruppen zusammen, genießen die reichlichen Gaben der Natur und erzählen Geschichten, was unerwartet unseren Sohn auf den Plan ruft. Gestenreich steigert er sich in das Erlebnis seiner heutigen Luftfahrt. Das bereitet uns Freude. Ich beobachte noch für einen Moment unseren kleinen Luftfahrtpionier und wende mich lächelnd Francis zu. Deren Lächeln bestätigt ihr Wissen um die Frage, die ich mir gerade wiederum stelle: „Was wird morgen sein?"

Die Hand meiner Liebsten umgreifend gebe ich für uns beide zufrieden die Antwort, welche ich leise und zärtlich in die Richtung unseres Sohnes äußere: „Bravo, Kleiner, du Sohn der Einsicht gewinnenden. Fliegen kannst du ja auch schon. Mit dir ist die Ablösung in Sicht. Hoffentlich bleiben dir schlimme Erlebnisse erspart. Also dann, die nächsten Kapitel der Geschichte schreibst du."

„Wehe euch, wir sind ES. ES vernahm das Wort ‚Hofschauspieler'. Ihr werdet die Götterdämmerung erfahren. Genug der Worte, es ist an der Zeit! Lassen wir Taten folgen …"

Die Allgegenwart des Humanoiden Rex
oder
Einmal Apokalypse mit viel Senf zum Mitnehmen bitte

Wir schreiben auf der Erde das Jahr 2092
Ein Raumschiff durchkreuzt die dunklen Bahnen des
Universums. Strengen Vorgaben entsprechend umkreist
die Besatzung einen sonderbaren Planeten. Macmacs,
der Bordbiologe, ist begeistert, ganz im Gegensatz
zum Kommandanten, Gerald Eriksson. Der bestimmt
pragmatisch: *Ein Aufenthalt ist nicht von Nöten,
wo bunte Pilze Kröten töten.*
Weiter an lebensfeindlichen Welten vorbei erreichen sie
letztlich einen wundervollen Himmelskörper. Das Ziel
der Mission scheint zum Greifen nah. Es bieten sich beste
Lebensbedingungen für zukünftige Generationen. Doch das
vermeintliche Paradies birgt grauenhafte Schattenseiten.

P.S. Liebe Leserinnen, liebe Leser, falls die Geschichte zum
Schmunzeln oder gar Lachen verleiten sollte, dann bemüht
Euch möglichst hämisch zu lachen. Mit viel Glück könnte er
dann über Euch hinwegsehen. Vergesst niemals:
H. Rex ist immer und überall!

EIN HERZ FÜR AUTOREN A HEART FOR AUTHORS À L'ÉCOUTE DES AUTEURS MIA KAPΔIA ΓIA ΣΥ
UN CORAZÓN POR LOS AUTORES YAZARLARIMIZA GÖNÜL VERELIM
PER AUTORI ET HJERTE FOR FORFATTERE EEN HART VOOR SCHRIJVERS TEMOS OS A
SERCE DLA AUTORÓW EIN HERZ FÜR AUTOREN A HEART FOR AUTHORS À L'ÉC
BCEЙ ДУШОЙ К АВТОРАМ ETT HJÄRTA FÖR FÖRFATTARE À LA ESCUCHA DE LOS AU
MIA KAPΔIA ΓIA ΣΥΓΓΡΑΦΕΙΣ UN CUORE PER AUTORI ET HJERTE FOR FORFATTERE EI
ZERZŐINKÉRT SERCE DLA AUTORÓW EIN HERZ
CORAÇÃO BCEЙ ДУШОЙ К АВТОРАМ ETT HJÄRTA

Der Autor

Rüdiger Krause wurde in Hannover, Deutschland, geboren.

Zeit seines Lebens gibt er kreativem Gestalten den Vorzug. Für ihn haben Natur, Mensch und Technik im Einklang zu stehen. So überdenkt er als freier Erfinder den Aufbau medizinischer Geräte, modifiziert diese und verfasst Abhandlungen darüber.

2006 veröffentlicht der Autor seinen ersten, von ihm illustrierten Roman. Dieser beschreibt dramatische Klimafolgen, die eine sich rasant ändernde Welt bedingen. Der Protagonist muss sich durch deren Wirren schlagen. 2016 wird der Roman zum E-Book „Wege des Wassers" überarbeitet. „Die Allgegenwart des Humanoiden Rex" fügt sich als Sci-Fi-Roman in sein Schaffen.

Der Autor ist seit den 1990er-Jahren leidenschaftlicher Maler und stellt seine surrealen bis abstrakten Ölbilder in verschiedenen Galerien und Museen aus. Ein Steckenpferd sind Interpretationen des Till Eulenspiegel.

Der Autor lebt heute in Niedersachsen.

novum VERLAG FÜR NEUAUTOREN

Der Verlag

*Wer aufhört
besser zu werden,
hat aufgehört
gut zu sein!*

Basierend auf diesem Motto ist es dem novum Verlag
ein Anliegen, neue Manuskripte aufzuspüren, zu ver-
öffentlichen und deren Autoren langfristig zu fördern.
Mittlerweile gilt der 1997 gegründete und mehrfach
prämierte Verlag als Spezialist für Neuautoren in
Deutschland, Österreich und der Schweiz.

**Für jedes neue Manuskript wird innerhalb we-
niger Wochen eine kostenfreie, unverbindliche
Lektorats-Prüfung erstellt.**

Weitere Informationen zum Verlag und
seinen Büchern finden Sie im Internet unter:

www.novumverlag.com